经典探案故事

血字分析

[英]柯南道尔　著

叁壹　编译

陕西新华出版
太白文艺出版社·西安

图书在版编目（CIP）数据

血字分析 /（英）柯南道尔（Conan Doyle, A.）著；
叁壹编译. -- 西安：太白文艺出版社，2011.7（2024.5重印）
（经典探案故事）
ISBN 978-7-5513-0024-7

Ⅰ. ①血… Ⅱ. ①柯… ②叁… Ⅲ. ①侦探小说—英
国—现代 Ⅳ. ①I561.45

中国版本图书馆CIP数据核字(2011)第150729号

血字分析
XUEZI FENXI

原　　著	[英]柯南道尔 (Conan Doyle, A.)
编　　译	叁　壹
责任编辑	荆红娟　李丹　张晨蕾
封面设计	佳图堂设计工坊
版式设计	刘兴福
出版发行	太白文艺出版社
经　　销	新华书店
印　　刷	三河市嵩川印刷有限公司
开　　本	700mm×960mm　1/16
字　　数	170千字
印　　张	13
版　　次	2011年7月第1版
印　　次	2024年5月第4次印刷
书　　号	ISBN 978-7-5513-0024-7
定　　价	49.80元

前　言

《语文课程标准》明确提出："培养学生广泛的阅读兴趣，扩大阅读面，增加阅读量；提倡少做题，多读书，好读书，读好书，读整本书。"

由于青少年受到知识、阅历以及阅读欣赏爱好的限制，他们对于读物的选择往往倾向于趣味性、故事性。因此，历险、科幻、探案类读物在多次中小学生阅读情况调查中，都被大多数青少年列为自己最感兴趣、最爱看的图书之一。

历险、科幻、探案类故事有着极其曲折的故事情节，极其丰富的想象力，因此，对青少年有着十分强烈的吸引力。阅读此类读物中的经典作品，可以极大地提升青少年的勇气与智慧，培养他们正直、勇敢和坚强的良好品德。

例如，英国作家柯南·道尔所著、风靡世界一百多年的"福尔摩斯探案"系列作品，故事曲折、情节紧凑，既不血腥，又很有趣，十分适合青少年阅读；而主人公福尔摩斯具有正义、坚强、机智的品德和敏锐的观察力、准确的判断力、严谨的分析和逻辑推理能力，备受青少年推崇，成为各个时代、各个国家青少年心目中不朽的英雄。

同样具有广泛影响力，被翻译成多国文字出版，受到世界各地读者热烈欢迎的法国著名作家儒勒·凡尔纳的系列科幻、历险作品，则将探险和科学完美地结合起来，书中不仅有曲折动人的故事情节，还包含大

1

量各类学科的知识，犹如一本百科全书，令读者爱不释手。凡尔纳在他的作品中，不遗余力地歌颂了人类在科学领域孜孜不倦的探索精神和临危不惧、百折不挠、患难与共的高尚品质。

而美国作家马克·吐温的许多青少年题材作品，则更符合少年儿童的阅读口味。这些作品多以儿童为主角，以对比的手法描述了儿童世界与成人世界对待财富、宗教等事物态度上的区别，从儿童本位的价值观出发，肯定和赞美了孩子的生命活力和天真纯洁的本质，并从儿童的视角，抨击了自私、残忍、冷酷等人性的丑恶面，歌颂了勤劳、勇敢、正直等优秀的品德，对青少年有很大的教育和启迪意义。

青少年是国家和民族的未来。一本好书就像一盏明灯，会照亮他们将来的人生道路。经典文学作品中包含着人类长期思考所积淀下来的精神文明的精髓，承载着作家的道德品质和道德理想，是人类文化的宝库。青少年正处在一个认识世界、了解人生的关键阶段，这些历经时间考验的经典作品可以帮助青少年建立正确的世界观、人生观、价值观，可以丰富他们的人生经验，充实他们的课外生活，犹如最好的导师和朋友，伴随他们一同成长。

目　录

血字分析

四签名

血字分析

第一部　原陆军军医部医学博士
约翰·H. 华生回忆录

第一章　歇洛克·福尔摩斯先生

　　1878 年，我获得伦敦大学的医学博士学位后去了内特里进修军医的必修课程。在那里完成学业后，被分派到诺桑伯兰第五火枪团任军医助理。那个团当时驻在印度。我还没赶到部队报到，第二次阿富汗战役就爆发了。我在孟买登岸时，听说我所属的那个团已通过各个关口，开拔到敌人后方去了。尽管如此，我还是跟着和我一样掉队的军官们追了上去。平安到达坎达哈后，我找到了我的部队，马上开始了我的工作。

　　这场战争让很多人得到了提升和荣誉，但带给我的却是不幸和灾难。我被借调到伯克郡旅后，就和他们一起参加了迈旺德决战。在这次战役中，一粒捷则尔枪弹击碎了我的肩胛骨，并把锁骨下面的动脉也擦

1

伤了。如果不是我那勇敢的勤务兵摩瑞把我救起扔在一匹驮马背上，将我安全地带回英国前线的话，我就会被那些凶残的格吉人俘虏了。

枪伤和长期的辗转劳顿让我身体消瘦、虚弱不堪。我只有和大批伤员一起转移到白沙瓦的后方医院。在那里，我的身体慢慢康复了起来。可是当我刚能够在病房中稍稍走动，能挪到阳台上晒一会儿太阳的时候，我又染上了印度地区特有的伤寒症，再一次病倒了。一连几个月，我都是昏迷不醒，奄奄一息。最后我终于挺了过来，身体逐渐好转，只是体质还是很虚弱，医生们会诊后，决定马上送我回英国。于是，我就乘运兵船"奥仑梯兹号"回国。一个月以后，我在朴次茅斯码头登陆了。那时，我的身体糟糕透了，政府给了我九个月的长假让我好好康复。

我在英格兰无亲无友，所以逍遥快活极了，或者说是像一个每天收入十一先令六便士的人那样快活自在。在这种情况下，我就很自然地陷入伦敦这个大染缸里去了，大英帝国所有吊儿郎当、游手好闲之辈全都会集在此。

我在伦敦河滨路的一家公寓里租住了一些时日，过着既不舒适又很无聊的生活，钱一到手就花光了，入不敷出，腰包一下子就空了。很快我就认识到，要么我离开这个大都市搬到乡村小镇去，要么就彻底改变自己的生活方式。我选择了后一种，决心离开这家公寓，搬到一个简陋一点、便宜一点的地方去住。

就在我做出这个决定的那天，当我站在克莱梯利安酒吧门前时，忽然有人拍了拍我的肩膀。我回头一看，原来是小斯坦福德。他是我在巴茨时的一个助手。对于一个孤独的人来说，在伦敦城的茫茫人海中碰到一个熟人，确实是一件很高兴的事情。斯坦福德当时并不和我特别要好，但能再见到他，我还是很激动。他似乎也很高兴。一阵狂喜之后，我请他一同乘车去霍尔餐厅吃午饭。

车子穿行在伦敦街道上时，他很吃惊地问我："华生，你最近怎么了？看你面黄肌瘦，只剩一把骨头了。"

我简单地把我的经历跟他说了一下。话还没说完，霍尔餐厅就到了。

他听完后，同情地说："不幸的人啊，你以后打算怎么办呢？"

我回答说："我想找个价钱不高而又舒服点的房子，不过，不知道能不能找到。"

我的伙伴说："这可真怪，今天你是第二个对我说这话的人了。"

"第一个是谁？"我问道。

"是一个在医院化验室工作的伙计。今天早上他还唉声叹气呢，他说他找了几间好房子，但租金比较高，他一个人支付不起，又一时找不到人合租。"

我说："太好了，如果他真想找个人合租，那就找我吧。两个人住总比一个人住要好得多。"

小斯坦福德端起酒杯，很吃惊地望着我，他说："你还不知道歇洛克·福尔摩斯吧，要不你怎么愿意跟他住在一起呢？"

"怎么啦，难道他这人不好吗？"

"不，他并没有什么不好的地方。只不过他有点古怪——他老是不停地研究一些东西。据我了解，他人倒是蛮正派的。"

我说："他是个医生吧？"

"不是的，我一点都不清楚他钻研的是什么。不过，他精于解剖学，又是第一流的药剂师。但是，他好像从没系统地学过医。他所研究的东西很乱，不成系统，并且也很离奇；他积累了很多稀奇古怪的知识，足以使他的教授都感到惊讶。"

我问道："难道你从没问他在钻研些什么吗？"

"没有，他很难说出心里话，虽然他高兴的时候，也爱滔滔不绝地说个不停。"

我说："我倒想见见他，我现在身体还不大好，受不了吵闹和刺激，因此，我要与人合住的话，得挑个好学而又安静的人。在阿富汗我已吃够了这种苦头，这辈子也不想再受这种苦了。请问，我怎样才能找到你

3

这位朋友?"

我的伙伴回答说:"他现在肯定在化验室里。他要么几星期都不去,要么整天都待在那儿。如果你愿意,我们吃了饭就一块坐车去。"

"当然愿意!"我说,随后我们又谈了些别的。

在去医院的路上,斯坦福德又给我讲了些关于那位先生的详细情况。

他说:"如果你和他合不来可别怪我。我只是偶尔在化验室里见过他,稍稍知道他一点情况;他别的情况,我就一无所知了。你是自己要跟他住在一起的,到时,可没我的事了。"

"要是我们合不来,散伙就是了。"我盯着斯坦福德继续说道,"我看,斯坦福德,你这么担心这事,里头肯定有原因。是不是那人的脾气真的很坏,还是别的原因?有话直说嘛!"

他笑了笑说:"要想把他介绍清楚可真不容易。我看他那人有点机械化,近乎冷血。有一回,他拿了一小撮植物碱让他的朋友尝。你要明白,这绝非恶意,他只是想了解这种药物对不同人的效果而已,而且,说句公道话,我相信他自己也同样乐意把它吞下。但这总有点不近人情,他的求知欲太强了。"

"这种精神是很好的嘛。"

"好是好,但也太过分了些。后来,他甚至在解剖室里用棍子打尸体,你说怪不怪?"

"打尸体?"

"是啊,他说为了看看人死以后还能造成什么样的伤痕。我亲眼看见过。"

"你不是说他不是学医的吗?"

"是呀,鬼知道他研究的是些什么东西。好了,我们到了,他到底是什么样的人,你自己看吧。"他说着,就和我下了车。

我们走进一条狭窄的胡同,又从一个侧门走进了一所大医院的侧楼。这地方我很熟悉,不需要人引路。我们登上白石台阶,穿过长长的一条走廊。走廊两壁刷得雪白，两旁有很多褐色的小门。走廊尽头有一个低低的拱形过道，一直通向化验室。

化验室是一间高大的屋子，屋里杂乱地摆放着很多的瓶子。几张高矮不一、大小不同的桌子横七竖八地摆在屋里，上边放着很多蒸馏器、试管和一些闪动着蓝色火焰的小煤气灯。屋里只有一个人，在较远的一张桌子旁全神贯注地工作着。他听到脚步声后回头看了一眼，然后突然跳了起来大声嚷着："我发现了！我发现了！"他对着我的同伴大声叫着，手里拿着一支试管向我们跑了过来，"我发现了一种试剂，遇到血红蛋白就会沉淀，而别的则不行。"那样子看来，要是他发现了一座金矿，也不至于显得比现在更欢喜。

斯坦福德给我们介绍说："这位是华生医生，这位是福尔摩斯先生。"

"你好。"福尔摩斯热情地握着我的手说。我简直不能相信他会有这么大的力气。

"我想，你到过阿富汗。"

我吃惊地说："你怎么知道的？"

"这很简单，"他略略地笑了起来，"现在要谈的是血红蛋白的问题。你没看出我这发现很有用吗？"

我回答说："从化学上说，是很有意思，但它的实用性……"

"怎么，先生，难道你还没看出这种试剂能使我们万无一失地鉴别血迹吗？这可是目前实用法医学的最大发现了，请到这边来！"他一把拉住我的袖口，把我拖到他刚才工作的那张桌子旁。"先弄点血，"他说着，用一根长针把自己的一根手指刺破了，然后用吸管吸了一滴血。

"现在把这滴血和一升水混合。你看，混合后跟清水一样，血在混合液中所占的比重还没到百万分之一。尽管这样，我相信我们还是能够看到一种特别的反应。"

说着，他把几颗白色结晶物放进了混合液中，随后又滴了几滴无色液体。很快，混合液就呈现出暗红色，一些棕色颗粒慢慢沉到了瓶底。

"哈哈！"他像个得到新玩具的小孩子一样拍着手高兴地喊道，"你看怎样？"

我说："这个实验看来很不错。"

"这简直太妙了！过去用愈创木液实验的方法和用显微镜检验的方法都不太好，如果血迹凝干了几个小时后，显微镜就起不了作用了。现在，不管新旧血迹，用这种新试剂都会起作用。要是这种检测方法早就有了，那么，世上就不会有那么多人逍遥法外了。"

我喃喃地道："确实是的。"

"刑事案件往往取决于这一点。案子发生好几个月后，好不容易查出一个嫌疑犯，在他的衬衣或其他衣物上发现有褐色的斑点，但这些斑点到底是血迹，还是泥迹、铁锈、果汁的痕迹，或者是别的什么东西呢？很多专家都不好下判断，因为他们没有可靠的检验方法。现在，我们有了这个歇洛克·福尔摩斯检验法，事情就好办多了。"

他说话时，两眼炯炯有神。他边说边把一只手按在胸前，好像是对给他鼓掌的观众致谢似的鞠了一躬。

他那兴奋的样子很让我惊奇，我说："我们的确应该向你表示祝贺。"

"法兰克福去年发生过冯·比肖夫一案，当时要是用这个方法去检验的话，那他早就判绞刑死了。另外还有布莱德弗的梅森、臭名远扬的穆勒、蒙特培利尔的利菲佛和新奥尔良的萨姆森等二十几个案子，要是都用这个方法，案子就会彻底解决。"

斯坦福德不禁大笑起来："你好像是犯罪案件的活档案。你可以去办一份报纸了，报名就叫'刑事案件旧录报'吧。"

"这样的报纸读起来肯定很有意思。"福尔摩斯边说边把一小块橡皮膏贴到手指破口上，"我得小心一点，因为我常常要接触毒药。"说着他就伸出手让我看，只见他的手上几乎到处都贴着橡皮膏，并且由于遭到强酸的侵蚀，手上的肤色都变了。

"我们有点事要和你商量。"斯坦福德边说边在一只三脚高凳上坐下，然后用脚把另一只凳子推向我这边，"我这位朋友要找个住处，而你正愁找不到合住的人，所以我想给你俩介绍一下。"

福尔摩斯听说我要和他合住，好像很高兴，他说："我看中了贝克街一所公寓，我俩住进去很合适——如果你不讨厌烟味的话。"

我回答说："我自己也常常抽船牌烟的。"

"那太好了。我会经常在家里摆弄一些化学药品，偶尔也做做实验，你不介意吗？"

"不会的。"

"让我想想，我的其他缺点有——我有时心情不好，好几天都不说话，你千万别以为我这样是生气，我自己慢慢会好起来的。你的缺点呢？我想，在两个人同住之前，最好能彼此先了解一下对方的缺点。"

听他这么一说，我不由得笑了起来，说："我养了条小虎头狗。我的神经受过刺激，最怕吵闹。我很懒，经常睡懒觉。在我身体健壮的时候还有不少别的坏习惯，但目前主要的缺点就这些。"

"你认为拉拉提琴也算是吵闹吗？"他急忙问道。

我回答说："那要看他拉得怎样了。如果拉得好，那就犹如仙乐一般好听，如果拉得不好……"

"嗯，这就好了。"福尔摩斯高兴地说，"如果你满意那房子的话，我们的事就这样定了。"

"我们什么时候去看房子？"

他回答说："你明天中午到这儿来找我，我们一起去，把事情给定下来。"

我握着他的手说："行，那我们明天中午见。"

我们走的时候，他还忙着他的实验。我便和斯坦福德一起向我所住的公寓走去。

"对了，我得问一下。"我突然停住脚步对斯坦福德说道，"真奇怪，他怎么会知道我是从阿富汗回来的呢？"

斯坦福德笑了笑说："这就是他的与众不同之处，很多人都不知道他是怎么看出来的。"

"嗯，真有意思。"我搓着手说，"很感谢你让我们认识，要知道'研究人类最好的办法是从具体的人着手'。"

"你一定得好好研究他。"斯坦福德分别时和我说，"你会发现，他是个研究不透的人物，我敢保证，他了解你要比你了解他高明得多。再见吧！"

"好，再见！"我说，然后慢慢向我的公寓走去。我觉得新结识的这个朋友很有趣。

第二章　演绎法

按照约定，第二天中午我们又见面了。我们到他提到的贝克街221号B座去看了看房子。这套房子包括两间舒适的卧室和一间宽敞通风的客厅，房间布置得让人赏心悦目，因为有两扇宽大的窗子，所以屋里光线充足，很明亮。总之，这房子挺让人满意的。我们合租以后，租金也不贵。因此我们当场交钱租了下来。当晚，我就收拾好行李搬了进去。第二天一早，福尔摩斯也跟着把几只箱子和旅行包搬了进来。我们忙着收拾屋子，忙了一两天后，一切摆设好了，我俩也就逐渐安顿下来，开始慢慢熟悉这个新的环境。

说实话，福尔摩斯并不是一个很难相处的人。他为人文静，生活起居很有规律。晚上一般是十点钟前就睡觉了；早上，我还没起床，他就吃了早饭出去了。有时，他一整天都待在化验室或解剖室里；偶尔也步行到很远的地方去，通常是伦敦城里的贫民区。在他工作得起劲的时候，那旺盛的精力无人能比；但无事可做的时候，他整天在起居室的沙发上躺着，从早到晚，几乎一言不发，一动不动。每当这时，他的眼里就有那么一种茫然若失的神色。如果不是他平常生活严谨而有节制，我会怀疑他是个瘾君子。

几个星期过去后，我对他越来越有兴趣，好奇心也越来越大了。单看他的相貌和外表，就足以引人注意。他身高六英尺多，又非常的瘦削，看起来显得格外修长；他目光锐利（茫然若失的时候除外），细长的鹰钩鼻给人以机警、果断的印象；他的下颌宽大突出，说明他是个很有毅力的人。他的两手虽然斑斑点点地到处是墨水和化学药品的痕迹，但动作非常灵巧、细致。因为，在他摆弄那些精致易碎的化学仪器时，我常常趁机在一旁观察他。

我承认福尔摩斯大大引起了我的好奇心，我也老想着把他的所想所作所为从他嘴里套出来。读者朋友们，你也许认为我这样是个不可救药的多事之徒吧。不过，请你体谅一下我的处境，我的生活是多么空虚无聊啊！即使天气特别的好，我的身体状况也不允许我到外面去，而且，也没什么朋友来看我。在这种情况下，我自然会对身边的福尔摩斯和他的一些秘密很感兴趣，并且，我绝大部分时间都在试图揭开这些秘密上打发掉了。

他并不是在研究医学。有一次他回答我的一个问题时，他承认斯坦福德在这一点上的说法是正确的。他搞研究既不是为了获得学位，也不是为了在学术界崭露头角。可是，他对于某些领域研究的热情着实让人吃惊。在一些稀奇古怪的知识领域里，他的学识渊博得让人叹为观止，以至于他的观察结果往往让我惊讶不已。可以很肯定地说，要不是为了某种目的，没有谁会这么辛勤地工作，没有谁会这么认真细致。一个读书很广、很杂的人是博而不精的。除非有某种既定目标，要不，是没人会在一些细节问题上花那么多的精力的。

他的无知与他的渊博知识一样令人惊叹。关于现代文学、哲学和政治，他几乎是一无所知。当我引用托马斯·卡莱尔的文章时，他竟傻里傻气地问我卡莱尔是什么人，干过些什么事情。最让我吃惊的是，他对哥白尼的学说和太阳系的构成也一无所知。都十九世纪了，一个有知识的人居然不知道地球是绕着太阳转的，真是咄咄怪事。

"你好像很吃惊吧。"看着我惊诧的样子，他微笑着说，"即使我真的懂得这些，我也会尽力把它忘掉的。"

"把它忘掉？"

他解释说："是的。我认为人的大脑就像一间空屋子，应该有选择地把一些家具摆进去。只有傻瓜才会不管碰到什么都往里面装。这样一来，那些对他有用的东西反而会被挤出来；即使没被挤出来，也会因为和其他东西混在一起，在取用的时候就很难找到了。所以，一个会工作的人，他会有选择性地吸收知识，他会非常小心仔细地选择，除了对他有用的东西外，他什么也不带进去，而他带进去的东西，则有条有理。请相信我的话，当你学习新知识的时候，多少会忘掉一些旧的知识的。所以，最要紧的是，别让那些无用的知识把有用的给挤出来。"

我申辩道："可这是太阳系的问题啊！"

他不耐烦地打断了我的话："这跟我有什么关系？你说我们是绕着太阳走，可即便是我们围着月亮转，对于我和我的工作又有什么关系呢？"

我本想问问他的工作究竟是什么，但又怕惹他不高兴，只好好好地思索了一番，想努力从中找出点什么线索。他说他不想接触与他工作无关的知识，那他所拥有的知识，当然都是对他有用的。于是，我在心中把他所精通的学科列了出来，然后用铅笔写了出来。写完一看，我不由得笑了起来，原来是这样的：

歇洛克·福尔摩斯的学识范围：

1. 文学知识——无。

2. 哲学知识——无。

3. 天文学知识——无。

4. 政治学知识——很少。

5. 植物学知识——不全面，对颠茄制剂和鸦片等毒物无所不知，而对实用园艺学却一无所知。

6. 地质学知识——偏于实用方面，但很局限。能一眼分辨出不同的土质。有一次他散步回来，曾指着溅在他裤子上的泥点给我看，并且根据泥点的颜色和坚实程度告诉我是在伦敦的什么地方溅上的。

7. 化学知识——精通。

8. 解剖学知识——精通，但毫无系统。

9. 惊险文学——非常了解，似乎对近一世纪来发生的所有恐怖事件都了如指掌。

10. 提琴拉得很好。

11. 善使棍棒，并精通拳击和击剑。

12. 关于英国法律方面，他具有很多实用知识。

看完这张字条，我很失望地把它扔到了火里面，自言自语地说："要想通过这张字条来探究出他的职业，那实在是太难了，不如趁早作罢。"

我在前面曾提到过他会拉提琴。确实，他的提琴拉得很出色，但也像他的其他本领一样，也有些古里古怪。我知道他能拉一些很难拉的曲子，在我的要求下，他曾为我拉过几支门德尔松的浪漫曲和一些他所喜爱的曲子。可是当他一个人的时候，拉出来的曲子就很不像样了。傍晚，他靠在扶手椅上，眯着眼睛，信手弹弄着平放在腿上的提琴。琴声时而欢快高亢，时而忧郁低沉。显然，这些琴声都是他当时心情的反映。不过，究竟是他演奏的乐曲助长了他的思绪，还是仅仅是心血来潮，我就无法确定了。如果他不是在这些难听的曲子后面，又给我连拉几支我喜爱的曲子作为补偿的话，我真的要提出抗议了。

开头的一两个星期，没人拜访我们。我还以为我的伙伴也和我一样，孤单单没什么朋友。但很快我发现认识他的人很多，而且各个社会阶层的人都有。其中有一个面带菜色，贼头贼脑，生着一双黑眼睛的小个子，福尔摩斯向我介绍说这是雷斯垂德先生。这人每星期都要来三四趟。有一天早上，来了个时髦的年轻姑娘，坐了半个多钟头才走。当天下午，又来了个很像是犹太小贩的客人，他头发灰白，衣服破旧，看起来神色很紧张，在他身后还跟着个邋邋遢遢的老妇人。还有一次，一个白发绅士来拜访了我的伙伴。还有，一个穿棉绒制服的火车站搬运工也来找过他。每当这些形形色色的客人来拜访的时候，福尔摩斯总是请我到卧室去回避，把起居室让给他使用。他经常为此向我道歉，他说："请原谅我占用这间起居室来办公，这些人都是我的顾客。"本来，这是我直接问他到底从事什么职业的好机会，但我为人拘谨，不想强人所难逼他向我吐露自己的秘密。我当时想，他不跟我说他的职业，肯定有什么原因。没想到，没过多久，他出人意料地主动跟我谈起了这个问题。

那是三月四日，我记得很清楚，我起得比平时要早一些，福尔摩斯正在吃早餐。房东太太知道我有晚起的习惯，因此，餐桌上没有为我准备食品，连咖啡也没预备好。我一时没来由地就发火了，让房东太太马上给我准备早餐。随后，我拿起一本杂志边看边等，而福尔摩斯却一声不响地只顾吃他的面包。杂志上有篇文章的标题下让人画了一道铅笔线，我自然而然地先看起了这一篇。

文章的标题有点故弄玄虚，叫什么《生活宝鉴》。这篇文章企图说明：一个善于观察的人，如果精确而系统地观察他所接触到的事物，就会有很大的收获。我觉得这篇文章很特别，既有见解独到之处，也有荒唐可笑之处。文章推理严密紧凑，但结论却有点牵强附会。作者说从每个人每一瞬间的表情，肌肉的抽搐，或是目光的移动，都可以推测出这个人的内心活动来。按照作者的说法，对于一个在观察和分析上训练有素的人来说，是没人能骗到他的，他做出的结论简直和欧几里得的定理一样准确。对那些门外汉来说，他的这些结论着实令人吃惊，在他们了解这些作者借以得出结论的所有步骤之前，他们很可能把他看成一个神机妙算的巫师。

文章说："一个逻辑学家能凭一滴水就能推测出大西洋或尼亚加拉瀑布的存在，即使他并没亲眼见过。总之，整个生活其实是一条环环相扣的链条，只要看到了其中的一环，整个链条的情况也就一目了然了。推断和分析的科学和手艺一样，只有经过长期和耐心的钻研才能掌握，有些人即使为它呕心沥血了一辈子，也未必能够达到得心应手的境地。初学者，在研究比较难的心理方面的问题前，可以先从简单的事情上入手。比如碰到了某个人，马上就推测这个人的来历和职业。这样的训练，看起来是有些幼稚无聊，但它确实能让一个人的观察能力变得敏锐起来，并且能告诉人们从哪些地方去观察。一个人的指甲、衣袖、鞋和裤子的膝盖部分，拇指和食指间的茧子等等，这些小部位都能显露出他的职业来。如果一个办案的人，不能从这些东西上看出点什么，那真是不可思议。"

我看到这里，忍不住把杂志往桌上一扔，大声说道："这简直是胡说八道！我还从没见过这么无聊的文章。"

"哪篇文章？"福尔摩斯问道。

"就是这篇文章。"我一边坐下来吃早餐，一边用小匙子指着那篇文章说，"我想你已经看过了，下边还画了一条铅笔线呢。我承认这篇文章写得好，但我看了后，还是忍不住要生气。显然，这是哪个吃饱了饭没事做的人在胡编瞎造，一点都不切实际。我倒想把他关到火车的三等车厢里试试，看他能不能把同车人的职业一个个都说出来。我敢跟他打赌，一千对一的赌注都行。"

"那你输定了。"福尔摩斯平静地说，"这篇文章是我写的。"

"是你？"

"是我。我在观察和推理这两方面都有不一般的才能。我在这篇文章中所提出的这些理论，你可能会觉得荒谬绝伦，但它非常实用，实用到我就是靠它来挣面包和奶酪的。"

"靠它吃饭？"我不禁问道。

"是啊，这就是我的职业，我想这世上干这行的恐怕就只有我一个。我是个咨询侦探，也许你明白这个职业是干什么的吧。在这伦敦城里，有很多官方侦探。他们一有困难就来找我，我帮他们指点迷津。他们把所有的证据提供给我，而我凭着我对犯罪史的了解，纠正他们的错误。其实很多犯罪行为都有类似的地方，如果你对一千个案子的细节了如指掌，而不能破解第一千零一个案子的话，那就怪了。雷斯垂德是一位很有名的侦探。最近他为一个伪造案而头痛，所以他不得不找我帮忙。"

"那别的人呢？"

"他们多半是由私人侦探介绍的，都是遇到了麻烦，请我给他们出主意的。我仔细地听他们讲述各自的麻烦事情，他们则听从我的指点。我从中收取应得的报酬。"

我说："你的意思是说，尽管别人亲眼看见事件的所有细节，解决起来却束手无策，而你却闭门不出就能使这些难题迎刃而解吗？"

"正是这样。因为我有那么一种利用直觉分析事物的能力。有时也会碰到一些稍微复杂的案件，那么，我就得亲自出门去侦查了。你知道，我有很多特殊的知识，把它们运用到案件上去，问题就能迎刃而解了。那篇文章中提到的几个推断法虽然让你很鄙视，但对我的实际工作却是无价之宝。敏锐的观察力是我的第二天性。我们第一次见面时，我说你是从阿富汗来的，我记得当时你好像很惊讶哩。"

"是的，不过，肯定有人告诉过你。"

"没有那回事。我之所以一眼就看出你是从阿富汗来的，是长久以来的习惯所致。当时一系列的思索飞快地掠过我的脑际，因此在我得出结论时，我还没察觉到它是怎么得出来的，但，这中间是有着一定的步骤的。我当时是这么推理的：'这位先生，既有医生风度，又有军人气质，无疑他肯定是位军医。他脸色黝黑，手腕的皮肤黑白分明，说明他刚从热带回来。他面容憔悴，说明他久病初愈，而且历尽了艰苦。他左臂受过伤，现在动起来还有些僵硬不便。试问，一个英国的军医在热带地方历尽艰苦，而且手臂受过伤，那他曾去过哪儿呢？自然就只有阿富汗了。'这一连串的推理，不到一秒钟就完成了，因此我一下子就脱口而出说你是从阿富汗来的。"

我微笑着说："听你这么一说，这事还挺简单的呢。你让我想起了埃德加·爱伦·坡的作品中的侦探人物杜邦来了。我真想不到除了小说以外，现实中竟会真有这样的人物存在。"

福尔摩斯站了起来，点燃了烟斗，"你以为把我和杜邦相提并论就是佩服我了。可是，在我眼中，杜邦只是个微不足道的家伙。他要先默想一刻钟，然后才猛地说出他朋友的烦恼事，这种伎俩未免太做作、太愚蠢了。不错，他确实有一点分析的能力，但他绝不是爱伦·坡所想象的那种奇才。"

"你看过加波利奥的书吗？"我问道，"你认为勒高克怎样，他算得上是一个侦探吗？"

福尔摩斯轻蔑地哼了一声后，恶声恶气地说："勒高克是个不中用的傻瓜。他除了旺盛的精力外一无是处。那本书简直糟透了，它只谈了怎样去识别不知名的罪犯，这样的问题，我能在二十四小时内解决，可勒高克却用了半年的时间。有这么长的时间，都可以给侦探们写一本教科书了，教导教导他们应当避免些什么。"

我听到他把我很钦佩的两个人物贬得一文不值，不由得非常恼怒地走到窗子旁，对着繁华的街道，自言自语地说："这个人虽然很聪明，但也未免太自负了！"

他有些不满地说："这些天来没什么案子发生，我都快成了没用的人了。我知道我的才能足以让我成名，从古到今，还没有人像我这样，既有侦破罪行的天赋又有对罪行的细致研究。可到头来呢？竟没案可查，即使有，也不过是些简单幼稚的案子，犯罪动机一目了然，就连苏格兰场的警探也能一眼看破。"

我烦透了他这种大言不惭的谈话，于是想换个话题。

"那个人在找什么呢？"我指着街上一个身材魁梧、衣着朴素的人说。他在街那边慢慢地走着，焦急地找着门牌号码。他手上拿着个蓝色大信封，好像是给谁送信的。

福尔摩斯说："你是说那个退伍的海军陆战队的中士吗？"

我心想："又吹牛说大话了。他明知道我没办法去证实那个人的身份。"

刚这么一想，就见那个人看见了我们的门牌号码后，飞快地从街对面跑了过来。一阵急促的敲门声过后，有人在楼下用低沉的声音说着什么，接着，楼梯上便响起了沉重的脚步声。

这个人一走进我们的房间，就把那封信递给了我的朋友。他说："这是给福尔摩斯先生的信。"

这正是挫挫福尔摩斯傲气的好机会。刚才他信口开河，压根儿想不到眼下这结果。我尽量用温和的声音问道："先生，请问你是干什么的？"

"当差的，先生。"那人粗声粗气地回答说，"我的制服拿去修补了。"

"你以前干过什么？"我一边问，一边略带嘲笑地瞥了我同伴一眼。

"中士，先生，我在皇家海军陆战队轻步兵中队服过役。先生，你没有回信吗？好吧，再见。"

他的脚跟并拢，抬手敬了个礼，然后走了出去。

第三章　劳瑞斯顿惨案

福尔摩斯的推测又一次得到了证实，我得承认，这又让我大吃了一惊，但我还是有些怀疑，怀疑这是他事先布置好来捉弄我的圈套，至于为什么要捉弄我，我就不知道了。当我看他的时候，他已看完了来信，两眼茫然出神，一副若有所思的样子。

"你是怎么推测出来的？"我问他。

他粗声粗气地问："推测什么？"

"嗯，你是怎么推测出他是个退伍的海军陆战队中士的呢？"

"我没时间谈这些毫无意义的小事！"他粗鲁地回答说，但接着又笑着说，"请原谅我的无礼。你把我的思路打断了，但这没关系，你真没看出他曾是个海军陆战队的中士吗？"

"真的没看出。"

"其实这很简单，但要我解释是怎么推测的，就不那么简单了。就像要你证明二加二等于四一样，你明知道这是不容置疑的事实，但还是很困难。我隔着街看见那个人手背上文着一只蓝色的大锚，这是海员的特征。何况他不仅留着军人式的络腮胡子，而且一举一动很有军人气质，因此，我敢肯定他是个海军陆战队队员。那人还有些趾高气扬，颐指气使的神态，你一定注意到他昂首挺胸，挥杖阔步行走的姿势了吧。从他的面部特征上看，他是个踏实正派的中年人——因为这些情况，所以我断定他当过中士。"

"真神了！"我情不自禁地喊出声。

"这也没什么。"福尔摩斯说。但从他的面部表情上看，我看出他对我溢于言表的惊讶和敬佩之意也颇感得意。"我刚才还说没案可查，现在就有了——你看看这个！"他说着就把送来的那封信扔到了我的面前。

"哎呀，"我粗略地看了下，不由得吃惊地叫了起来，"真可怕！"

他很镇静地说："这个案子的确很不寻常。请你大声地给我念一念信好吗？"

我拿起信念了起来：

亲爱的福尔摩斯先生：

昨晚，布瑞克斯顿路的尽头，劳瑞斯顿花园街3号发生了一宗凶杀案。今日深夜两点钟左右，巡逻警察发现那里有灯光，该巡警知道那所房子一向无人居住，所以怀疑出了事。他走近后，发现房门开着，大厅空荡荡的，躺着一具男尸。该男子衣着齐整，口袋中有写着"伊瑠克·J. 瑞伯，美国俄亥俄州克利夫兰市人"等字样的名片。经查，除发现屋内的几处血迹外，未见死者身上有伤痕，现场也没有抢劫迹象。死者是怎样进入空屋的，我们百思不得其解，此案确使我们倍感困惑。若你能在十二点以前来到现场，我将在此恭候。在你到来前，我们将保护好现场。如果你不能来，我将给你汇报全部详细情况，如能给我指点一二，不胜感激。

特白厄斯·葛莱森上

福尔摩斯说道："葛莱森在苏格兰场算是首屈一指的能人。他和雷斯垂德是那帮蠢货中的佼佼者。他们两个本来也算是眼明手快、机警干练的人，但都太因循守旧了，何况他们还明争暗斗，就像两个卖笑的妇人一样互相猜忌、钩心斗角。如果他俩都插手这个案子的话，就有好戏看了。"

看到福尔摩斯还在不慌不忙、若无其事地侃侃而谈，我非常的着急，不由得大声叫道："别再耽误时间了，我去给你叫辆马车来吧！"

"我还没决定去不去呢，你急什么？虽然有时我很勤快，但懒起来的时候比谁都懒。"

"什么？你不是一直在等着这一天的到来吗?!"

"是啊，但这事与我无关，我是个非官方人士，即使我把案子给解决了，功劳也会被葛莱森和雷斯垂德那帮人捞走的。"

"但他们现在请你帮忙了呀。"

"这是他们知道我比他们强，但他们不想让别人知道这一点。好了，尽管这样，我们也得去瞧瞧，即使我什么也得不到，我也要一个人单独把这案子给破了，好让他们出出丑。"

他匆忙披上大衣，一副跃跃欲试的样子。

"戴上你的帽子。"他对我说。

"你让我也去吗？"

"是的，你要是没别的事的话。"一分钟以后，我们坐上了一辆马车，急急忙忙地往布瑞克斯顿赶。

这是个雾气蒙蒙的早晨，天空阴沉沉的。屋顶上蒙着一层灰暗的帷幕，看上去像是脚下泥泞不堪的街道的映象。福尔摩斯一路上颇有兴致地大谈特谈意大利克里莫纳出产的提琴以及斯特莱迪瓦利提琴和阿玛蒂提琴的区别，而我却因为这突发的事件和阴郁的天色而闷闷不乐，只是一言不发地听着。

最后我终于忍不住打断了福尔摩斯在音乐方面的谈论，我说："好像你对这个案子漫不经心似的。"

他回答说："没有任何材料。在没有收集到所有证据之前就去推理，这是绝对错误的，它只会使你的判断产生偏差。"

"你很快就能得到些材料了。"我指着前面说，"如果我没弄错的话，布瑞克斯顿路就到了，而那里就是出事的那幢房子。"

"对，就这儿，停车，车夫，快停车！"在离那幢房子还有一百码左右的地方，他就坚持要下车，剩下的那段路，我们就步行过去。

劳瑞斯顿花园街3号看起来就像一座凶宅。这里一连有四幢离街较远的房子，两幢有人居住，两幢空着，3号就是空着的一幢。它临街的一面有三排窗子，尘封的玻璃上到处贴着"招租"的字样，景况极为凄凉冷清。每幢房子前面都有个小花园，把它们与街道隔开。小花园里有一条用黏土和石子铺成的黄褐色小道，它被昨晚的大雨弄得泥泞不堪。花园周围有约三英尺高的矮墙，墙头装有木栅。一个身材高大的警察倚墙而立，墙外有几个人伸着脖子往屋里张望，但什么也看不到。

福尔摩斯并不像我想象的那样马上进屋去侦查，他似乎并不着急，甚至有点儿漫不经心，他这模样在我看来简直是在故弄玄虚。他在人行道上走来走去，一会儿看看地面，一会儿抬头看天和看对面的房子与墙头的木栅。后来又慢慢地从路边的草地上走过去，仔细查看着泥泞的小路。他停下过两次，有一次我还看见他露出了笑容，并且听到他欢呼了一声。这泥泞不堪的黏土路上留着许多脚印，警察们来来往往不知踩过多少回了，我真不明白他能从上面辨认出什么。然而我还是相信他敏锐的观察力，相信他一定发现了很多我没发现的东西。

一个头发浅黄脸色白皙的高个子站在房子的门口迎接我们，他手里拿着一个笔记本，热情地握住我同伴的手说："你来了就好办了，我们把现场保护起来了，一切都保持原样。"

我的同伴指了指那条小径回答说："除了那条小径。即使有一群野牛走过那儿，情况也不会比现在更糟糕了。葛莱森，显然你已经有了定论，所以才容忍这样的情况发生吧。"

葛莱森辩解地说："我在屋里忙着呢，外边的事我全托付给我同事雷斯垂德了。"

福尔摩斯瞥了他一眼，讥讽地扬了扬眉毛，说："有你和雷斯垂德这两位人物在，第三个人当然发现不了什么了。"

葛莱森得意地搓了搓手说："我想我已经尽力了，这案子的确很离奇，很合你的胃口。"

"你没坐马车来吧？"福尔摩斯问道。

"没坐，先生。"

"雷斯垂德呢？"

"他也没有。"

"那么，我们进屋看看。"

福尔摩斯问完这没头没脑的话后，大步走进了屋子。葛莱森有些惊讶地跟在后面。

有一条短短的过道通向厨房，过道上没铺地毯，积满了灰尘。过道两边各有一扇门，其中一扇显然已经很久没开过，另一扇是餐厅的门，惨案就发生在这个餐厅里。福尔摩斯走了进去，我尾随其后。当看见尸体时，我的心情格外压抑。

这是间方形大屋子，因为没有家具陈设，所以更显宽大。墙壁上贴着廉价的壁纸，有些地方斑斑点点起了霉，有些地方还大片大片地剥落，里面黄色的粉墙都露了出来。正对着门的，是一个漂亮的壁炉，壁炉框是用白色的假大理石料做的，炉台上有一段红色蜡烛。整个屋子只有一扇窗子，而且还是灰蒙蒙的，更增添了屋里的阴森气氛。

上面这些都是我后来才看到的。我刚进去的时候，注意力全集中在那具非常恐怖的尸体上。他僵卧在地板上，翻白的眼睛盯着褪了色的天花板。死者四十三四岁的样子，中等身材，一头乌黑鬈发，短硬胡子，宽肩膀，身穿厚厚的黑呢礼服和背心，装着白净的硬领和袖口，下身穿一条浅色长裤，耳旁有一顶整洁的礼帽。死者双拳紧握，两臂大张，两腿交叠，看来他死前曾痛苦地挣扎过。死者面貌凶恶、龇牙咧嘴，看来他非常的愤恨和恐惧。他前额低削、鼻子扁平、下巴外突，有些像怪模怪样的扁鼻猴。我曾见过各种各样的死人，但没见过比这还恐怖的。

身体瘦削，颇有侦探风度的雷斯垂德，站在门口向我们打招呼。

他说："这案子一定会轰动全城的，先生，我也不是办案的新手了，可我还真没见过这么离奇的事。"

葛莱森问道："有什么线索吗？"

雷斯垂德回答说："一点也没有。"

福尔摩斯走到尸体跟前，蹲下身仔细地检查着。

"你们敢肯定死者没有伤痕吗？"他指着周围的血迹问。

两个侦探异口同声地说："绝对没有。"

"那么，这些血迹一定是另一个人的了，也许是凶手留下的。如果这是凶杀案的话，这倒让我记起了一八三四年修垂克特的范·强森死时的情况。葛莱森，那个案子你还记得吗？"

"忘记了，先生。"

"你应该看一下那个案子的记录。有好多所谓的新鲜事其实并不新鲜。"

他边说边用灵敏的手指这儿摸摸，那儿按按，一会儿又解开死者的衣扣，检查一番，眼睛里又流露出茫然的神情。最后，他嗅了嗅死者的嘴唇，又看了一下死者的靴底。

"尸体一直没动过吗？"他问。

"除了必要的检查外，没有动过。"

"现在可以把他拉走埋了，"他说，"没什么需要再检查的了。"

葛莱森早就准备了一副担架和四个抬担架的人。他一招呼，他们就进来把死者抬了出去。当他们把尸体抬起来时，一枚戒指滚落到地板上了。雷斯垂德连忙拾起它，吃惊地看着。

"一定有个女人来过，这是一枚女人的结婚戒指。"

他一边说，一边把托着戒指的手伸给大家看。我们围了上去，果然是新娘戴的金戒指。

葛莱森说："如此一来，案子就更复杂了。"

福尔摩斯说："也许这枚戒指能使这案子简单一些呢！这样傻呆呆地看它是没有用处的。你在死者衣袋里都搜了些什么东西出来了？"

"都在这儿，"葛莱森指着楼梯最后一级的一小堆东西说，"一块伦敦巴罗德公司制的 97163 号金表，一条又重又结实的艾尔伯特金链；一枚刻着共济会会徽的金戒指；一枚金别针，别针上有个虎头狗脑袋，狗眼是两颗红宝石。还有俄国皮料的名片夹，里面装有克利夫兰，伊瑙克·J. 瑞伯的名片，名字和衬衣上'E.J.D'三个缩写字母相符。没有钱包，只有七英镑十三先令零钱。一本袖珍版的薄伽丘的《十日谈》，扉页上写着约瑟夫·斯坦节逊的名字。另外还有两封信——一封是给瑞伯的，另一封是给约瑟夫·斯坦节逊的。"

"是寄到哪里的？"

"河滨路美国交易所，留交本人自取。信是从盖恩轮船公司寄来的，信里告诉了他们轮船什么时候从利物浦出发。看来这个倒霉的人正准备回纽约。"

"你们调查过斯坦节逊吗？"

"先生，我当时马上就调查了。"葛莱森说，"我已经把寻人启事送到各家报社去刊登，还派了人到美国交易所去打听，不过人还没回来。"

"你们跟克利夫兰方面联系了吗？"

"今天一早我们就给那边发了电报。"

"电报上说了些什么？"

"我们把案子的情况详细说了一下，还说切盼能告知任何有助于调查的情况。"

"难道你没有就你认为至关重要的某个细节进行咨询吗？"

"我提到了斯坦节逊这个人。"

"没再问别的？难道整个案子里一个关键性问题都没有？你就不能再发个电报吗？"

葛莱森没好气地说:"我已经把该说的都说了。"

福尔摩斯暗暗笑了笑,正想说些什么,这时雷斯垂德又来了,他扬扬得意地搓着双手。我们刚才和葛莱森在屋里谈话的时候,他留在前面的大厅。

"葛莱森先生,我刚刚发现了一件非常重要的事情——幸亏我仔细检查了墙壁,否则就漏掉了。"这个小子说话时,眼睛炯炯有神,显然他是在炫耀他的重大发现。

"请跟我来,"他一边说,一边快速地回到了前厅。由于尸体抬走了,屋里的空气好像清新了很多。

"好,就站那里吧!"

他把火柴划亮,举起来照着墙壁。

"看看这个!"他得意地说。

前面说过,墙上不少壁纸都剥落了。雷斯垂德指着的那个墙角上,壁纸剥落在地,黄色的粉墙露了出来。上面有个用血写就的草字:

RACHE

"怎样?"雷斯垂德像马戏团老板夸耀自己的把戏一样大声说,"谁都没看到它,因为它在屋里最暗的角落里,谁都不会想到到这里看看。这是凶手蘸着自己的血写上的。看,墙上还有血往下流的痕迹呢!可见,死者绝不是自杀。为什么写在这个角落里呢?你们看看壁炉上的那截蜡烛吧,把它点着了,这个墙角就是屋里最亮而不是最暗的地方了。"

葛莱森轻蔑地说:"可是,这个字能说明什么呢?"

"说明什么?这说明凶手要写一个女人的名字'瑞契儿'(Rachel),但因为某种原因,凶手来不及写完。你先记住我的话,到案子破了后,你肯定会发现有个叫'瑞契儿'的女人和本案有关联。当然,福尔摩斯先生,尽管你断案如神,你尽可以笑话我,但姜还是老的辣。"

福尔摩斯听他这么一说,忍不住放声大笑起来,这一笑就把那小个子给激怒了。福尔摩斯说:"真对不起!确实是你第一个发现这个字的,你立大功了。而且正如你所说,这字确实是昨晚惨案中另外一个人写的。刚才我还来不及检查这屋子，如果你不介意的话，我想现在开始检查。"

福尔摩斯说着，很快地从口袋里拿出一把卷尺和一个大的圆形放大镜来，然后在屋里走来走去，时而立住，时而蹲下，有一次还趴在地上了。他专心致志地工作着，好像我们不存在似的，他一直自顾自地低声说着什么，时而惊呼，时而叹息，时而吹起口哨，时而高兴地小声叫起来。看到他这副模样，我不由得想起了那种训练有素的纯种猎犬，它在丛林中跑来跑去，猖猖吠叫，不嗅出猎物的踪迹绝不罢休。他一直检查了二十分钟，小心仔细地测量了一些痕迹之间的距离，而那些痕迹，凭肉眼是看不出来的。他偶尔也让人莫名其妙地测量墙壁。后来，他从地板上的什么地方捏了一小撮灰色尘土，小心翼翼地把它装入一个信封里。接着又用放大镜一个字母、一个字母地把墙上的血字很仔细地检查了一遍。然后很满意地把卷尺和放大镜放回衣袋。

他微笑着说："有人说勤奋出天才。虽然这个定义下得有些武断，但用在侦探工作上，倒确实如此。"

葛莱森和雷斯垂德很好奇又很有几分轻蔑地看着福尔摩斯的一举一动，显然他们还不明白福尔摩斯——我已经看出来了——其实，他的每个、哪怕最细微的动作，都有它实际而又明确的目的。

"先生，你看出什么来了吗？"他们两个一起问道。

"要是我插手的话，就免不了要和你们争功。你们现在进展得很顺利，不需要人来插一手。"福尔摩斯有些讥讽地说。"如果你们随时告诉我侦查的进展情况，我会尽力协助的。现在我还想和发现这具尸体的巡警谈谈，你们知道他的姓名和住址吗？"

雷斯垂德看了看他的记事本说："他叫约翰·兰斯，家住肯宁顿花园门路，奥德利大院46号，他现在下班了，你可以去那里找他。"

福尔摩斯把地址记了下来。

"走吧，医生，我们找他去。"他先是跟我说话，接着又回过头对两个侦探说，"告诉你们对这个案子有些帮助的事情吧，这是宗谋杀案。

凶手是个六英尺多高的中年男子，正值壮年，相对他的身高而言，他的脚有点小，穿一双方头的粗皮靴子，抽印度雪茄。他是和死者坐同一辆马车来的，拉这辆马车的那匹马有三只蹄铁是旧的，只有右前蹄的蹄铁是新的。这个凶手可能是个红脸膛，他的右手指甲很长，这只是几点可供参考的迹象，希望能对你们有所帮助。"

雷斯垂德和葛莱森面面相觑，有些怀疑地笑了笑。

雷斯垂德问道："如果他是被人害死的，那么他是死于什么手段呢？"

"下毒。"福尔摩斯简单地回答，然后大步向门外走去，走到门口时，又回过头补充说："补充一点，雷斯垂德，在德文中，'瑞契儿'这个字是复仇的意思，所以请别再浪费时间去找什么'瑞契儿小姐'了。"

福尔摩斯说完就转身走了，剩下两位侦探目瞪口呆地立在那里。

第四章　警察兰斯的叙述

我们是在下午一点钟离开劳瑞斯顿花园街 3 号的，福尔摩斯和我先到附近的电报局发了封电报。然后叫了辆马车，赶往兰斯家里。

福尔摩斯说："直接取得的证据比什么都重要，虽然我对这个案子已经心里有数了，但我最好还是去了解　下应该知道的情况。"

"福尔摩斯，你真让人莫名其妙。刚才你说的那些细节，你真那么肯定吗？"

"当然了。"他回答说，"我一到那里就看到了马路石沿旁有两道马车车轮的痕迹，因为在昨晚下雨前晴了一星期，所以留下这个很深的车辙的马车肯定是昨晚到那里的。另外，还有马蹄的印子。其中有一个比其他三个要清晰得多，无疑这说明那只蹄铁是新装的。既然车子是雨后到那里的，而且葛莱森也说过，整个上午又没马车经过，所以，凶手和死者是坐那辆马车到那幢空屋去的。"

"听你这么一说，好像挺简单的，"我说，"但你又是怎么知道凶手的身高的呢？"

"这个嘛，也很简单，一个人的身高，可以根据他步伐的大小测出来，但是让我把枯燥的数字摆出来算给你看实在是毫无用处。我是在屋外泥泞小路和屋里地板的尘土上量出那个人步伐大小的。接着我又用另一个方法验证了我的计算结果——人们在墙上写字的时候，通常会很自然地写在和视线平行的地方——而那墙上的字迹刚好离地六英尺高。非常简单的方法。"

"他的年龄呢？"我又问道。

"这也简单——如果有个人能很轻松地跨过四英尺半宽的水洼，那他不可能是一个老头，小花园的甬道上就有个这么宽的水洼，他是一步迈过去的，而穿漆皮靴子的死者却是绕着走过的——这一点也不神秘，只不过是我那篇文章中提出的一些观察和推理的方法在实际中的应用而已。你还有什么不明白的吗？"

"指甲和印度雪茄呢？"我继续问。

"墙上的字是一个人用食指蘸血写的，写字时刮下了不少墙粉——这是我用放大镜看出来的——如果凶手的指甲修剪过，就不会这样了。我还从地板上发现了一些烟灰，这些烟灰颜色很深，而且呈片状。我专门研究过雪茄烟灰，并且写过这方面的论文，无论是什么牌子的雪茄或纸烟的烟灰，我都能分辨出来，所以，我一看就知道这是印度的雪茄。一个干练侦探与葛莱森、雷斯垂德之流的不同就体现在这些细枝末节上。"

"那红脸膛是怎么推测出来的呢？"我又问道。

"嗯，那是一个更大胆的推测，不过我相信我是对的。在案子还没弄清前，请先别问我这个问题吧。"

我摸了摸脑袋说："我越来越摸不着头脑了——那两人到底是怎么

进的屋子，送他们去的车夫又怎么样了？一个人怎能迫使另一个人服毒？血又是从哪里来的？凶手既然不是为谋取钱财而杀人，那他的目的又是什么？女人的戒指又是从哪儿来的？最主要的是，凶手在离开之前为什么要用德文在墙上写下'复仇'的字样呢？——我没法把这些问题联系起来。"

福尔摩斯赞许地微笑着。

他说："你把案子的疑点总结得很好，简明而扼要。虽然我现在还有很多地方不够清楚，但大体上我已有了眉目。至于雷斯垂德发现的那个血字，只不过是一个圈套而已，企图让警察误以为它是什么秘密党团干的。其实那字并不是德国人写的，真正的德国人写'A'用的是拉丁字体，而他不是。所以我敢肯定，这字绝不是德国人写的，而是一个自作聪明的模仿者，并且他的伎俩也未免过火了一点。好了，医生，我只能给你讲到这里了，要知道，魔术家的戏法一旦说穿，就得不到别人的赏赞了，假使我向你过多地讲述自己的工作方法，那你就会得出这么一个结论：福尔摩斯终究也不过是个很平常的人罢了。"

我回答说："我绝不会这么想的。侦探终归会成为一门精确的科学，而你几乎已将它创立起来了。"

福尔摩斯听我态度诚恳地说了这么一句话，高兴得脸都红了，就像一个姑娘听到别人称赞她漂亮时一样。

"我再跟你说一点，"他说，"死者和凶手是同乘一辆马车来的，而且还很友好似的，互挽着胳膊走过了花园小路。他们进屋后，穿漆皮靴子的死者是站着没动的，而穿方头靴子的人却在屋里不停地来回走动——我从地板的尘土上看出了这些情况。他越走越激动，步子也越来越大了。他边走边说着什么，最后狂怒起来，于是惨剧就发生了。现在我把所知道的一切都告诉你了，其余的都是些猜测和臆断。好在我们有了着手下一步的好基础，咱们得抓紧时间，下午阿勒还有场音乐会呢，听说是诺尔曼·聂鲁达的，我想去听听。"

在我们说话的过程中，车子不断地在昏暗的大街小巷穿行。最后，在一条最脏、最凄凉的巷口，车夫把车停了下来，"奥德利大院就在那边，"他指着一条黑砖墙的胡同说，"我在这儿等你们。"

奥德利大院是一个大杂院。我们穿过那条狭窄的胡同，便到了这个方形大院，院内是石板铺就的地面，四周有一些肮脏简陋的住房。我们从穿着破烂的孩子堆里穿过后，又钻过了几排晒着的褪了色的衣服，然后才来到46号门前。46号的门上钉了个写着"兰斯"字样的小铜牌。我们一打听，知道兰斯正在午睡，我们便在前边的小客厅里等他出来。

兰斯很快就出来了，不过，因为我们打搅了他睡觉，他有些不高兴地说："我把我知道的都给局里报告过了。"

福尔摩斯从衣袋里掏出一个半镑的金币，有所暗示地在手中玩弄着。他说："我想请你把事情从头到尾再说一遍。"

兰斯两眼盯着金币说："我很乐意奉告我知道的一切。"

"我想知道事情的经过，越详细越好。"

兰斯在马毛呢的沙发上坐了下来，他皱起眉头，好像在下决心不让他的叙述有一点遗漏。

"这事得从头说起。"他说，"我值的是晚班，从晚上十点到第二天早上六点。晚上十一点钟时，白哈特街有人打架，除此外，我巡逻的地区非常平静。子夜一点钟，天开始下雨。这时我遇到了哈利·摩切，他是在荷兰树林区一带巡逻的。我俩就站在亨利埃塔街的拐角处聊天。到大约两点钟时，我想该去转一圈了，看布瑞克斯顿路是否一切正常。这是条又偏又烂的路，路上一个人也没有，只有一辆马车从我身边驶过。我慢慢走着，心里暗暗想着要是能喝上一杯热杜松子酒该有多美。正想着，忽然发现那幢房子有灯光。我知道劳瑞斯顿花园街有两幢空房子，其中3号的最后一个房客患伤寒病死了，可房东还是不愿把阴沟修好。所以我一看到那幢房子有灯光，就吓了一大跳，心想，肯定出事了。等我走到屋门口——"

"你就停住了脚步，转身又回到了小花园的门口。"福尔摩斯突然插话说道，"你为什么要那么做呢?"

兰斯跳了起来，惊讶地瞪圆了大眼盯着福尔摩斯。

"天哪，确实是这样。先生，你是怎么知道的？唉！当我走到屋门口的时候，我突然觉得太冷清了，我想还是找个人和我一起进去的好。人世上的东西我并不怕，天晓得怎么回事，我突然想起了那个患伤寒病死去的房客，也许是他来检查那条害他致死的阴沟了吧。这么一想，吓得我转身就走，退回到花园的大门口，看能不能望见摩切的灯，可是什么也没看见。"

"街上一个人都没有吗？"

"一个人都没有，先生，连狗都没看到。我只好鼓起勇气走了回去，把门推开。屋里静悄悄的，于是我就走进了那间有灯光的房间。只见壁炉台上点着一支红蜡烛，烛焰摇摆不定，烛光下——"

"好了，你看见的那些情况我都知道了。你在屋里走了几圈后在尸体旁边跪了下来，接着，你又走过去推厨房的门，然后——"

兰斯听到这里又跳了起来，一脸的惊惧和怀疑的神色。他大声说道："你当时躲在哪，看得这么清楚？我看，你知道的也未免太多了点。"

福尔摩斯笑着拿出了他的名片，扔给桌子对面的这位警察："千万别把我当嫌疑犯抓起来。我是条猎犬，并不是条恶狼，葛莱森和雷斯垂德先生可以证明这一点。来，接着往下讲。后来你又做什么了？"

兰斯重新坐了下来，脸上仍然还有些怀疑的神色。他接着说："我跑到大门口，吹响了警笛，摩切和另外两个警察闻声赶来了。"

"当时街上没别的人吗？"

"没有，凡是正经点的人早就回家了。"

"这话是什么意思？"

兰斯笑了笑说："这辈子我见过不少醉汉，可还没见过像那个家伙那样烂醉如泥的。我跑出来的时候，他正靠着门口的栏杆，大声唱着考棱班的那段小调，醉得连站都站不稳了，这种人真拿他没办法。"

"他是个什么样的人？"福尔摩斯问道。

福尔摩斯这一打岔让兰斯有些不高兴，他说："他是个少见的醉鬼。如果当时我有空的话，我肯定会把他带到警察局去。"

"他的脸和衣服，你注意到了吗？"福尔摩斯又忍不住插嘴问道。

"注意到了，我和摩切还搀扶过他呢。他是个高个子，红脸，长着一圈——"

"好了，够了。"福尔摩斯大声说道，"后来他怎样了？"

"我们当时太忙了，没工夫照看他。"他说。

接着，这个警察又很不高兴地说："我敢打赌，他肯定还认识回家的路！"

"他穿什么衣服？"

"一件棕色外套。"

"他手里拿马鞭了吗？"

"马鞭？没有。"

"他一定把马鞭给扔了，"福尔摩斯嘀咕着，"后来你有没有见过或听到过一辆马车驶过去？"

"没有。"

"好了，这半镑金币归你了，"福尔摩斯说着，站了起来，戴上帽子，"兰斯，我想你一辈子都得不到提升了。你那个脑袋真是白长了。本来你可以捞个警长干干的。知道吗？昨晚在你手上溜走的那个醉鬼，是这个案子的重要线索，我们正在找他。现在说什么都白搭。好了，就这样子。走吧，医生。"

说完，我们一起出来找我们的那辆马车，剩下那个警察半信半疑地立在那儿。

在坐车回家的路上，福尔摩斯很气愤地说："真是个蠢货！这么千载难逢的升迁好机会，竟让他白白放过了。"

"我还是弄不明白。当然那个警察说的醉鬼与你所想的凶手的情况正好符合，但他为什么要去而复返呢？"

"戒指，先生，他回来是为了戒指。要是我们没别的办法的话，可

30

以拿这个戒指做饵，引他上钩。我一定能逮住他的，医生，我敢跟你打个赌，二对一都行，我一定能逮住他！这一切我得感激你呢，要不是你，我才不会管这个案子呢，这个从没遇到过的最好的研究机会也就错过了。我们把这次行动叫'血字分析'吧！在这平淡无奇的生活中，谋杀案就像贯穿其间的一根红线。我们的任务就是去找到它，把它清理出来，彻底地给予暴露。我们先去吃饭吧，然后再去听诺尔曼·聂鲁达的音乐会。她的指法简直没得说，她把肖邦的那段曲子演奏得真是妙极了！拉——拉——拉——利——利拉——莱。"

看着福尔摩斯云雀般地在马车上唱个不停，我不禁想到，人类的头脑真是无所不能啊。

第五章　广告引来了不速之客

忙了一上午后，我的身体有些吃不消了，所以，福尔摩斯去听音乐会后，我非常疲倦地躺到了沙发上，想睡他一两个小时，可怎么也睡不着。上午发生的事情让我静不下心来，满脑袋的胡思乱想。只要我一合眼，死者的歪扭得像猴子一样的脸就浮现在我眼前。它长得太丑恶了，如果相貌真能说明一个人的罪恶的话，我还真会感谢那个凶手，把伊瑙克·瑞伯这么丑恶的人给杀了。尽管这样，我还是认为处理问题应当公平点，因为在法律上，被害人的菲行并不能把凶手的罪行抵消。

福尔摩斯推测说，死者是被毒死的，我越想越觉得这个推测很大胆。我记得福尔摩斯曾嗅过死者的嘴唇，他肯定是嗅出什么来了，否则他不会这么说的，何况，尸体上既没跌打的伤痕，又没勒死的迹象，如果不是中毒而亡，那致死的原因又是什么呢？不过，从另一方面来看，地板上大摊的血迹是谁的呢？屋里没有打斗的迹象，也没有凶器留下。如果这些问题得不到解决，我想，不管是我还是福尔摩斯，谁都睡不安稳。从他那种镇静自如的样子看来，他已经胸有成竹了，只不过我还一时想不明白而已。

福尔摩斯很晚才回来。我想，他不可能是听音乐会听到这么晚的。他回来的时候，晚饭都准备好了。

"今天的音乐真棒！"福尔摩斯说着坐了下来，"你记得达尔文的那句话吗？他说，人类还不会说话之前，就有了创造音乐和欣赏音乐的能力了。在我们的心灵深处，还遗留着对远古时代的一些朦朦胧胧的记忆，这也许就是人类容易被音乐感染的原因。"

我说："这种说法太空泛了些吧。"

福尔摩斯说："一个人要描述大自然，那么，他的想象就得像大自然一样广阔——你怎么了？布瑞克斯顿路的案子把你弄得心神不宁了吧。"

"老实说，是这样的。"我说，"经过阿富汗的那次战斗，我本该变得坚强起来。在迈旺德战役中，我曾亲眼看到战友们血肉横飞的情景，可我并没害怕过。"

"我能理解你。这个案子有点神秘，容易引起想象，一想象，恐惧也就跟着来了。你看过晚报了吗？"

"没有。"

"晚报很详尽地报道了这个案子，但它没提到抬尸时有枚女人的结婚戒指掉到地板上。不过，没提更好。"

"为什么？"

"你看看这个，"福尔摩斯说，"我们分别后，我把这则广告送到了各家报社，让他们给登上。"

他把报纸递了过来，我看了一眼他指着的地方。这是"失物招领栏"的第一则广告。广告是这样写的：

今晨在布瑞克斯顿路，白鹿酒馆和荷兰树林之间拾到结婚戒指一枚。请失主今晚 8 时至 9 时到贝克街 221 号 B 华生医生处认领。

"请别介意。"福尔摩斯说，"我用你的名义打了广告。我想，用我的名字的话，可能会被一些笨蛋侦探识破我的计谋，从而插手这个案子。"

"这没什么关系。"我说，"不过，有人来领的话，我可没戒指给呀。"

"不，你有。"他说着就给了我一枚戒指，"这枚能应付过去，它几乎和原来的一模一样。"

"那么，来领取戒指的人会是谁呢？"

"唔，肯定是那个穿棕色外套的男人——我们那位穿方头靴子的红脸朋友。即使他自己不来，他也会打发一个人来的。"

"难道他不会觉得这有些冒险吗？"

"绝不会。如果我没看错的话——我有很多种理由相信我没看错。那个人为了这枚戒指会冒任何危险的。我想，戒指是他俯身察看死者尸体时掉下的，他当时并没发觉。直到离开那幢房子以后，他才察觉戒指不见了，于是又急忙回去。但是，这时他发现，由于他的粗心大意，忘记熄掉蜡烛，把警察引进了屋里。他怕暴露自己，所以不得不装成一个醉鬼。你不妨设身处地替他想想：他很有可能会以为戒指是在他离开现场后，掉在路上了。所以，他自然会急急忙忙地搜寻晚报上的招领栏目，希望有所发现。他看到我们的广告后一定会高兴得喜出望外的，怎么会想到这是一个圈套呢？他不会把戒指和谋杀案联系在一起的。所以，他会来的，一小时内你准会见到他的。"

"他来了后我们怎么办呢？"我问道。

"嗯，到时候我来应付他。你有什么武器吗？"

"我有把服役期间用过的左轮手枪，还有一些子弹。"

"你把它擦干净，装好子弹吧，这家伙是个亡命之徒，尽管我们可以出其不意捉住他，但还是防备一下好。"

我按他的意思，回到卧室做好了准备。当我拿着手枪出来的时候，餐桌已经收拾干净了，福尔摩斯正在信手拨弄他心爱的提琴。

"案情越来越明朗了——我给美国发的电报有回音了，刚才那边的来电证明了我对这个案子的推测是正确的。"

我急忙问："那就是说……"

"我的提琴换上新弦后更好了。"福尔摩斯答非所问，"你把手枪放在衣袋里吧。那个家伙进来的时候，你要若无其事地跟他说话，别的由我来应付。千万别大惊小怪，以免打草惊蛇。"

"现在八点了。"我看了一下表说。

"几分钟后，他就该到了。你把门稍微打开些，好了。把钥匙插在门里边，好，谢谢。你看看这本珍贵的古书，我昨天在书摊上偶然买到的，书名是《论各民族的法律》，用拉丁文写的，比利时列日出版社一六四二年出版。这本棕色封面的小书出版的时候，查理一世的脑袋还好好地长在脖颈上呢。"

"作者是谁？"

"是菲利普·德·克罗伊，不知是怎样的一个人。扉页上写着'威廉·怀特藏书'，字迹褪色了。这个威廉·怀特也不知道是什么人，可能是十七世纪的一位实证主义法学家吧，连他的字里都蕴含着一种法学家的风格——那个人来了，我想。"

话音刚落，门铃就大响起来。福尔摩斯轻轻站起身，把他的椅子向房门口移近了一点。接着，我们听到女仆走过走廊，打开门闩的声音。

"华生医生住这儿吗？"一个响亮而又刺耳的声音在问。我们没听到女仆的回答，只听到大门关上的声音，接着，有人上楼了，慢吞吞地，像是拖着脚走。福尔摩斯竖起耳朵听着，显得有些吃惊。慢慢地，脚步声沿着过道缓慢地走了过来，接着，门被轻轻地叩响了。

"请进。"我大声说道。

出人意料的是，应声而入的并不是一个凶神恶煞似的人物，而是一位满脸皱纹的老太婆，她蹒跚着走了进来。乍被屋中的灯光一照，她似乎连眼睛都睁不开了。她行了礼后，站在那儿，老眼昏花地看着我们，一只手颤个不停地在口袋里掏着什么东西。我看了一眼福尔摩斯，只见他非常的失望，一副怏怏不乐的样子。而我装出一副若无其事的样子。

老太婆好不容易掏出一张报纸，用手指着我们登的那个广告说："先生们，我是为这个来的。"说着，她深深地鞠了一躬，"广告上说，在布瑞克斯顿路捡到一个结婚戒指。这是我女儿赛莉的，她去年结的婚，丈夫是一条英国船上的船员。他回来要是发现她丢了戒指，我简直不知道他会怎样对待我女儿。他这人是个急性子，喝了点酒后，脾气暴得不得了。对不起，事情是这样的，昨晚她去看马戏，和……"

"这是她的戒指吗？"我问道。

"就是这枚！"老太婆叫了起来，"感谢上帝！赛莉今晚可要高兴死了。"

我拿起一支铅笔问："你住哪儿？"

"豪德迪奇路邓肯街 13 号，离这儿远着呢。"

福尔摩斯突然说："布瑞克斯顿路并不在豪德迪奇路和什么马戏团之间呀。"

老太婆转过头，用她的小眼睛敏锐地看了福尔摩斯一眼，说："那位先生刚才问的是我的住址。我女儿赛莉住培克罕街梅菲尔德公寓 3 号。"

"请问你贵姓？"

"我姓索耶，我女儿姓丹尼斯，她丈夫叫汤姆·丹尼斯。在船上，他是个又漂亮又正直的好小伙子，是公司非常信赖的船员；可一上岸，又喝酒，又玩女人……"

我看见福尔摩斯打了个手势，于是打断了她的话头说："这戒指显然是你女儿的，我很高兴将它物归原主了。"

老太婆叽里咕噜地说了些千恩万谢的话后，颤颤地包好戒指，装进口袋，然后蹒跚着下楼。她刚出我们的房门，福尔摩斯就站了起来，冲进他的卧室，几秒钟后，他就穿上大衣，系好围巾出来了。福尔摩斯匆匆地说："我得跟踪她。她一定是凶手的同党，她会把我带到凶犯那里去的。你先别睡，等我回来。"大门刚在老太婆身后关上，福尔摩斯就下了楼。我隔窗向外望去，只见那个老太婆有气无力地在前边走着，福尔摩斯尾随在她后边不远处。这时我想，如果真如福尔摩斯所料的话，他现在就要深入虎穴了。即使他不让我等他，在不知道他冒险的结果前，我也不会睡得着觉的。福尔摩斯是快九点钟时出的门。我不知道他要去多长时间，只好待在房里抽烟，看一本昂利·穆尔杰的《波亥米传》。十点钟时，我听见女仆回房睡觉了。十一点钟，房东太太也拖着沉重的脚步回房睡觉了。快到十二点钟，我才听到福尔摩斯用钥匙开门的声音。他刚一进屋，我就从他的表情上看出他这次失算了。喜悦和懊丧像是在他内心交织在一起，最后，喜悦战胜了懊丧，忽然他爆发出一阵开心的大笑。

"说什么我也不能让苏格兰场的人知道这件事。"福尔摩斯说着就在椅子上坐了下来，"我以前老嘲笑他们，要是这回让他们知道了这件事他们肯定会讥笑我的。不过，我也不在乎，我迟早会把面子挽回来的。"

"到底怎么了？"我问。

"这事跟你说倒没什么。那家伙没走多远，就装作脚痛的样子一拐一拐地走路。突然，她拦了一辆路过的马车。我靠近了她一些，想听听她去哪儿。其实，我用不着这么急躁，因为她说话的声音很大，隔着马路都能听清楚。她大声说：'去豪德迪奇路邓肯街13号'，当时，我竟信了她的鬼话。我见她上车，就赶紧跳上了马车的后部——这是每个侦探都必须掌握的功夫——我们就这样向前行进。马车一路不停地驶着，快到13号时，我先跳下马车，装作在街上闲逛。我看见马车停了，车夫也跳下来把车门打开了，可老太婆并没有下来。我走到马车面前，车夫一边在黑黑的车厢中摸索着，一边用最难听的话骂骂咧咧，那恐怕是我听到的最齐全、最动听的骂人的词儿了。老太婆踪影全无了，我想他大概永远也收不着车费了。我到13号去问了一下，那里住着一个叫凯斯维克的老实的裱糊匠。他从没听过姓索耶或丹尼斯的什么人在那里住过。"

我很吃惊地说道："你的意思是那个步履蹒跚的老太婆居然在你和

车夫的眼皮底下跳了下去，而你们全然不知?"

福尔摩斯自嘲地说:"什么老太婆，我们才是老太婆呢，被人家骗得团团转。那人肯定是个精明的小伙子，而且是个身手敏捷的家伙。此外，他还是个无与伦比的演员，装扮得足能以假乱真。显然，他肯定知道有人跟着他，因此来了这么一招金蝉脱壳。看来我们要抓的那个人绝非等闲之辈，他有很多肯为他冒险的朋友。好了，医生，你好像累得快不行了，听我的话，去睡吧。"

我的确累极了，所以我就听他的话回房了。留下福尔摩斯一个人坐在闪着微弱火光的壁炉边。他那忧郁的琴声在深夜里低低地拉响，我知道，他仍在思考着这个案子。

第六章　葛莱森大显身手

第二天，每家报纸都大篇幅地刊登了所谓"布瑞克斯顿奇案"的新闻。此外，有的还特别写了社论，其中一些消息连我都不知道。至今我还保存着不少有关这个案子的剪报，现在我从中摘录一些附在下面:

《每日电讯报》报道:在犯罪史上，没有哪个案件比这个惨案更为离奇的了。不知凶手出于什么动机，在墙上用德文写下了'复仇'这个狠毒的字样。可见这是流亡的政治犯或帮派干的。美国有很多帮派，死者显然是因为触犯了他们的内部法律，而被人追到这里，最后惨遭毒手……这篇报道在简略地提到过去发生的德国秘密法庭案、矿泉案、意大利烧炭党案、布兰威列侯爵夫人案、玛尔萨斯原理案和瑞特克利夫公路谋杀案等案后，于结尾处向政府提出忠告，建议今后应严密监视在英国的外国人。

《旗帜报》评论说:自由党执政的时候，经常发生这种骇人听闻的暴行，因为民心不稳，政府措施不力。死者是一位在伦敦住了几个星期的美国绅士，他生前曾在坎伯韦尔区托奎街夏朋捷太太的公寓住过。他是和他的私人秘书约瑟夫·斯坦节逊先生一起来英国旅行的。他们于本月四日辞别女房东后，去了尤斯顿车站，准备乘快车去利物浦。当时有人在车站月台上看见过他们，此后就下落不明了。后来，巡警在离尤斯顿车站几英里远的布瑞克斯顿路的一幢空屋中发现了瑞伯先生的尸体。他是怎样来到这里以及怎样被害等情况仍是一个谜，斯坦节逊至今不知所终。据悉，苏格兰场的著名侦探雷斯垂德和葛莱森同时侦查此案，相信不久该案便会水落石出。

《每日新闻》报道说，这无疑是一件政治案。由于欧洲大陆各国政府的专制及其对自由主义的憎恨，很多人被驱逐到我们国家。这批人如果不受过去所作所为的不良影响，是极可能成为好公民的。在这些流亡者之间，有一种很严格的"法规"，如有触犯，必死无疑。为查清死者生前的情况，必须把他的秘书斯坦节逊给找到。死者生前寄宿的公寓地址现已查到，这使得案情有了极大的进展。这项进展完全归功于苏格兰场思路敏捷、办事干练的警探葛莱森先生。

福尔摩斯和我边吃早饭边看完了这些报道，福尔摩斯似乎觉得这些报道挺好笑。

"我早跟你说了，无论情况怎样，功劳总是雷斯垂德和葛莱森这两人的。"

"案子还没结束呢。"

"唉，这又有什么关系呢。要是把凶手逮住了，当然是因为他们办案有方；要是凶手跑了，他们又会说，他们已经尽力了，但……无论怎样，便宜的是他们，吃亏的是别人。即使他们没干什么，也会有人为他们歌功颂德的。法国有句俗话说得好——笨蛋虽笨，但还有更笨的笨蛋为他喝彩。"

我们正说着，忽然听见过道里和楼梯上突然响起了一阵杂乱的脚步声，我不禁喊道："这是怎么了？"

福尔摩斯郑重其事地说："这是贝克街侦查分队。"六个流浪街头的小孩冲了进来，他们一个个衣衫褴褛，脏得不像样。

"立正！"福尔摩斯大声喝道。这六个小流浪汉听到口令后立即像六个小泥人似的站成一排。

"以后让维金斯一个人上来报告就行了，其他人在街上等着。维金斯，找到了吗？"

一个孩子答道："还没有找到，先生。"

"我也没指望你们这会儿能找着，继续找吧，直到找到为止。这是你们的工资。"福尔摩斯给了他们每人一先令，"好了，下去继续找吧，我等着你们给我报告好消息。"

福尔摩斯把手挥了挥，孩子们就像一窝小老鼠似的溜下楼了。接着，街上响起了他们尖锐的喧闹声。

福尔摩斯说："这些小家伙每个人哪儿都能去，什么事都能打听到，他们机灵得很，像针尖一样，无缝不入。不过，就是没人把他们组织起来。"

"你雇他们是为了布瑞克斯顿路的这个案子吧？"我问。

"是的，我只想弄清一个问题，不过，这需要等一段时间。啊！我们快要听到些新消息了！你看，葛莱森在街上正朝我们这边走来。看他满脸的高兴样子，肯定是有什么要炫耀给我们看的。你看，他站住了。就是他！"

门铃一阵猛响后，很快地，这位发式讲究的侦探就一步三级地上了楼，闯进了我们的客厅。

"亲爱的朋友，"他不顾福尔摩斯的冷淡，紧紧握着他的手大声说道，"快给我道喜吧！我已经把这个案子弄得一清二楚了。"

听他这么一说，福尔摩斯显露出一丝焦急的神色。

"你是说你已经把案子破了？"福尔摩斯问道。

"是的！老兄，真是这样的，凶手都让我捉到了！"

"他叫什么名字？"

"他叫亚瑟·夏彭捷，皇家海军的一个中尉。"葛莱森边得意地搓着他那双胖手，边挺起胸傲慢地说。

福尔摩斯听到这儿，如释重负地吁了口气，脸上又笑了起来。

"请坐，抽支雪茄吧。"他说，"我们很想知道你是怎么破案的，给你来点儿威士忌兑水行吗？"

"来点儿就来点儿吧，"葛莱森说，"这两天可把我累坏了。你知道，这虽然不是很费体力的活，但头脑很紧张，这其中的辛苦你是知道的，福尔摩斯先生，毕竟我们干的都是脑力活儿。"

福尔摩斯一本正经地说："你过奖了。还是给我们说说你是怎样可喜可贺地把这案子给破了的吧！"

葛莱森在扶手椅上坐了下来，很得意地一口口地抽着雪茄，忽然，他高兴地拍了一下大腿："雷斯垂德那个傻瓜真是太好笑了，他还以为他有多高明呢，结果，他全错了。他还在为斯坦节孙的下落奔波呢，而那家伙就像一个还没出世的孩子一样和这个案子没丁点关系。我敢说他现在已经找到那个家伙了。"

说到这里，他得意地哈哈大笑起来，一直笑到差点喘不过气。

"请问你是怎么找到线索的？"

"嗯，我都告诉你们吧，华生医生，虽然这是绝对机密，但我们是自己人，可以谈。破这个案子的第一步是弄清这个美国人的来历。有些人会登个广告，等知情人前来报告，或者等死者生前的亲朋好友来报告。我却不这样做，你还记得死者身旁的那顶帽子吗？"

"记得，"福尔摩斯说，"那是从坎伯韦尔路 229 号约翰·安德乌父子帽店买的。"

葛莱森一听这话，就变得非常沮丧起来。他说："没想到你也注意到这一点了。你有没有去过那家帽店？"

"没有。"

"哈！"葛莱森放下心了，"不管可能性有多么小，你都不能让这机会白白浪费。"

"对一个伟人来说，没有一件事是微不足道的。"福尔摩斯像是在引用谁的至理名言似的说。

"接着，我去找了店主安德乌，我问他是不是卖过这么一顶帽子。他们查了查售货簿，很快就查到了，这顶帽子被一位住在托奎街夏朋捷公寓的瑞伯先生买走了。这样，我就找到了死者的住址。"

"漂亮，干得真漂亮！"福尔摩斯低声赞道。

"后来，我就去夏朋捷太太那里了，"葛莱森继续说："我发现她脸色苍白，神色非常不安。她的女儿也在家里——她是位非常漂亮的姑娘。我和她说话的时候，她的眼睛红红的，嘴唇不停地颤抖，这些我都注意到了。因而，我开始怀疑起来。福尔摩斯先生，你知道，当你发现正确线索时，心里有多高兴。我问：'你们知道了你们以前的房客，克利夫兰城的瑞伯先生被人暗杀的消息吗？'

"夏朋捷太太好像激动得话都说不出来了，她只是点了点头，而她女儿更是禁不住流下了眼泪。我越看越觉得她们肯定知道些什么。

"我问道：'瑞伯先生是几点钟离开这儿去车上的？'

"'八点，'她不停地咽口水，企图把激动的情绪压下去，'他的秘书斯坦节逊先生说，有两趟火车去利物浦，一趟是九点十五分，一趟是十一点，他坐的是第一趟。'

"'这是你们最后一次见面吗？'

"那个女人听我提出这个问题，一下子变得面无人色。过了好久，她才告诉我是最后一次，但她说话时声音是哑着的，很不自然。

"沉默了一会儿后，那位姑娘开了口。她态度很镇静，吐字也清楚。

"她说：'说谎是没有用的，妈妈，我们，我们跟这位先生坦白了吧，我们后来还见过瑞伯先生。'

"'愿上帝饶恕你！'夏朋捷太太喊了一声后，双手一伸，身体倒在椅背上，'你可害了你哥哥！'

"'阿瑟也会让我们说实话的。'这位姑娘态度坚决地说。

"我连忙说道：'你们最好把全部情况告诉我，别吞吞吐吐的。我想你们还不知道我们到底掌握了多少情况吧。'

"'都怪你，爱丽丝！'她妈妈大声对她说，然后又转身对我说，'我都告诉你吧，先生。你别以为我着急是因为他和这个命案有什么关系。他是清白无辜的。我所担心的是，在你们或是别人看来，他好像是有嫌疑的，但这是绝无可能的，他的高贵品格、他的职业、他的过去都能证明他的清白。'

"我说：'你最好把事实都告诉我，相信我好啦，要是你儿子当真清白无辜，他就会没事的。'

"她把她女儿打发出去后接着说：'先生，我本来不想告诉你的，但我女儿已经说破了，没办法，我只好跟你全说了吧，一点也不保留。'

"'这就对了嘛！'我说。

"'瑞伯先生住我们这里快有三个星期了。他和他的秘书斯坦节逊先生是来欧洲旅游的。我发现他们每个箱子上都贴着哥本哈根的标签，可见他是从那儿来的。斯坦节逊是个不爱说话、有涵养的人；但他的主人却很坏，跟他完全不一样，他言语粗野、行为下流。他们住进来的头天晚上，瑞伯就喝得大醉，到第二天中午十二点都没醒过来。他对女仆们的态度更让人恶心，轻佻、下流极了。最让人痛恨的是，他竟然也用这种态度对待我女儿爱丽丝，他不止一次地对她胡说八道。幸亏我女儿还年轻，不懂事。有一回，他居然把我女儿拉到怀里，紧紧抱着她。他太无法无天了，连他的秘书都骂他太无耻，简直不是人。'

"'可是，你为什么要忍受这些呢？'我问道，'只要你愿意，你随时可以把他撵走。'

"夏朋捷太太被我问得满脸通红，她说：'要是我一开始拒绝他就好了，但他开出来的条件太诱人了。他们每人每天的房租是一镑，一个星期我就得十四镑，何况现在是客人稀少的淡季。我是个寡妇，儿子在海军服役，花费很大。我实在舍不得白白错过这笔收入，所以，我就尽量忍着。直到最近这次，他闹得太不像话了，我才把他赶走。这就是他们搬走的原因。'

"'后来呢？'

"'我看他坐车走了,才放了心。我儿子现在正在休假,但这些事我都瞒着他,因为他不但脾气暴躁,而且非常疼爱他妹妹。他们搬走后,我赶紧把大门关上。可是,还不到一钟头,老天啊,又有人叫门了,瑞伯又回来了。他喝了不少酒,样子很兴奋。当时,我和我女儿在房里坐着,那家伙一头闯进来后,就驴唇不对马嘴地说他没赶上火车。后来,他竟敢当着我的面建议爱丽丝和他一起逃走。他说什么我女儿已经长大成人了,谁也管不了,还说他有的是钱,不必管我这个老婆子。他说只要我女儿马上跟他走,就可以像一个公主那样享福。可怜的爱丽丝非常害怕,一直躲着他。但那家伙一把抓住我女儿的手腕,硬往外拉,我吓得大叫起来。这时,我儿子阿瑟进来了。以后的事我就不知道了。我只听到乱成一片的叫骂扭打声,我吓坏了,连头都不敢抬。后来抬头看的时候,阿瑟拿着根棍棒站在门口大笑。阿瑟告诉我说,那个坏蛋再也不会来找我们的麻烦了。还说他要出去跟着那坏蛋,看那坏蛋会干些什么。说完后,他就戴好帽子,跑到街上去了。第二天早上,我们就听说瑞伯被人谋杀了。'

"上面是夏朋捷太太亲口跟我说的话。虽然她说话时喘一阵,停一阵,而且声音低得差点让我听不清,但我还是把她的话全都速记了下来,一点不差。"

福尔摩斯打了个哈欠后说:"这的确很有意思,后来呢?"

葛莱森继续说下去:"夏朋捷太太说完后,我看出了全案的关键所在。于是,我用一种对女性行之有效的眼神紧盯着她,追问她儿子是什么时候回的家。"

"'我不清楚。'她回答说。

"'不清楚?'

"'确实不清楚。他有钥匙,他自己能开门进来。'

"'他是在你睡了以后才回来的?'

"'是的。'

"'你几点睡的。'

"'大概是十一点。'

"'如此说来，你儿子至少出去了两个小时。'

"'是的。'"

"'有没有出去四五个小时的可能?'

"'也有可能。'

"'在这几个小时里他都做了些什么?'

"'我不知道。'她这么回答的时候，嘴唇都白了。

"当然，话都说到这个地步了，别的就不用问了。我带着两个警官找到夏朋捷中尉后，就把他逮捕了。

"当我拍他的肩头，警告他老老实实跟我们走的时候，他竟肆无忌惮地说:'你们抓我是认为我和瑞伯那个坏蛋的被杀有关吧。'我们还没向他提起这件事呢，他自己倒先说出来了，这就更可疑了。"

"确实可疑。"福尔摩斯说。

"他那个时候手里还拿着他母亲所说的追打瑞伯用的那个大棒呢，那是一根很结实的木棍。"

"你认为事情是怎样的呢?"

"嗯，我是这么推测的。他一直把瑞伯追到了布瑞克斯顿路后又争吵了起来，争吵间，瑞伯狠狠地挨了一棒，也许正巧打在心窝，所以尽管打死了，却什么伤痕也没留下。因为当晚雨下得很大，而且附近又没有人，夏朋捷就把尸体拖到了那幢空房。而那些蜡烛、血迹、墙上的字迹和戒指等等，只不过是他糊弄警察的花招而已。"

福尔摩斯假装称赞他说:"做得好! 葛莱森，你真是很有长进了，看来你出头之日不远了。"

葛莱森扬扬自得地说:"我自以为这件事干得还算干净利落。可那个小伙子却声称他在追了一程后，瑞伯发现了他，于是坐上一辆马车逃走了，而他只好回家，在回家的路上，他遇到了一位曾经在船上共事过的老同事，这位老同事陪他走了很久。可我问他那位老同事住在哪里时，他却说不上来。我认为这个案子前后情节非常吻合。可笑的是雷斯垂德，他一开始就弄错了。我想他是弄不出什么名堂的。嘿！刚说到他，他就到了。"

进来的人果然是雷斯垂德。我们正说话的时候，他就上楼了，接着他就进屋了。他平常的那种扬扬自得和信心十足的样子不见了，取而代之的是神色慌张、愁容满面、衣冠不整。他一看到他同事便忸怩不安、手足无措起来，显然他是有事来向福尔摩斯求教的。他站在屋子中间，两手不停地摆弄着帽子。最后，他说道："这确实是个很离奇的案子，简直不可思议。"

葛莱森得意地说："你真这么认为吗，雷斯垂德先生？我早知道你会这么认为的。你找到那个秘书斯坦节逊先生了吗？"

雷斯垂德心情沉重地说："那位秘书今天早晨六点钟左右被人暗杀在郝黎代旅馆了。"

第七章　一线光明

雷斯垂德带来的消息既重要又突然，完全出乎我们的意料。我们听了后全都惊得目瞪口呆。

葛莱森猛地站了起来，手中的酒不小心全都泼洒在地。我默默地注视着福尔摩斯，只见他双唇紧闭，眉毛紧锁。

福尔摩斯喃喃地说："斯坦节逊的死让案情更复杂了。"

"开始就很复杂，"雷斯垂德抱怨地说，又坐了下来，"我就像参加什么军事会议一样，连头绪都摸不着。"

葛莱森结结巴巴地问道："你，你这消息，可靠吗？"

雷斯垂德说："我刚从现场过来，我是第一个发现他被谋杀了的人。"

福尔摩斯说："刚才葛莱森还在跟我们谈他对这个案子的高见呢，

不知道能不能请你把你看到的和做过的一些事告诉我们?"

"当然能,"雷斯垂德坐了下来,"我得承认,我原以为瑞伯的被害肯定和斯坦节逊有关,但这突发事件证明我完全弄错了。我按照我最初的想法,开始追查这位秘书。有人告诉我他曾在三号晚上八点左右看见他们两人在尤斯顿车站出现。四号深夜两点,瑞伯的尸体就在布瑞克斯顿被人发现了。于是,我想弄清楚从八点半以后到谋杀案发生的那段时间里,斯坦节逊他到底在哪里,到底干了些什么。我给利物浦发了个电报,告诉他们斯坦节逊的长相,让他们监视美国船。然后到尤斯顿车站附近的每家旅馆和公寓里查找。当时我是这么想的,如果瑞伯和斯坦节逊那晚分手了,按理说,斯坦节逊应该会在车站附近找个地方住下,第二天早上他才会再到车站去。"

福尔摩斯说:"他们很可能事先把会面地点约好了。"

"事实确实是这样。我昨天跑了一整晚去打听他的下落,但一无所获。今天早上我又早早地就去打听。八点钟,我来到了小乔治街的郝黎代旅馆。我问他们是不是有个叫斯坦节逊的住在这里,他们立刻就说,有。

"他们说:'你一定就是他等的那位先生了,他等你两天了。'

"'他现在在哪里?'我问道。

"'他还在楼上睡呢,他要我们到九点钟再叫醒他。'

"'我要上去找他。'我说。

"我当时想,我的出其不意出现肯定能让他大吃一惊,他在惊慌失措之下也许会吐露出什么来。一个擦鞋的杂工自愿带我去找。他在三楼住,一条不长的走廊直通到他房门口。杂工把房间指给我看后,就要转身下楼,这时,我突然看到一种令人非常恶心的景象,虽然我有很多这种经历,但那一刹那我还是忍不住想要呕吐——一条弯弯曲曲的血迹从房门下边流了出来,一直流过走廊,在对面墙脚积成一摊。我尖叫了一声,杂工听到我的尖叫又转身走了回来,他看见这副景象后,几乎吓晕了。房门反锁着,我们用肩撞开,闯进屋内。只见敞开着的窗下有一具男人的尸体，他穿着睡衣，蜷成一团，四肢僵硬冰凉，看来断气有一段时间了。把尸体翻过来后，杂工一眼就认出他就是住这房间的斯坦节逊。

"他是被人用刀杀死的，左胸被人狠狠捅了一刀，捅到心脏了。最奇怪的是，你们猜猜看，死者脸上有什么？"

我听到这里，不觉毛骨悚然，呆呆地发愣，而福尔摩斯却立刻答道："是'瑞契'，血写的'瑞契'。"

"正是的。"雷斯垂德有些恐惧地说。一时间，我们都沉默了下来。

这个凶手的暗杀行动似乎早就安排好了，让人一时摸不着头脑，因此更显得恐怖。我虽然经过死尸成堆的战争的考验，但一想到这个案子，竟忍不住不寒而栗。

雷斯垂德接着说："有人看见过那个凶手。一个去牛奶房送牛奶的小孩，经过旅馆后面的那条通往马车房的小胡同时，他看到平常在地上放着的那架梯子竖了起来，靠在三楼的一个窗子上，那个窗子是敞开着的。这个孩子走过之后，曾经回头看了看。他看到有个人不慌不忙、大模大样地从梯子上下来。这孩子以为他是在旅馆里干活的工匠，所以没特别去注意这个人，只是觉得这时上工未免太早了些。他好像记得那个人是个红脸大汉，身穿一件棕色的长外衣。他杀人之后，肯定还在房里待过一会儿。因为我发现脸盆的水中有血，显然凶手洗过手；床单上也有血迹，可见他杀人之后还从容地擦过凶器。"

我听到凶手的身形面貌与福尔摩斯的推断很吻合，就瞥了他一眼，并没有发现他有一丝得意的样子。

福尔摩斯问道："你在屋里没发现一点有助于破案的线索吗？"

"没发现。斯坦节逊身上带着瑞伯的钱包，他们二人的一切开支都由他掌管，这钱包平常就是他带着的。钱包里有八十多镑现款，可见凶手杀人不是冲钱来的。死者身上没有文件或日记本，只有一份一个月前发自克利夫兰城的电报。电文是'J. H 现在欧洲'，这份电文没有署名。"

福尔摩斯问道："没什么别的东西了？"

"没什么重要的东西了。床头还有一本小说，看来是死者睡前读的；床边的一把椅子上有他的烟斗，桌上还有一杯水；窗台上有个盛药的木匣，里头有两粒药丸。"

福尔摩斯猛地立起，高兴得眉飞色舞地说："这是最后一环了，我的论断现在总算完整了。"

两个侦探都惊奇地看着他。

福尔摩斯很自信地说："案子的每个环节我都弄清楚了，当然，还有些细节有待补充。但，从瑞伯和斯坦节逊在火车站分手起，直到斯坦节逊的被杀，这中间的所有主要环节，我都了如指掌，如同亲眼所见一般。我要把我的看法证明给你们看。雷斯垂德，那两粒药丸带来了吗？"

"带来了，"雷斯垂德说着，拿出了一只白色的小匣子，"药丸、钱包、电报都拿来了，我本想把它们放在警察局里比较稳妥的地方，但因为急着到这里来，就都带在身上。不过，我拿这些药丸纯粹出于偶然。我必须声明，我认为这两颗药丸不是什么重要的东西。"

"请拿给我吧。"福尔摩斯对雷斯垂德说完后转向我，"喂，医生，这是平常的药丸吗？"

这些药丸的确不平常。它们又小又圆，灰珍珠一般，迎着亮光看去，简直是透明的。我说："从重量和透明度来判断，我想它们在水中会溶解。"

"正是这样，"福尔摩斯回答说，"请你下楼把那条可怜的狗抱上来好吗？那条狗一直病着，昨天房东太太不是请你结束它的性命，免得它活受罪吗？"

我下去把狗抱上来了。这条狗呼吸困难，两眼呆滞，看样子是活不了几天了。我在地毯上放了一块垫子，把狗放到上面。

"我现在把一粒药切成两半。"福尔摩斯说着，拿出小刀把药丸切开了，"这半粒放回盒里以备后用，这半粒我把它放在水杯里。大家请看，医生的话是对的，它溶解了。"

"这真有意思。"雷斯垂德有些生气地说，他以为福尔摩斯在捉弄他，"但这和斯坦节逊的死又有什么关系呢？"

"耐心点吧，我的朋友！很快你就会明白它是很有关系的了。现在我给它加上些牛奶，然后把它摆在狗的面前，狗会把它舔光的。"

他说着就把杯里头的液体倒到盘子里，刚放到狗面前，狗便三下两下舔了个干净。福尔摩斯的认真态度让我们深信不疑了，我们都静静地坐着，仔细盯着那条狗，看它有什么反应。但结果，一切正常，它依然躺在垫子上，很困难地呼吸着。显然，那半粒药丸对它既没什么好处，也没什么坏的影响。

福尔摩斯老早就把表掏出来拿在手中，时间慢慢地过去了，可狗毫无反应。他开始懊恼、失望起来。他咬紧嘴唇，用手指敲着桌子，非常焦急。看见他这个样子，我也不由得替他难过起来。而那两个官方侦探却一脸讥讽的微笑，他们因福尔摩斯受到挫折而感到很高兴。

"这不可能！"福尔摩斯大声地说，一面站了起来，很烦躁地踱着步。"这不可能仅仅是由于巧合。我一直怀疑瑞伯是被某种药丸毒死的，现在，这种药丸在那斯坦节逊死后真的发现了。但它为什么连一条狗都毒不死呢？我相信，我的推论绝没差错，绝对没有！但那可怜的狗竟没一点反应。啊，我知道了！我知道了！"福尔摩斯高兴地叫着，把另外一粒药拿了出来，切成两半，把半粒溶在水里后兑上牛奶，放到了狗的面前。这条不幸的狗甚至连舌头都还没完全沾湿，它的四条腿就痉挛起来，很快就像被雷电击中一样，直挺挺地死去了。

福尔摩斯长长地嘘了口气，擦了擦额头上的汗珠："看来我还不够自信，我刚才就该想到，如果出现了和整个推论相矛盾的某种情况，那么，这种情况肯定有别的解释方法。那小匣里的两粒药丸，一粒含有剧毒，另一粒则没毒。这一步，在没看到这匣子之前，我就该想到的。"

福尔摩斯后面那段话让人听了吃惊，让人怀疑他是否神志清楚。但躺在地上的死狗又证明他的推断是正确的。我心里头的疑云逐渐消失，隐隐约约地对这个案子有了新的认识。

福尔摩斯继续说道："你们听来可能会奇怪，因为你们一开始就没有抓住那个唯一正确的线索。幸亏我把这个线索给抓住了，此后所发生的每一件事都证明了我最初的设想是符合逻辑的。因此，有些事情让你们大惑不解，并让你们觉得案情更加复杂，但我却能从中有所启发，更加完善我的推论。你们把奇怪和神秘混为一谈是错误的，那些最平常普通的案件往往是最神秘的，因为它没有任何新奇特别之处作为推理的依据。假如这个案子的死者是在大路上发现的，而且又没什么特别的、骇人听闻的地方，那么，这个谋杀案就很难解决了。所以说，越奇特的案子，破起来越容易。"

福尔摩斯一开始发表这番议论时，葛莱森就有些不耐烦，这时，他再也忍不住了，他说："福尔摩斯先生，我们都承认你精明能干，你有你特别的一套工作方法。但我们现在需要的不是你的空谈理论和说教，而是逮住凶手。我已经把我所做的说给你听了，看来我抓错人了，夏朋捷这小子，不可能跟第二个谋杀案有关。雷斯垂德查那个斯坦节逊看来也查错了。你这儿说一点，那儿说一点，好像知道的要比我们多。现在是你把所知道的全说出来的时候了，我想我们有权利要求你全说出来。你能告诉我凶手是谁吗？"

雷斯垂德跟着说道："先生，葛莱森说得对，我们两人的行动都失败了。自到你这里后，我就不止一次听你说你已经获得你所需要的一切证据。你现在该把它告诉我们了。"

我说："如果还不把凶手捉拿归案，他很有可能会再行凶的。"

福尔摩斯被我们这样一逼，反而犹豫不决起来。他不停地在房里踱来踱去，低垂着脑袋，双眉紧锁，他正在思考着什么。

"他不会再去暗杀谁的。"最后，他突然站定了，面对我们说，"这一点你们尽管放心吧。至于凶手的姓名，我是知道，但仅仅知道凶手是谁，那算不了什么，把凶手抓到了才算真有本领。我想我很快就能把他抓住了。我要亲自去抓他，我得小心翼翼，因为我们面对的是一个既凶狠又狡猾的家伙。而且，有情况表明，还有一个和他一样机警的人在帮他。只有他感觉不到有人在盯着他时，我们才有可能把他逮住。只要他一有怀疑，他就会隐姓埋名，很快消失在这个有四百万人口的大城市中。不是我小看你们，你们得明白，我只是认为官方侦探绝不是他们的对手，这就是为什么我没请你们帮忙的原因。如果我失败了，当然，我愿意一个人承担责任。现在我向你们保证，只要不会妨碍我的行动，到时候，我一定会立刻告诉你们。"

葛莱森和雷斯垂德对福尔摩斯的这种保证，以及他对官方侦探的贬低感到非常不满。葛莱森气得连脖子都红了，雷斯垂德又惊又怒地瞪圆了双眼。他们正要开口发泄心头的不满时，有人敲门了，接着，小维金斯，那个街头流浪儿的代表进来了。

维金斯举手敬了个礼说："请吧，先生，我把马车叫来了，就在下边。"

"好孩子。"福尔摩斯温和地说，"你们警察局为什么不采用这样的手铐呢？"他一面说，一面从抽屉里拿出一副钢手铐，"瞧，这弹簧多好用，一碰就铐住了。"

雷斯垂德说："要是能找到戴手铐的人，老式的也足够好了。"

"很好，很好。"福尔摩斯说着笑了起来，"最好让马车夫来帮我搬箱子。去叫他上来，维金斯。"

我听了这话不禁奇怪起来，福尔摩斯的意思好像是要出远门，但他却一直没跟我说起过。房间里只有一只小小的旅行皮箱，福尔摩斯把它拉了出来。在他忙着系箱子上的皮带时，马车夫进来了。

"车夫，帮我把这个皮带扣扣好。"福尔摩斯蹲在那里摆弄着皮箱，头也不回地说。

车夫紧绷着脸，不大情愿地向前走去，伸出两只手正要帮忙。说时迟，那时快，只听得钢手铐咔嗒一响，福尔摩斯猛地跳了起来。

"先生们，"他两眼炯炯有神地说，"我来给你们介绍介绍这位杰斐逊·侯波先生吧，他就是杀死瑞伯和斯坦节逊的凶手。"

事情发生得太快了，我一时还没反应过来。但在那一瞬间，福尔摩斯脸上那胜利的表情，他那洪亮的声音和马车夫眼看着闪亮的手铐魔术般地铐在自己的手上时那种茫然、凶蛮的面容，我至今还记忆犹新，历历在目。当时，我们木头般呆了一两秒钟，然后马车夫怒吼一声，挣脱了福尔摩斯，冲向窗子，把窗框和玻璃撞得粉碎。就在马车夫快要跳出去的时候，葛莱森、雷斯垂德和福尔摩斯就像猎狗似的冲了过去，把他给揪了回来。一场激烈的打斗开始了。这个人凶猛极了，就像疯了一样，我们四个人一再被他击退。在跳窗时，他的脸和手给割破了，血一直流个不停，但他仍然顽强地和我们打斗着，直到雷斯垂德卡住了他的脖子，他喘不过气时，他才明白再怎么挣扎都没用了。尽管这样，我们还是有点担心，直到把他的手脚都捆好后，我们才站起身不停地喘气。

　　"他的马车在下面。"福尔摩斯说，"就用他自己的马车把他送到警察局去吧。好了，先生们，这个小小的有些出奇的案子到这里总算告一段落了。现在你们有问题尽管提吧，我会给你们一个满意的答复的。"

第二部　圣徒的故园

第一章　沙漠中的旅客

　　北美大陆的中部，从内华达山脉到内布拉斯加，从北部的黄石河到南部的科罗拉多，完全是一片荒凉的区域，它一直是文化发展的障碍。这里有常年积雪的大雪山，有阴森幽暗的深谷，有夹在山石林立的峡谷间奔流的河流，有冬天是茫茫积雪，夏天是一片灰色的盐碱地的荒原。不过，总的来说，这是一片不毛之地。

　　在这片一望无垠的荒漠上，渺无人烟，只是偶尔的有波尼人或黑足人的队伍经过这里，前往其他猎区。即使是最勇敢、最坚强的人也巴不得早日走出这可怕的荒原，重新回到大草原中去。在这里，只有躲躲藏藏的北美郊狼在矮矮的灌木丛中穿行，只有蠢笨的灰熊在幽暗的峡谷里搜寻食物，只有巨雕在天空盘旋。它们是荒原中唯一的居民。

　　世界上再没有比布兰卡山脉北山坡更为荒凉的景色了。极目望去，只见一片片平坦的盐碱地，中间被一簇簇低矮的槲树丛隔断开来。在地平线尽头，山峦重叠，山巅积雪覆盖，银光闪闪。在这片广阔的疆土上既没有生命，也没有适合生存的环境。在铁灰色的天空中飞鸟绝迹，灰蒙蒙的大地上不见活物——只有一片冷寂。侧耳静听，这片广袤荒凉的土地上，寂然无声，只有一片完全的、令人灰心沮丧的寂静。

　　说这片广阔的荒野中没有任何生命的迹象，其实也不尽然。站在布兰卡山脉上远望过去，可以看见一条蜿蜒的小道，弯弯曲曲地在沙漠上延伸，最后消失在遥远的地平线上。这条小路是由很多年来无数冒险家的践踏和无数车辆的碾轧慢慢形成的。在这条小道上，东一堆，西一堆，到处都有在烈日下闪闪发光的、白森森的东西。走近一看，原来是一堆堆的白骨！大而粗的是牛骨，小而细的是人骨。这长达一千一百英里的商旅之路，是人们沿着倒毙路边的骸骨一步步前进的。

一八四七年五月四日，一个孤单的旅客在山上俯视着这凄凉的景象。这个孤单的人看起来像是历尽劫难的孤魂野鬼，即使是眼力再强的人，都难看出他到底是四十岁还是快六十岁了。他的脸瘦削憔悴，瘦骨嶙峋的身体像是具紧紧包裹着一层棕色的羊皮纸似的骨架。他长长的棕色须发已然斑白，双眼深陷，目光呆滞。他拿着来复枪的那只手上，也没什么肌肉。他站着的时候，用枪支撑着身体。但从他高高的身材、宽大的骨架来看，他本来是一个十分健壮的人。而现在，他瘦削的面庞和大口袋般罩在骨瘦如柴的身体上的衣服，使他显得老迈不堪。看来这人由于过度饥渴，已经濒临死亡了。

他是强忍着饥渴的折磨，沿着山谷一步步挣扎到这片高地上来的，他希望能够找到一点水源。但是，展现在他面前的是无边无际的盐碱地和远在天边的一带荒山，连一棵树的影子都看不到，更不要说树木赖以生存的水源了。在这片广袤的高地上，一点希望都没有。他睁大疯狂、困惑的眼睛四望了一周后，清楚地认识到，他已走到生命的尽头了。他就要葬身在这荒山上了。"死在这里，和二十年后死在鹅绒被的床上又有什么区别呢？"他一边喃喃地说着，一边往一块突出的大石的阴影里坐下去。

在坐下来之前，他先把那把无用的来复枪扔在地上，又把右肩上用一大块灰色披肩裹着的大包袱放了下来——看来他已筋疲力尽，实在背不动了，因为他放下包袱时，着力过猛了些——包袱里立刻传出了又尖又细的呜咽声，一张受惊的、长着明亮的棕色眼睛的脸钻出来了，两只胖胖的长着雀斑的小手也伸出来了。

"你把我摔疼啦。"一个孩子用稚嫩的声音埋怨道。

"是吗?"这个男人很抱歉地说,"我不是有意的。"他说着把灰色包袱打开了,抱出一个漂亮的小女孩。这是个五岁左右的小女孩,脚穿精致的小鞋,身穿漂亮的粉红色上衣,围着麻布围嘴。从她的打扮上可以知道,她妈妈对她有多么疼爱。尽管她的脸色有些苍白,但她那结实的胳膊和小腿都说明她基本上没经受什么苦难。

"现在好些了吗?"男人看见她还在揉脑后蓬乱的金发,便很关切地问道。

"你吻吻这里就好了。"她认真地说着,并且把头上碰着的地方指给男人看,"妈妈总是这样做的。妈妈呢?"

"妈妈走了,我想我们不久就能见到她了。"

小女孩说:"什么,她走了?真的吗?她还没和我说再见呢。以前她每次去姑妈家喝茶前都要和我说再见的。现在她都走了三天了。喂,你是不是也口干得要命?这里难道没一点吃的喝的吗?"

"没有,什么都没有。亲爱的,你暂时忍一忍吧,等下就会好的。把头靠到我身上来吧,嗯,这样你就会舒服些了。我的嘴唇干得像皮子一样了,连说话都费劲,但我还是把真实情况跟你说了吧。你手上拿的是什么?"

小女孩把两块云母石片拿给男人看,高兴地说:"你看,多漂亮啊!回家后我要把它们送给鲍伯弟弟。"

男人很确信地说:"你不久就能看到比这还要漂亮的东西了。对了,刚才我想跟你说,你还记得我们离开的那条河吗?"

"嗯,记得。"

"当时我们估计很快就要遇到另一条河的。可是,你知道吗,不知道是罗盘出了毛病,还是地图或者别的什么东西出了毛病,我们再也没有遇到河了。水喝得差不多了,只剩一点点,留给你们孩子喝。再后来——后来——"

"你连脸都不能洗了。"小女孩一脸严肃地打断了他的话,同时,抬头望着男人那张肮脏的脸。

"不但不能洗脸，喝的水都没了。本德先生第一个走了，紧接着是印第安人皮特，再就是麦格雷戈太太、约翰·霍恩斯，再后来，亲爱的，就是你妈妈了。"

"你的意思是，妈妈也死了？"小女孩说着，用围嘴捂着脸痛哭起来。

"是的，他们都死了，只剩下你和我。开始我还以为到这里能找到水，就背着你一步一步地走到这里来了。结果这里也没有水，看来我们也很难活下去了！"

孩子听到这儿，停住不哭了，仰起满是泪水的脸问道："这么说，我们也要死了吗？"

"我想快了。"

"为什么你不早点告诉我呢？"小女孩开心地笑了起来，"害得我吓了一跳。死了不是更好吗？我们就又能和妈妈在一起了。"

"是的，小宝贝，一定能。"

"你也会见到她的。我要告诉妈妈，你对我很好。我敢保证，她肯定会在天堂门口迎接我们的。嗯，她手上还提着一大壶水，还有好多热气腾腾的荞麦饼，两面都烤得焦黄焦黄的荞麦饼，就像我和鲍伯爱吃的那样。可是，我们要等多久才能死呢？"

"我不知道——不会很久的。"男人边说边眺望着北方的地平线。原来在远处的天边，出现了三个小黑点，黑点来势极快，越来越大。很快，就可以看出那是三只褐色的大鸟，它们在这两个可怜的人的头上盘旋着，最后落到一块大石头上。这是三只巨雕，也就是美国西部称为秃鹰的鸟，它们是死亡即将来临的预兆。

"公鸡和母鸡。"小女孩指着这三只巨雕高兴地说，并且不停地拍着小手，企图让它们惊得飞起来，"你说，这个地方也是上帝造的吗？"

"当然是的。"男人对孩子的这一问很是吃了一惊。

小女孩接着说："那边的伊里诺斯州是他造的，密苏里州也是他造的。我想这里肯定不是他造的，那个造这里的人造得一点都不好，连水和树都忘记造了。"

男人有些不安地说："我们做做祈祷，好吗？"

"可是，还没到晚上呢。"小女孩回答说。

"没关系，什么时候都可以祈祷，放心吧，上帝不会怪罪我们的。你现在就祈祷一下吧，就像咱们经过荒原时每天晚上在篷车里做的那样。"

"你自己为什么不祈祷呢？"小女孩睁圆眼睛问。

男人说："我忘记祷文了。我长到那枪一半高的时候就再也没祈祷过，但我想现在再祈祷也还来得及。你把祷告词念出声来，我在一旁随着你一齐念。"

"那你得跪下来，我也跪下。"说着小女孩把披肩铺在地上，"你还得把手像这样举起来，这样你就会感觉好些的。"

只有巨雕看到了这幅奇特的景象：两个流浪者并排跪在狭窄的披肩上，一个是天真无邪的小女孩，一个是坚强的冒险家。她那圆嘟嘟的脸蛋和他那张瘦削、棱角分明的脸孔，仰视着万里无云的天穹，虔心诚意地面对着那无所不在、令人生畏的上帝祈祷着；而那两个嗓音同声祈求着上帝的怜悯和饶恕。祈祷结束后，他们又重新坐到大石下的阴影中，孩子靠在男人宽阔的胸膛上慢慢睡着了。他开始瞧着她睡，但过了一会儿，他也抵不住疲倦的侵袭——他已经有三天三夜没合眼休息过了——眼皮慢慢下垂，终于闭上了眼，他的头也渐渐耷拉在胸前。他的发白的胡须和小女孩金黄的头发混在一起，两人都沉沉入睡了。

如果这个男人再坚持半个小时，他就能看到这一幕了：一片烟尘在这片盐碱地的尽头扬了起来。开始的时候，很难将烟尘与远处的雾气分清楚；后来烟尘越飞越高，并且不断地扩散，在天空中形成一团浓云。显然，这是大队的马群扬起的。如果这里是肥沃的草原，人们会以为这是大队牛群正奔跑而来。但在这片不毛之地，显然是没有牛群的。滚滚烟尘越来越逼近这两个可怜的人睡觉的这块峭壁了。烟尘弥漫中，出现了帆布为顶的车和武装骑士的身影，这是往西去的大篷车队。这支篷车队真是浩浩荡荡啊！就在这无边的荒原上，双轮车、四轮车络绎不绝，有的男人骑在马上，有的男人在马下步行着。断断续续的行列里，无数妇女肩背沉重的包袱蹒跚着前进，大多数孩子踮着小脚跪在车旁，还有些小孩子坐在车上，在白色的车篷里向外张望。显然，这不是一般的移民队伍，而像是一支游牧民族，因为环境所迫，不得不迁徙，另寻乐土。在这寂静的荒原上，人喊马嘶和车子的隆隆声响震天宇，但那两个沉睡的可怜人却并没有因此惊醒。

走在队伍最前面的是二十多个表情严肃、果敢坚毅的骑马人。他们身穿朴素的手织布做的衣服，带着来复枪。他们在山脚下停下来简短地商议了一小会儿。

一个嘴唇紧绷，胡子刮得很净，头发斑白的人说："右边有井，弟兄们，往右边走。"

另一个说："让我们沿布兰卡山的右侧前进，咱们会到达格兰特河。"

第三个人大声说道："别担心没水，能够把水从岩石中引出来的神是不会舍弃他的信民的。"

"阿门！阿门！"几个人异口同声地祈祷。

就在他们要重新赶路的时候，一个眼力最好的小伙子突然指着他们头上面那片高耸的峭壁大叫了一声。原来他看见有件很小的粉红色的东西在上面飘荡着，这粉红色的东西在灰色岩石的衬托下，更加鲜艳显眼。骑手们看到这个东西后，一齐把马勒住，举起了枪。同时，更多的骑手从后面飞快地打马过来增援。他们大声叫道："印第安人！"

"这里不可能有印第安人。"一位年长的看来是领袖的人说，"我们早已越过波尼人居住区了，在翻越前面那座大山之前，不会再碰到任何部落。"

其中有个人说："我上去察看一下吧，斯坦节逊兄弟？"

"我也去，我也去。"又有十几个人自告奋勇地说道。

"好吧，把马留在这里，我们在下面接应你们。"那位长者说。

年轻人得到指示后，立刻翻身下马，把马拴好后，就沿着陡峭的山坡，攀向那个引起他们注意的目标。

他们悄无声息地迅速前进，一个个动作敏捷，显然是训练有素。山下的人注视着他们在山石间如履平地，很快就到山巅了。那个最先报告情况的青年走在前头，忽然，他举起两手，仿佛是惊呆了。跟在他后面的人向前一看，都被眼前的这番情景给惊呆了。

在这峭壁的一小片平地上，耸立着一块孤零零的大石头，石头旁躺着个高大的男子。只见他须发长长、面容枯槁憔悴，从他那安详的神色可以看出，他睡得很沉。在他旁边还睡着一个小女孩，小女孩又圆又白嫩的小手臂搂着大人黑瘦的脖子。她金发披散的小脑袋在穿着棉绒上衣的男人的胸前倚着，红红的小嘴微微张开，露着两排整齐雪白的牙齿，满含稚气的脸上挂着顽皮的微笑；白白胖胖的小腿穿着白色短袜，干净的鞋子，鞋子的扣子闪闪发光。这些和那个手足长大而干瘦的伙伴形成鲜明的对比。在这两个人上方的岩石上，立着三只虎视眈眈的巨雕，它们一见来了这么多人，便发出几声失望的啼叫，无可奈何地飞走了。

巨雕的啼声把两个熟睡的人惊醒了，他们惶惑地瞧着面前的人们。男人摇晃着站起身，往山下望去。他看见在他睡前还是一片寂静的荒原上，现在却有了无数的人马。他简直不敢相信这一切，举起枯瘦的手搭在眉头上仔细观望，喃喃地说道："我该不是神经错乱了吧。"小女孩偎在他身旁，紧紧地抓住大人的衣襟，惊得说不出话来，四下呆望着。

来救他们的人很快就让这两个濒临死境的人相信这一切并非出于他们的幻觉。其中一个人把小女孩抱了起来，让她骑在自己肩上，那个瘦弱不堪的同伴被另外两人搀扶着，他们一同走向车队。

"我叫约翰·费里尔。"男人自报家门，"我们二十一个人就剩我和这个小家伙，他们因为没吃没喝，都死了。"

有人问道："这孩子是你的吗？"

这个男人大胆地认了下来，他说："我想，这孩子是我的了，她应该是我的了，我救了她，谁也不能把她从我身边带走，从今天起，她就是露茜·费里尔了。请问，你们是谁呀？"他好奇地瞧了瞧救他的这些高大健壮、皮肤黝黑的恩人，接着说，"你们好像有很多人。"

"差不多有一万，我们都是遭受迫害的上帝的儿女，天使梅罗娜的子民。"

男人说："我从没听说过这位守护神，可他似乎选中了一批相当不错的子民。"

另外一个人严肃地说道："神圣的事不准随便说笑。我们信奉摩门经文，这些经文是用埃及文写在金叶上的，在帕尔米拉岛交给了神圣的约瑟·史密斯。我们来自伊里诺斯州的瑙伏城。在那里，我们曾经建造了教堂。为了逃避那个专横的史密斯和那些对神不敬的人们，我们即使是流落荒漠也心甘情愿。"

"对，我们是摩门教徒。"

"那么，你们现在要到哪里去呢？"

"我们自己也不清楚，上帝通过我们的先知指引我们。我们现在带你去见先知，看他怎么安置你。"

他们说着，已到了山脚下，立刻有一大群人一拥而上，把他们围在中间。围上来的有温柔善良的妇女，有嬉笑健康的孩子，还有目光诚恳的男人，大家都对这一小一弱的两个陌生人感到同情地叹息起来。但护送的人们并没有停住脚步，他们推开围观的人群向前走着，一大群摩门教徒跟在后边。他们一直来到一辆高大华丽的马车前。这辆马车和别的马车大不相同，别的马车一般套有两匹马，最多的也不过四匹，但它套有六匹马。在马车夫的旁边，坐着一个不过三十来岁的人，从他那硕大的头颅和坚毅的神情来看，他是他们的领袖。当人群来到他车前时，他把正在读着的一本棕色封面的书搁在一边，仔细地听取人们的汇报。听完后，他看着这两个可怜的落难者。

他严肃认真地说："你们只有信仰我们的教义。才能跟我们一块走。我们绝不让狼混进我们的羊群。与其让你们日后成为腐烂的斑痕腐蚀整个果实，倒不如让你们的尸骨留在这荒野之中。你愿意接受这个条件随我们走吗？"

"只要能跟你们一起走，我什么条件都愿意。"费里尔说得那么坚定，把那些稳重的长老们都逗得笑了起来，但那位首领仍然十分的庄严、肃穆。

他说："斯坦节逊兄弟，你把他收留了吧，给他和这个孩子东西吃，还要负责给他讲授我们的教义。我们已经耽搁很久了，起身吧，向郁山前进！"

"前进，向郁山前进！"摩门教徒们一齐喊了起来，命令波浪般一个接一个传了下去，渐渐消失在远处。随后马鞭挥起，车声隆隆，整个移民队伍又行动起来，蜿蜒前进了。斯坦节逊长老把两个落难者带到自己的车里，车里头早已给他们预备好了吃食。

他说："你们就住这里吧，不久你们就会恢复的。你们要记住，从今天起，你们将永远是我们的教民了。卜瑞格姆·扬是这样指示的，他的话也就是约瑟·史密斯的话，也就是上帝的旨意。"

第二章　犹他之花

我不打算在这里——记述摩门教徒们在最后定居前的迁徙中所遭受的苦难。他们以前人从未有过的百折不挠的奋斗精神在密西西比河两岸直到洛矶山脉西麓这片土地上行进着。正是他们这种类似盎格鲁撒克逊人的那种顽强意志，使他们克服了野兽、饥渴、疾病等上苍降给他们的一切苦难。不过，即使是他们中间最坚强的人也难免要为长途跋涉和无尽的恐怖而胆寒。因此，当他们看见脚下辽阔的犹他山谷沐浴在灿烂的阳光之中，并听到他们的领袖宣布这块处女地就是神赐给他们的乐园，而且永远属于他们的时候，一个个都高兴地跪在地上，虔诚地膜拜。

很快，事实就证明扬不但是一个行事果断的领袖，而且还是一个干练的行政官。他把犹他谷的规划图制出来后，未来的城市有了基本的轮廓。城市外围的全部土地，按教徒的地位高低，以一定的比例分了下去。以前经商的依旧经商，以前做工的依旧做工。城里的街道、广场魔术般先后出现了。在农村，农民开荒引渠，播种栽培。一片繁忙气象；到第二年夏天，田野里麦浪滚滚，一片金黄。在这个偏僻的移民区里，万事万物都欣欣向荣。他们在市中心建造的大教堂也一天天高耸起来。教堂里的斧锯声每天从早到晚都响个不停，教堂是他们为纪念引导他们历尽艰险，终于找到乐土的上帝而建造的。

约翰·费里尔和小女孩相依为命。不久，费里尔正式把小女孩收为义女了。这两个落难者随着这群摩门教徒来到了迁徙之旅的终点。小露茜·费里尔十分招人喜爱，被收留在斯坦杰森长老的篷车里，和她同住一起的，有斯坦节逊的三个妻子，还有他那调皮任性、早熟的十二岁的儿子。由于露茜非常乖巧，而且小小年纪便没了母亲，所以很快就得到了斯坦节逊的三个妻子的宠爱。没多久，小露茜便恢复了健康，她对于这四处漂泊、以帐篷为家的新生活也逐渐习惯了。与此同时，费里尔的身体也恢复了，他不但显示出他是一个好的向导，而且还是个勤勤恳恳、任劳任怨的猎人。因此，他很快就获得了新伙伴们的尊敬。所以，当他们决定定居犹他山谷时，大家一致同意，费里尔应当像任何一个移民（除去先知扬及斯坦杰逊、肯博尔、约翰斯顿和德雷伯这四位长老之外）一样分得一大片土地。

费里尔在分得的那片土地上建了一栋坚实的木屋，并且每年都建一点。渐渐地，小木屋最后成了一幢宽敞的别墅。费里尔是一个非常务实的人，他待人诚恳，技艺超群，他那副钢筋铁骨的身板使他能从早到晚辛勤地在田间耕作和改良。因此，他的庄园很快兴旺起来。三年之后，他的家境就赶超了他的邻居；六年之后，他就过上小康生活了；到第九年，他就十分富有了；十二年后，整个盐湖城没几户人家能和他相比了。从盐湖这个内陆海到遥远的瓦撒齐山区，约翰·费里尔名闻遐迩。

费里尔只有一件事让同教人感到不愉快——不管别人怎么劝他、开导他，他都不肯像其他教徒那样娶妻成家，他一再拒绝解释不再娶妻的理由，他只是一味地坚持己见。因此，就有人指责他不忠于摩门教；也有人认为他是个吝啬鬼，不肯破费财物；还有些人猜测他以前肯定有过一番刻骨铭心的恋爱经历，或许大西洋彼岸曾经有位金发女郎为他憔悴而死。但不管是因为什么，费里尔仍我行我素过着刻板的独身生活。除此外，摩门教的其他教规，他都严格遵守、奉行，并被人们公认为是一个笃信教义、作风正派的人。

露茜·费里尔在这栋木屋中慢慢成长，帮义父干一些力所能及的活儿。山区里清新的空气和松树林中散发的油脂香味慈母般地抚育着这个年轻的少女。时间一年年过去，露茜一年年长大，她出落得亭亭玉立、非常美丽。她面颊红润，步态轻盈，很多路人经过费里尔庄园旁的大道时，都忍不住要特意看看露茜穿过麦田的轻盈身影，或者她骑在她父亲的马上时，显露的西部少女所具有的那种娴熟优美的姿态。想起往事，人们不由得在心里感叹，当年的蓓蕾如今已绽开成一朵美丽的花。这些年来，就在她父亲变成农民中最富裕的人的同时，她也成长为太平洋东岸的山区里一个难得的美少女。

但是，最先发觉露茜已长大成人的并不是她父亲——这种事情很少是由父亲第一个发现的——这种变化非常的神秘、微妙，而且其变化过程非常缓慢，不能以时间来衡量。对这种变化最难察觉的，还是少女本身，她要到了听了某人的话，或碰触了某人的手而感到心头突然乱跳有一种既骄傲又恐惧的心情袭来时，她才知道，一种新的、更加奔放的人的本性已在她内心深处觉醒了。人们通常都能清楚地记得自己情窦初开时的一些细微琐事，至于露茜·费里尔，糟糕的是，她当时根本不知道这件事会对她和其他人的命运产生怎样的影响。

六月里的一个早晨，阳光明媚，摩门教徒们开始像蜜蜂一样忙碌起来——他们就是以蜂巢作他们的标志的。无论农村还是市区，到处都有人们劳动发生的嘈杂声；尘土飞扬的大道上，满载重荷的骡马络绎不绝地往西进发。这时加利福尼亚已经掀起了淘金热潮，一条横贯美洲大陆，通往太平洋东岸的大道在这座新城穿城而过。在道上有从远方牧区走来的成群的牛羊，也有一队队的移民，人们在长途跋涉后，都疲惫不堪了。骑技高超的露茜·费里尔在人畜混杂的大道上策马而行，她漂亮的面庞因为奋力驭马而涨红了，金色长发随风飘起。她是奉她父亲的命令，到城里去办事的。她像平常一样，一个劲地策马飞驰，心中只想着她要去办的事情。那些风尘仆仆的冒险家们，一个个惊奇地望着她；那些做皮革生意的冷漠的印第安人，看到这个美貌无比的少女，也惊愕地把一向板着的面孔松弛了下来。

到城郊时，露茜发现六个粗鲁的牧民赶来的一群牛把道路挤得水泄不通。露茜不耐烦极了，就打着马往牛群中挤去，企图闯过牛群。但是，她刚进入牛群，四周的牛就围了上来，她立刻便陷在牛的包围中了。到处都有鼓着眼睛，长着长角的庞然大物在攒动。她平常和牛群相处惯了，因此，即便如此，她也毫不惊慌，仍然瞅准空隙策马前进。可糟糕的是，马在侧腹被一头牛的角猛地顶了一下，因受惊而狂躁起来。它腾起前蹄，狂嘶不已，接着又不停地颠簸，如果不是露茜马技高超，早就被摔下马来了。受惊的马每跳动一次，腹部就免不了被牛角再顶一次，而这更让它暴跳不已。这时的露茜只好紧贴马鞍，因为稍一松手，就会被马颠落蹄下，踩个粉碎。露茜还从未经历过这种情况，挺过一段时间后，便头昏眼花起来，紧拉缰绳的手有些拉不住了。更要命的是，她被飞扬的尘土和从拥挤的牛群里散发出来的臭气给憋得喘不过气来。就在这危急时刻，要不是她听到一个亲切的声音，使她确信有人来救她，恐怕她就会绝望地松开手了。只见一只强劲的棕色大手一把抓住了惊马的嚼环，并且在牛群中挤开一条缝隙，很快就把她拉出了牛群的包围圈。

这位救星很关切地问道："小姐，你没受伤吧？"

露茜抬头看了眼他那黝黑粗犷的脸，大笑着说："真把我吓了一跳，没想到这匹娇宠惯了的马竟会被一群牛吓成这模样！"

64

"谢天谢地，幸亏你夹紧了马鞍子。"小伙子诚恳地说。这是一个身材高大、面目粗犷的小伙子，他身穿结实的粗布猎服，肩背长筒来复枪，胯下骑着匹身带灰白斑点的骏马。他接着说，"我想，你是约翰·费里尔的女儿吧。我看到你是从他的庄园里出来的。你见到他时，请问问他还记不记得圣路易的杰斐逊·侯波。他要是记得的话，那他就是和我父亲非常要好的那位费里尔了。"

"你亲自去问他不是更好吗？"露茜认真地说。

小伙子对这个建议似乎感到很高兴，他的黑眼睛里闪现出快乐的光芒。他说："我会去问他的。不过，我们在大山里头待了两个月了，现在这个样子不便去拜访。我想，他要看到我们，肯定会招待我们的。"

她回答说："他肯定会好好地感谢你哩，我也要感谢你。他很疼我，如果我刚才被那些牛踩死了的话，他不知会有多伤心。"

小伙子说："我也会很伤心的。"

"你？你怎么会伤心呢，你还不算是我们的朋友呢。"

小伙子听她这么一说，黝黑的面孔不由得阴沉了下来。露茜见他这副模样，不禁又大笑起来。

"你误会我的意思了，"她说，"当然我们现在是朋友了。我现在要走了，不然，爸爸不会再把事情交给我办啦。你有空一定要来看我们。好了，再见！"

"再见。"小伙子说着，摘下他那顶墨西哥式的宽檐帽，低头吻了一下她的小手。露茜掉转马头，快马加鞭，一下子消失在烟尘滚滚的大道尽头。

年轻的杰斐逊·侯波和他的同伴继续赶路。一路上，他都情绪低落，一言不发。他们刚从内华达探寻银矿回来，现在是返回盐湖城筹集钱款去开采他们所发现的那些矿藏的。以前，他和他的同伴一样很热衷于采矿，但他现在，刚刚遇到的那个姑娘，使他的思想有所转变。这个美丽的姑娘，山风一样清纯的姑娘，把他心里头沉睡的火山给触发了。当她从他的视线中离开后，他猛然觉得，银矿也好，其他任何别的东西也好，都没有那个姑娘重要。他觉得，他到了要做出重大选择的时候了。现在，他心灵深处产生的这种感情，不是年少无知时那种来得快去得也快的变化不定的幻想了，而是一个性格刚毅的成熟男人的那种强烈奔放的激情。他长这么大，还没做过一件称心如意的事。所以，他暗暗发誓，他要通过不懈的努力和永恒的爱心去获得他的爱情。

他当晚就去拜访了约翰·费里尔。后来，他又拜访了好多次，一来二往，大家都很熟悉了。约翰·费里尔十二年来一直深居山谷，只在他的庄园里一心一意地劳作，对外面的事几乎一无所知。而侯波对外面近几年发生的事却很清楚，他经常把他的所见所闻一件件地讲给费里尔听。他讲得绘声绘色，不仅费里尔爱听，露茜也听得蛮有兴趣。侯波是当年最先到达加利福尼亚的一个，因此，他能很清楚地说出在那到处是黄金、到处充满暴力的土地上，有多少人发财致富，又有多少人倾家荡产。他做过探路者，捕过野兽，寻过银矿，当过牧场工人。只要是冒险的事，他就想去试一试。他很快得到老人的青睐，老人总是对他的刚毅坚忍赞不绝口。每当这时，露茜总是默默无言。但从她红晕的脸蛋，明亮、充满幸福的眼睛里，都可以很清楚地看出，她情窦初开的心早已不属于她自己了。她那老实的父亲并没看出女儿的变化，但赢得了她芳心的小伙子却清清楚楚地看到了。

一个夏天的黄昏，侯波打马奔向费里尔家。露茜站在门口等着他。他把马拴在树桩上后，就沿着门前的小路大踏步走了过来。

"我要走了，露茜。"他说着，握住她的两手，含情脉脉地望着她的脸，"我不要求你立即跟我走，但我回来后，你能跟我一起走吗？"

"可是，你什么时候才能回来呢？"她害羞地笑着问道。

"最多两个月，亲爱的，那时，你就是我的了，谁也别想把我们分开。"

"可是，父亲他同意吗？"

"他早就同意了，只要我们的银矿能开采得顺利，这绝不是问题。"

"嗯，这就好了。我听你们的。"露茜轻轻说着，把头依偎在侯波的胸膛上。

"感谢上帝!"他激动地说,一面低头去吻她,"那我们就这样定了。我不能再待了,否则我会舍不得离开你的。我的同伴在峡谷里等着我呢。再见吧,亲爱的,不到两个月,我们就会再见的。"

他边说边松开拥抱她的双手,翻身上马,头也不回地疾驰而去,好像一回头他就会动摇决心似的。她站在门口久久地望着,直到他的身影再也看不见,才转身进屋。她现在可以说是犹他地区最幸福的姑娘了。

第三章　厄运降临

杰斐逊·侯波和他的同伴离开盐湖城已经三个星期了。约翰·费里尔每每想到这个年轻人一回来,他就要失去他的养女这件事,便非常的痛苦。但女儿那张充满幸福的脸又让他不得不顺从他们。他早已暗下决心,无论如何,他都不能让他女儿嫁给一个摩门教徒。他认为,摩门教一夫多妻制的婚姻根本不能算是婚姻,而是一种耻辱。不管他对摩门教的其他教义的看法究竟怎样,但在这一点上,他是始终持反对意见的。但是,他始终把这个问题闷在肚子里,因为在摩门教的范围里,发表违反教义的言论是十分危险的。

的确,这是十分危险的,就连教会中道行最高洁的圣徒们,也只敢私下里小心翼翼地交流一下他们对教会的看法,唯恐不慎说出的话遭人曲解,给自己招灾引祸。摩门教有一个非常恐怖的组织,这个组织与塞维尔的宗教法庭、日耳曼人的叛教律和意大利秘密党所拥有的那些庞大的行动组织相比,是有过之而无不及的。

这个无形的组织神出鬼没,虽然人们既看不到,也听不到这个组织是怎样行动的,但它似乎是无所不知、无所不能的。谁要是胆敢反对教会,谁就会突然失踪;谁说话稍有不慎,谁行动有失检点,他就会有杀身之祸。这个组织太神秘了，以至于谁都不知道在他们头上笼罩着的可怕的势力到底是什么，谁都为此惊慌恐惧，就连在无人的旷野中也没人敢对压迫他们的这种势力表示不满。

起初，这个可怕的神秘组织只是用来对付叛教者的。但过了一段时间后，它的势力范围越来越广了。随着成年妇女越来越不够供应，一夫多妻制的教条很快就会形同虚设。于是，就有了各种奇怪的传闻：在从没有印第安人出没的地方，不少移民中途被谋杀，过路旅客的帐篷遭劫，而摩门教长老的屋子里却出现了陌生女人。她们面色憔悴，哭个不停，脸上还留着一时难以消去的恐惧。据山里回来很晚的游民说，他们在天黑之前曾看见一支戴着面具的武装骑兵队，悄悄地从他们身边疾驰而过。这些故事和传闻都有凭有据，并且反复得到确认和证实，后来越来越清楚了，大家都知道这是什么人做的了。直到今天，在西部大草原上，"丹奈特帮"和"复仇天使"仍是邪恶和不祥的代名词。

人们对这个罪恶的组织的情况知道得越多，就越恐惧，因为谁都不明白这个恐怖组织里到底有谁。这些打着宗教的幌子去杀人的刽子手的姓名都是绝对保密的，没人敢把自己对先知及其教会的不满讲给他的朋友听，因为这个朋友很有可能就是恐怖组织的一员。因此，人人都对自己的邻居小心提防，谁也不敢说出心里话。

一天早晨，天气晴朗，约翰·费里尔正打算到麦田里去。忽然，他听到院门的门闩咔嗒响了一下，他从窗口望去，只见一个身强力壮、长有一头淡茶色头发的中年男人沿着小道走了过来。他吓了一跳，因为这个人不是别人，正是先知卜瑞格姆·扬。他非常害怕，因为他知道，扬没事是不会随便到一个教徒家里来的。费里尔连忙跑到门口迎接这位摩门教首领。但扬对他的迎接显得很冷淡，他板着脸随费里尔进了客厅。

"费里尔兄弟！"扬说着坐了下来，目光严峻地盯着费里尔，"上帝忠实的信徒一直对你很友好，你在沙漠里行将待毙的时候，是我们把你救了，我们把自己的食物分给你，把你平安地带到这个上帝选定的山谷中，还分给你一大片土地，让你在我们的保护下慢慢地富了起来。你说是这样的吗？"

"是这样的。"费里尔回答说。

"在救你的时候，我们提出过一个条件，要你信奉我们这个纯正的宗教，并且遵守我们所有的教规。你当时也接受了这个条件。可是，如果大家反映的情况属实的话，在这一点上，你却完全疏忽了。"

费里尔伸出双手申辩道："我怎么没遵守呢？难道我没按规定缴纳公共基金吗？难道我没去教堂礼拜吗？难道我……"

"那么，你的妻子呢？"扬问道，四处看了一眼，"把她们叫出来吧，我要见见她们。"

费里尔回答说："我没娶妻是事实，但女人已经不多了，有很多人比我更需要女人。另外，我也不是孤身一人，我有我女儿侍奉。"

这位摩门教的头领说："我就是为你女儿来的。她已经长大成人了，而且她可以称得上是我们犹他地区首屈一指的美女，很多有地位的人物都看中了她。"

约翰·费里尔听到这里，不禁暗暗叫苦。

"外面有人传说她和某个异教徒订了婚，我不相信这些谣言。圣约瑟·史密斯经典中的第十三条是怎么说的？'让摩门教的每个少女都许配给上帝的选民，如果她嫁给了某个异教徒，她就是犯了弥天大罪。'经书上这么说。你既然信奉神圣的摩门教，就该遵守它的教义。"

约翰·费里尔没有说话，两手不停地摆弄着他的马鞭。

"现在到了考验你到底是不是摩门教徒的时候了，因此四圣会一致通过了这项决定。你女儿还年轻，我们不会让她嫁给老头子的，我们会让她有所选择的。我们这些做长老的，老婆够多了，可我们的孩子们还不够。斯坦节逊有个儿子，瑞伯也有一个，他们都很乐意你把女儿嫁到他们家去。你叫露茜在他们两人中选择一个吧。他们年轻又有钱，而且都是忠实的信徒，关于这件事你还有什么要说的吗？"

费里尔双眉紧锁，一声不响地沉默着。最后他说道："给我们一些时间吧，我女儿还小，还没到结婚的年龄呢。"

"行，我给她一个月时间去选择。"扬说着就站起身，"一个月到了，她就要给我答复。"

扬走到门口又突然回过头，涨红着脸，眼露凶光，恶狠狠地说："约翰·费里尔，倘若你自不量力，胆敢违抗四圣会的命令，你们俩倒不如当年暴尸布兰卡山的好！"

他威胁地挥了挥拳头，掉头大踏步走了。费里尔听得见他沉重的步伐落在卵石铺成的小径上发出嘎吱嘎吱的声音。

扬走后，费里尔一直用肘手支在膝头上，呆呆坐在那里，考虑着该怎么跟女儿去说这件事。正想着，忽然有一只柔软的手握住了他的手。费里尔抬头一看，露茜已站到他身边了。露茜一脸的苍白、惊恐，显然刚才的那番话，她都听到了。

她看着父亲，有些焦急地说："我都听到了，他说得那么大声，整个屋子都听得到。噢，爸爸，我们该怎么小呢？"

"别害怕，"费里尔边说边把她拉到身边，抚摸着她的头发，"我们会有办法的。你不会对那个小伙子变心吧？"

露茜没有回答，只是紧紧地抓着父亲的手，低低地啜泣着。

"不会的，当然不会的。我不想听到你说你会，他是很有前途的小伙子，而且他还是个基督教徒，就凭这点，他就强过他们。明天早上，有人要到内华达去，我想给侯波捎封信，把我们现在的情况告诉他。如果我没把他看错的话，他看了信后，一定会像拍电报那么快，飞似的赶回来的。"

露茜被她父亲的这番话逗得破涕而笑。

"他回来后，肯定会给我们想个好办法的。不过，爸爸，我最担心的是你，我听说——听说谁要是违抗先知，谁就会遭到迫害。"

费里尔回答说："但是，我们还没违抗他呢。不过，我们得提前防备一下，我们还有整整一个月的时间，我打算在这一个月内逃出这个鬼地方。"

"逃出这里？"

"只有这样了。"

"那,我们的庄园呢?"

"能变卖的,我们就尽量卖掉,卖不掉的也只好算了。说实话,露茜,其实我早就想离开这里了。我是一个自由的美国人,我不想屈服于任何人,我看不惯这里的一切,我绝不能像这里其他人那样屈服于那位该死的先知。尽管我老了,但他真要敢在我的庄园里胡作非为的话,我会让他尝尝猎枪子弹是什么滋味的。"

"可是,他们是不会让我们走的。"

"侯波一回来,我们就能逃出去了。在他回来之前,我的好女儿,你千万别自寻烦恼,别把眼睛给哭肿了,不然的话,他看见你变成这副模样,肯定会找我算账的。记住,别害怕,我们不会有什么危险的。"

约翰·费里尔的这番安慰话,说得很坚定,很有信心。可是当天晚上,露茜就看到她父亲和平时不一样了,他不仅特别留意门窗是否闩好,而且还把挂在卧室墙上的那支生锈的旧猎枪也取了下来,仔细地擦拭干净,上好子弹。

第四章 逃 命

第二天一早,约翰·费里尔就到盐湖城里去了。他找到了那个要去内华达山区的朋友,把写给侯波的信交给了他,让他捎去。他把威胁着他们幸福的危急情况写在了信里,并且让侯波赶快回来。把信让人捎走后,他才松了口气,怀着比较愉快的心情往家赶。

当他快到他的庄园时,他很惊奇地看到大门两旁的门柱上各拴着一匹马。更让他惊奇的是,他进屋后,发现客厅里有两个年轻人。苍白长脸的那个躺在摇椅上,两只脚高高跷起,跷到了火炉边。高大丑陋的那个盛气凌人地站在窗前,他把两手插在裤袋里,嘴里哼着流行的赞美诗。他们见费里尔进屋便点了点头，躺在摇椅上的那个最先开了口。

他说："你可能不认识我，我先给你介绍一下，他是瑞伯长老的儿子，我是约瑟夫·斯坦节逊。当我们摩门教把你们从荒漠上救起来的时候，我们就认识你们了。"

那个长相丑陋的人带着很重的鼻音说："上帝迟早会把他的子民聚在一块的，虽然这个进程很慢，但上帝不会把任何一个人给遗忘的。"

约翰·费里尔冷冷地鞠了一躬，他已经明白这两个人是什么人了。

斯坦节逊继续说道："我们都是奉父命来向你女儿求婚的，请你和你的女儿从我们中间挑一个你满意的。我呢，有四个老婆，瑞伯兄弟有七个，因此，我想，我比他更需要你的女儿。"

"不能这样说，斯坦节逊兄弟。"另一个大声争辩，"问题不在于我们有了多少老婆，而在于我们能养活多少老婆。现在我父亲已经把他的磨坊给了我，所以，我比你有钱得多。"

斯坦节逊激烈地说："但以后我会比你更有钱的。等我家老头子去见上帝的时候，他的硝皮场和制革场就是我的了，到那时，我就是你的长老了，在教会中的地位也会比你高。"

小瑞伯一面照镜子，一面满脸堆笑地说："我们还是让这位姑娘自己去决定，她选谁就是谁吧。"

约翰·费里尔站在门边听得肺都快气炸了，他差点忍不住要用马鞭抽这两个该死的家伙。

最后，他忍不住了，大踏步走到他们跟前喝道："你们听着，只有我女儿叫了你们，你们才能到这里来，如果她没叫，谁也别想跨进我的家门！"

两个年轻的摩门教徒见费里尔这样，都大吃一惊，他们瞪大了眼睛盯着费里尔。他们原以为，他们这样争着向他女儿求婚，无论对他女儿，还是对他本人来说，都是一种天大的荣幸。

费里尔喝道："要想从这儿出去，有两种选择，一是门，一是窗户，你们选择哪样？"

费里尔棕色的脸变得十分难看，双手青筋暴突，模样挺凶狠吓人。两个年轻人见势不妙，跳起来，拔腿便跑。费里尔追着他们来到门口，挖苦着说："你们自己选一个人出来吧，到时通知我就行了。"

"你这是自讨苦吃！"斯坦节逊气白了脸，大声嚷道，"你竟敢违抗先知，违抗四圣会议的决定，你会后悔一辈子的！"

小瑞伯也嚷道："上帝会重重地惩罚你的，他既然能够让你生，也就能让你死！"

"看我们谁先死！"费里尔咆哮着，要不是露茜使劲拉住他的胳膊，他早就冲上楼把他的枪拿出来了。他还没来得及挣脱露茜的手，门外便响起了马蹄声，斯坦节逊他们骑上马跑了，追也来不及了。

他气呼呼地一面擦额头上的汗，一面大声说："这两个满口胡言的小流氓！我的孩子，我宁愿你去死，也不愿把你嫁给他们中的任何一个！"

露茜激动地表示赞同："是的，爸爸，我死也不嫁给他们。不过，还好，杰斐逊马上就要回来了。"

"是的，他马上就要回来了。回来得越早越好，不知道那些坏蛋会怎样对付我们。"

的确，这个坚强的老农和他义女到了最危急的时刻，他们很需要一个能够为他们出谋划策、帮助他们的人。在他们这个地方，还从来没人敢这么公然违抗四圣的决议。在这里，连犯一点小错都会受到严厉的惩罚，那么，像他们这样大逆不道，会有怎样的下场呢？费里尔明白，他的财富，他的地位现在都无济于事了。在此之前，曾有些和他一样有钱又有名望的人都被暗杀了，他们的财产也被教会没收了。虽然他是个勇敢的人，但一想到即将降临的莫名的灾难，他就不寒而栗。任何摆在明处的危险，他都可以咬牙勇敢地面对。但是，这种提心吊胆的日子，他实在难以忍受。尽管如此，他还是小心地把他的恐惧给隐藏起来，不让女儿知道。可是，虽然他一直装着若无其事，他聪明的女儿还是看出他内心一直在忐忑不安。

他已经预料到，他这样做会招来扬的某种警告。果然，不出所料，第二天早晨，费里尔起床时，很吃惊地发现，被子盖在胸口的地方，贴着一张字条，字条上歪歪斜斜地写着一行力道粗重的字：

"限你二十九天内改邪归正，否则——"

后面的这一横比任何明示的恐吓都要令人害怕。这个警告是怎样贴到他被子上来的，约翰·费里尔百思不得其解。因为他的仆人是睡在另一幢房子里的，他这幢房子所有的门窗又都关得好好的。他把这个字条揉成一团，没有告诉女儿。可是，这件事的发生，使他更胆战心寒起来。字条上说的"二十九天"是指扬所限定的一个月期限所剩下的日子。对付扬这样拥有神秘组织的敌人，单凭匹夫之勇是行不通的。来贴警告的那个人，本可以一刀把他杀死的，而且他永远都不会知道杀他的人是谁。

第二天早上的事更让费里尔感到吃惊。当他们坐下来吃早餐时，露茜忽然指着天花板尖叫了起来。原来，天花板的中央，有一个用烧焦的木棒画的"28"。他女儿不知道这个数字是什么意思，他也没告诉她。那天晚上，他没有睡觉，拿着枪守了一晚，他什么动静也没发现。但，第二天早晨，一个大大的"27"又出现在他家门上了。

一天一天就这样过去了，他每天早晨都能发现暗藏的敌人写下的数字，这些令人恐惧的数字有时出现在墙上，有时出现在地板上，还有几次是写在小纸片上，贴在花园的门上和栏杆上。约翰·费里尔虽然严加警戒，但他还是没发现这些警告是什么时候降临的。他一看到这些警告，就像中了邪似的恐惧。为此，他天天坐卧不安，一天天憔悴起来，他就像被追逐的野兽一样惊惶失措。现在他唯一能做的，就是盼着侯波早些从内华达回来。

二十天变成了十五天，十五天又变成了十天，侯波还是杳无音信。限期一天天逼近，侯波还是不见踪迹。每当马蹄声在大路上响起的时候，或者马车夫吆喝起来的时候，费里尔就不禁要赶紧跑到大门口张望，以为是侯波回来了。直到最后，眼看着期限从五天变成四天，又从四天变成三天，他终于不得不失望了，完全放弃了逃跑的念头。他一个人孤独无助，对这个移民区四周环绕着的大山又不熟悉，他们是逃不出去的。关卡要道有人严密把守，没有四圣会的允许，谁都不能通过。他差不多是走投无路了，这场临头大祸，看来是躲不过去了。不过，费里尔仍没有屈服，他宁愿拼掉老命，也不能让他女儿蒙受污辱。

一天晚上，他一个人独坐着，不停地琢磨着，但左思右想，还是想不出该怎么躲避这场灾难。在这天的早上，屋里的墙上被人写了个"2"字。明天就是期限的最后一天了，到时事情会怎样呢，好多种模糊不清而又令人可怕的情景出现在他脑海里。在他死后，他女儿怎么办呢？这张无形的天罗地网真的就逃不出吗？他一想到自己竟这样无能为力，便禁不住趴在桌子上啜泣起来。

是什么声音？寂静的黑夜里传来一丝轻微的刮擦声。声音很轻，但在这万籁俱静的深夜，却听得非常清晰。这是从大门那边传来的声响，费里尔蹑手蹑脚地走进客厅，他屏住呼吸，凝神听着。过了一会儿，这个轻微的，令人毛骨悚然的声音又响了起来。接着有人轻轻叩门了。是秘密法庭派人来暗杀了吗？还是哪个狗腿子来警告到期限的最后一天了呢？约翰·费里尔这时觉得与其这么令人胆战心惊地受折磨，不如去痛痛快快死了的好。

于是，他冲到门前，拔下门闩，打开了门。

门外一片寂静。晴朗的夜空，有几颗星星在一闪一闪。费里尔看见的只是庭前花园，花园周围的篱笆和一个门，不管是花园里，还是路上，一个人影都没有。费里尔左右都看了一下后，轻轻地嘘了一口气，放心了。但是，他接着无意中往脚下一瞧时，不禁大吃了一惊：只见地上趴着一个人，手脚直挺挺地伸展着。

看到这个情景，费里尔恐惧极了。他靠在墙上，用手卡着自己的喉咙，才没有喊出声来，一开始，他还以为地上趴着的可能是个受了伤，快要死了的人，后来，他仔细一瞧，才看见那人手足并用，蛇一样悄无声息地爬进了客厅。这人一到屋里便立刻站了起来，把门给关上了。吓得目瞪口呆的费里尔这才发现这人正是他期盼已久的杰斐逊·侯波。

"天哪!"约翰·费里尔惊讶地说,"你吓死我了,你为什么要这样进来?"

"快找点吃的给我。"侯波声音嘶哑地说,"我有两天两夜没吃东西了。"他说着,瞥见费里尔一家当天吃剩的晚餐还放在桌上没收拾掉,便跑到桌旁,抓起冷肉面包就狼吞虎咽起来。

"露茜还好吗?"侯波吃饱后问。

"她很好。她还不太清楚现在有多么紧迫呢。"费里尔回答说。

"那就好,这屋子四面都有人监视,这便是我为什么要爬着进来的原因。他们很会监视,但想抓住一个瓦休湖的猎人,他们还差得远呢。"

约翰·费里尔像换了个人似的,他抓住年轻人粗糙的大手激动地说:"你真是个了不起的人。只有你才能帮我们脱离险境。"

侯波回答道:"你说得对,先生。我很敬重你,但是如果只有你一个人陷入了这桩麻烦事,我会三思之后才会来捅这个大马蜂窝,我是为救露茜而来的。在他们下手伤害露茜之前,我想我早带她远走高飞,犹他州从此再没有姓侯波的人家了。"

"我们现在该怎么办呢?"

"明天就是最后期限了,我们今晚就得走,否则就来不及了。我在鹰谷那边藏好了一头骡子和两匹马。你有多少钱?"

"两千块金币和五千元纸币。"

"这足够了,我这儿还有一些钱,凑在一起足够了。我们得穿过大山到卡森城去。你快去把露茜叫醒吧,谢天谢地,幸亏仆人没睡在这屋子里,省了不少事。"

费里尔去叫露茜准备上路的时候,侯波把他能找到的所有可以吃的东西都打在一个包里,又灌了满满一瓶水。他很有经验,知道山中水井很少,即使有也离山路很远,他刚收拾好,费里尔就和他女儿一起出来了,两人全都穿戴好了,准备出发。这对恋人很亲热地互相问候了一番,但时间很短,因为一分一秒都相当宝贵,而且眼下还有好多事情要做呢。

"我们马上就得走，"侯波声音低沉而又坚决地说，像一个明知危难极可怕，但却横下一条心来，决意要勇敢面对一切的人，"前门和后门都有人把守。不过，我们可以小心地从旁边窗户爬出去，然后再穿过农田逃走。只要上了大路，再走那么两里地，我们就到鹰谷了。我的马匹就藏在那儿。天亮之前，我们至少得赶到半山腰。"

费里尔问道："要是被人拦住了，我们怎么办？"

侯波拍了拍露出衣襟的左轮手枪的枪柄，恶狠狠地说："即使我们对付不了，也得干掉他们两三个。"

屋里的灯早就吹熄了。费里尔从漆黑的窗口望出去，眼前这片属于他的土地，现在就要永远地放弃了，虽然他有点舍不得，但事关他女儿的荣誉和幸福，即使是倾家荡产，他也毫不在乎。沙沙作响的树林和一望无际的平静的田野那么的宁静，那么的让人感到幸福。谁能想得到，这里竟然是那些杀人不眨眼的恶魔们出没的地方。从侯波那苍白的脸色和紧张的表情可以看出，他刚才爬进来的时候，已经领教过周围的危险情况了。

费里尔提着钱袋；杰斐逊·侯波带着不多的食品和水；露茜也提了个小包，包里头是她的一些珍贵物品。他们慢慢、慢慢地，很小心谨慎地推开窗子。直等到一片乌云把月亮遮住时，他们才一个跟着一个越窗而出，走进了那个小花园。他们屏声静气，弯着腰，蹑手蹑脚地穿过花园，来到花园篱垣的暗处。他们沿着篱垣走到一个通向麦田的缺口，正要再往前走，侯波猛地一把抓住费里尔父女，把他们拖回暗处。他们一声不响地蹲在那儿，吓得浑身颤抖。

幸亏侯波在草原上待过一段时间，练就了一双山猫般灵敏的耳朵。他们刚刚蹲下，就听见离他们几步远的地方响起了一声猫头鹰的啼声。一会儿，不远的地方，立刻也呼应着啼了一声。随后就在那个缺口处，隐隐约约地有一个人出现了，他又发出一声这种凄惨的啼叫暗号，很快，另外那个人应声从暗处走了出来。

"明天半夜，猫头鹰叫三声时下手。"第一个出现的人说。显然，他是这次行动的头目。

另一个回答道："好的，有什么要我传达给瑞伯兄弟的吗？"

"告诉他，让他传达给其他的人。九到七！"

"七到五！"另一个接着说。随后，他们两个便分头悄然离去了。他们最后说的两句话，显然是一种暗号。等到他们走远了，听不到他们的脚步声时，侯波立刻站了起来，扶着费里尔父女，穿过缺口，随后带着他们以最快的速度穿过农田。这时，露茜有些跑不动了，侯波半拖半拉地拽着她飞跑。

"快点，快！"他气喘吁吁地一次又一次催促着，"我们已经闯过警戒线了，现在就看我们的速度了，快跑！"

到了大路上后，他们又飞快地跑了起来。路上，他们碰到人就马上闪进麦田去躲避，害怕被人发现。快到城边时，侯波把他们带上了一条通往山上的崎岖小道。两座黑压压的大山耸立在眼前，他们正走着的这条狭窄的小道就是鹰谷，马匹就藏在这里。侯波凭着他多年的经验，穿过一片乱石后，又沿着一条干涸了的小溪走了一段，最后在一块大山石的后面，把马和骡子牵了出来。露茜骑上了一头骡子，费里尔背着钱袋骑上了一匹马，侯波骑上另外一匹马。侯波领着他们在崎岖的山道上行进。

对于一般人来说，这么崎岖的山路他们是不敢走的。山路的一边是悬崖万丈，山石林立，黑压压的阴森吓人，悬崖上一条条石梁活像魔鬼化石身上的根根肋骨；另一边则乱石纵横，无路可走。这条弯弯曲曲的小道夹在这中间，有些地方很窄，只能容得下一个人通过。尽管如此，这三个逃亡者的心情却是愉快的，因为他们每前进一步，就远离他们刚逃出来的那个魔窟一步。

但没走多久，他们便发现仍没逃出摩门教徒的势力范围。当他们走到山路上最荒凉的地段时，露茜突然惊叫了一声，用手指着上面。原来在一块突兀而出的、可以俯瞰山路的大黑石上，有一个人在站岗。他们发现他时，他也看见了他们。于是，寂静的山谷里响起了一声吆喝："谁在下面？"

"是去内华达的旅客。"杰斐逊·侯波回答道，同时抓住马鞍旁的来复枪。

他们看见这个站岗的已扣着扳机，向下看着他们，好像对侯波的回答有些怀疑。

"是谁准许的？"站岗的哨兵又叫道。

费里尔回答说："四圣准许的。"根据他在摩门教的经验，他知道，教中四圣的权力最大。

哨兵叫道："九到七。"

"七到五。"杰斐逊·侯波马上接着说——他想起了他在花园中听到的这句口令。

哨兵说："走吧，上帝保佑你们。"

过了这关后，前面的道路就宽阔起来了，马匹可以放开脚步，小跑着前进了。他们回头一看，那个哨兵倚着他的枪，仍孤零零地站在那儿。这时，他们知道，他们已经闯过了摩门教区的边防要隘了，自由就在前面。

第五章　复仇天使

整整一夜，他们走过的全是些错综的小路和崎岖难行、乱石纵横的山道，有几次差点迷路了，多亏了侯波熟悉山中的情况，才使他们重新回归正道。天亮后，他们看见眼前的景色虽然有些荒凉，但总体上来看，却是壮丽无比的。他们置身于一片白雪封顶的群山中，一层一层的山峦直绵延到遥远的地平线。山道两旁全是悬崖绝壁，悬崖上垂挂着的落叶松就在他们头顶不远的地方，好像一阵风就能吹落下来砸在他们头上。这也不是不可能的事，因为在这个荒凉的山谷中，草木丛生，乱石遍地，曾经有树石这样滚下来过。他们往前走了一段，突然一块巨石雷鸣般滚落下来，静静的峡谷里立刻回荡起一阵隆隆之声。本已走累了的马和骡子被吓得跑了起来。

太阳从东方的地平线慢慢升起的时候，群山像张灯结彩似的一个接一个地点亮了，最后所有的山峰都披上了微红的薄纱，明亮耀眼。这种奇景让三个逃亡者的精神为之一振，跑得更有劲了。他们在一个溪水奔腾的谷口停了下来，让马喝足了水，同时，又匆匆忙忙吃了点东西。露茜和他父亲想多歇一会儿，但侯波坚持要走。他说："说不定这时他们正沿着我们的足迹追了过来。我们能否逃脱就看我们的速度了，只要我们能平安到达卡森城，想休息一辈子都行。"

他们在山道上奔波了整整一天，黄昏时算了算行程，已经把敌人抛开三十多英里了。天黑后，他们在寒风吹不到的一块悬崖下歇息。为了更暖和些，三人紧紧挤成一团，睡了几个小时。未等天亮，他们又动身上路了。他们一直没有发觉有人追来的迹象，因此，侯波认为他们已经逃离了魔爪，那个要迫害他们的恐怖组织现在是鞭长莫及了。可惜，他一点都不清楚这只魔爪究竟能伸出多远，他更没想到，这只魔掌正在迫近他们，就要把他们抓得粉碎了。

他们逃亡的第二天，快到中午的时候，食品只剩一点点了。不过，侯波并没有因此而不安，因为这大山里，有的是可以打来充饥的飞禽走兽。他以前就常常靠他的来复枪打猎来维持生活的。他选了个比较隐蔽的地方，拾了些枯枝把火生了起来，让费里尔父女暖和一下。因为他们现在是在海拔五千英尺的高山上，非常的冷。他拴好马匹骡子，告别了露茜后，就背上来复枪去打猎。他走出一段路后回头看了看，他们父女俩正围着火堆取暖，坐骑动也不动地站在他们后面。他再往前走了几步后，就被巨石挡住了视线，看不见他们了。

他走了两英里远，可还是什么也没见着，然而，从树上的痕迹或其他一些迹象来看，附近是有野熊出没的。但他找了两三个小时，却还是不见猎物的踪影。最后，他正准备空手回去的时候，忽然抬头一看，不由得高兴起来。在离地三四百英尺高的一块突出来的悬崖边上，站着一只很像是羊的野兽，它长着一对巨大的长角，因此被人们叫作"大犄角"。它现在可能正为它的同伴放哨。"大犄角"是背对着侯波的，并没有发现有人瞄上它了。侯波趴在地上，把枪在一块岩石上架好，他慢慢瞄准后扣动扳机。这只野兽跳了起来，在悬崖上挣扎了几下，便滚落下来了。

　　这只野兽重得很，一个人背不动，侯波将死兽的一只腿和一些腰肉割了下来。这时，天快黑了，他背起猎来的东西连忙沿着来路往回走，但是，他举步要走时才发现自己迷路了——他一门心思寻找野兽的时候，已经远远走出了他所熟悉的山谷，现在要走回去，却不是一件容易的事。他现在所在的这个山谷，到处都是沟壑，到处都差不多，根本辨不出是从哪条沟来到这里的。他沿着一条山沟走了一英里远后，遇到了一个流水淙淙的山涧，他来的时候并没见过这个山涧，他知道自己是走错了。于是，又走另一条，结果还不是。夜色很快就降临了，当他终于找到来时的小道时，天已经完全黑下来了。虽然路找到了，但要摸黑沿着这条小道一直走下去不再走错，也不是件很容易的事。月亮还没升起，小道两边绝壁高耸，使得道路格外的暗。侯波背着沉重的东西，压得差点喘不过气来，他感到非常的累了，但他仍蹒跚着一步步地往前走。当他想到每往前走一步就靠近了露茜一步，而且这些食物足够他们今后路上吃时他就精神振奋起来。

　　现在，他已经回到了留下费里尔父女烤火的那个山谷的入口处了，他在黑暗中认出了遮在入口处的那些巨石的轮廓。他想，他们肯定等得很着急了呢，因为他差不多离开五个小时了。他高兴地把两只手放在嘴边，借着峡谷的回音，大声喊了起来，告诉他们他回来了。他停了一下，倾听回答，可是，除了他自己的呼声不断地撞在这片沉寂、荒凉的峡谷石壁上，形成的无数回音外，什么也没听到。他又叫了一声，声音喊得更大，但还是没听到费里尔父女的回答。他莫名地有了一种恐惧，急急地跑进山谷，慌忙中，把好不容易猎到的兽肉都丢掉了。

转过一个弯，他看到了费里尔父女生火的地方。那里的那堆炭火虽然还在闪烁发光，但很明显，他离开后，火堆就没有料理过。山谷一片死寂。他的恐惧变成了现实。他急忙冲上前去，可是除了火堆，什么都不见了，马、骡子，老人和露茜都不见了。显然，他离开后这里发生了什么可怕的灾难，使他们无一幸免，而且连痕迹都没留下。

这个意外的打击，让侯波惊慌失措，目瞪口呆。他只觉得一阵天旋地转，赶紧用来复枪支撑着自己，以免跌倒下去。不过，侯波是一个意志坚强的人，他很快就清醒了过来。他捡起火堆里的一根烧得半焦的树枝，把它吹燃了，借着这个光亮，在火堆周围仔细察看了一番。地上到处都是马蹄印子，显然摩门教的人骑马追到这里来了。从蹄印看来，他们又转回盐湖城了。费里尔父女是不是被摩门教给抓走了呢？侯波这样想，可是，当他的目光落到一件东西上时，他吓得毛骨悚然起来——就在离火堆没几步远的地方，有一堆不高的红土，这红土堆原先是肯定没有的，这分明是一个新掘成的坟墓。侯波走近一看，发现土堆上面插着根木棒，在木棍劈开的缝隙处夹着一张纸，纸上潦草地写了几个字：

约翰·费里尔

生前居于盐湖城，死于一八六〇年八月四日

那位健壮的老人就这样离开了人世，而他离开他只有这么短短一个下午，这几个字就是他的墓碑。杰斐逊·侯波又到处寻找，看是否还有第二座坟墓，但没找到。看来露茜是被那帮恶魔给抓回去了，她是逃不脱她命中注定的厄运，要被迫嫁给长老的儿子了。当侯波想到露茜的悲惨命运，而他又无法把她救出来时，他真想和费里尔一样长眠不醒。

但最终，他的复仇心理战胜了悲伤绝望。他想，即使他无法挽回一切，他也可以在剩下的一生里，去为他们报仇雪恨。杰斐逊·侯波有着坚强的意志和不屈不挠的精神，因此，他的复仇心理就更加的坚决。他的这种复仇心理，可能是在和印第安人相处的日子里，跟印第安人学来的。他站在将要燃烬的火堆旁，觉得只有亲手杀死他的仇人才能减轻他的悲痛。他下定了决心，非彻底、干净、痛快地报仇不可。他一脸凄切，狰狞可怕，一步一步地沿着来路往回走，找到了他扔下的兽肉。他把快要熄灭的火堆挑燃了，把兽肉放在火上烤着，烤熟后，他把兽肉捆成一包。这时，他虽然已疲惫不堪，但仍踏着摩门教徒的足迹，一步一步往山下走去。

他艰难地沿着先前走过的山路走了五天，直走得脚痛难忍，疲惫不堪。夜里，他就躺在乱石中，胡乱睡上几个钟头。天还未亮，又起身赶路。第六天，他到了鹰谷，他们就是从这里开始他们不幸的逃亡的。他站在鹰谷远望过去，摩门教徒们的田舍家园清晰可见。现在，他已经形销骨立、憔悴不堪了。

他倚着他的来复枪，狠狠地向脚下这片宽广而安静的城市挥舞起他瘦削的拳头。他远远看见这座城市的一些主要街道挂着旗帜和其他庆贺节日的标志。他正为此纳闷的时候，忽然听到一阵蹄响，只见一个人正打马向他这边跑来。当骑马的人走近时，侯波认出这是一个名叫考波的摩门教徒。以前，侯波曾帮过他好几次忙，所以，当考波走近时，侯波主动跟他打了个招呼，想从他那里打听一下露茜的消息。

他说："我是杰斐逊·侯波，你还认得我吗？"

这个摩门教徒非常惊讶地望着他，眼前这个面色苍白、双目深陷、衣衫褴褛的流浪汉很难让他相信这就是当初那个年轻英俊的猎人。最后，当他终于认出这确实是侯波时，他便由惊讶变得恐惧起来。

他叫了起来："你是不是疯了，竟然还敢跑到这里来！要是有人看见我和你说了话，我的命也没了。你知道吗？因为你帮费里尔父女逃跑的事，四圣已经下令通缉你了。"

侯波坚定地说："我不怕他们，他们通缉我我也不怕。考波，你一定听说了这件事情，你告诉我吧，我们是朋友，请你看在上帝的份儿上，别拒绝我。"

这个摩门教徒胆怯地问道："什么问题？快说吧，这些岩石都有耳朵，树木也长着眼睛哩。"

"露茜·费里尔怎么样了?"

"她昨天嫁给小瑞伯了。喂,站稳些,站稳。你没事吧?"

"我没事,"侯波有气无力地说。他万念俱灰地跌坐在身旁的石头上,嘴唇都白了,"他们结婚了?"

"昨天结的,街上挂的旗就是为了庆祝这事。为了谁娶她的问题,小瑞伯还和斯坦节逊争吵了一番呢。他们两人都参与了追捕露茜的行动,露茜的父亲是斯坦节逊开枪打死的,他认为他更有资格得到露茜。但在四圣会议上决定露茜的归属时,因为瑞伯的势力大一些,先知就把露茜判给了瑞伯。可是,不管谁得到她,都不会长久的,因为我昨天看见她时,她脸色灰白,哪里还像个女人,折磨得像个鬼了。你要走了吗?"

"是的,我要走了。"杰斐逊·侯波说着就站了起来。他刚毅冷峻的脸庞就像是大理石雕刻出来的,两眼凶光逼人。

"你要去哪里?"

"你别管。"他一面回答,一面背起来复枪,大步走进山谷,直往野兽出没的大山深处走去。侯波从此成了一个比猛兽还要危险的人。

露茜的命运被考波说中了。可怜的她不知是为了父亲的惨死,还是由于不幸的婚姻,一直萎靡不振,郁郁寡欢,没过一个月,她便含恨而死。该死的瑞伯娶露茜主要是为了得到约翰·费里尔的财产,因此,对于露茜的死,他一点也不伤心,倒是他的大小老婆们都为露茜哀悼,并且按摩门教的风俗在下葬前,为她整夜守灵。露茜死后的第三天早晨,她们在灵床边围坐着,突然,房门被撞开了,一个衣衫褴褛、面目粗野、饱经风霜的男人闯了进来。她们吓得缩成一团,张嘴结舌。这个人进来后好像没看见这些吓呆了的妇女一样,径直走向露茜的遗体。他弯下腰,虔诚地在她那冰冷的额上吻了一下。接着,又拿起露茜的一只手,取下了还戴在手上的结婚戒指。他凄厉地叫道:"她绝不能戴着这个东西下葬!"他没等人们反应过来,就飞身下楼,消失了。事情发生得这么突然、离奇,要不是露茜手指上那枚婚戒确确实实不见了,就连那些守灵的人都不会相信这是事实，别人就更不用说了。

杰斐逊·侯波在大山里流浪了几个月，过着原始人一样的生活，他时刻谋划着该怎样报仇雪恨。当时，盐湖城里到处都传说有一个从大山里来的怪人时常在城外徘徊。有一次，一粒子弹击穿了斯坦节逊家的窗户，射在离他不到一英尺远的墙壁上。还有一次，瑞伯在悬崖下经过时，上面有块大石头砸了下来，要不是他躲得快，早就没命了。这两个年轻的摩门教徒很快便察觉到有人要谋杀他们。他们曾几度带领人马到山里头去抓企图谋杀他们的人，要把这个人抓住杀死，但他们总是无功而返。于是，他们谨慎起来，绝不单独外出，天黑后从不出门。不仅如此，他们还在住宅周围布下了不少警卫。这样过了段时间后，他们才有所放松，因为侯波杳无音信了，他们希望侯波的复仇决心随着时间的推移最终给消磨掉。

但事情恰恰相反，侯波的复仇决心更加强烈了，意志坚定的侯波心里头只装着复仇这件事。不过，侯波是一个很实际的人，他很快便意识到，尽管他体格强壮，但经常的风餐露宿、饥寒交迫和过度的操劳会把他的身体给整垮的，如果他像野狗一样死在山中，那么，谁替他报仇呢？这不正是瑞伯他们一直期盼的吗？于是，他振作精神回到了内华达，回到他过去待过的矿山，好在那里恢复身体，赚足钱，以便以后复仇行动不会受制于贫困。

他原来计划最多离开一年，但由于各种意外的发生，他一直脱不开身，足足在内华达待了五年。虽然过去了五年的时间，但往日的一点一滴仍记忆犹新，他的复仇决心和当年他站在约翰·费里尔墓旁的那个晚上一样强烈。他乔装打扮、更名换姓后，潜入盐湖城。他为了复仇早就把自己的生命置之度外了。他到了盐湖城后，才知道在几个月前，摩门教闹了内讧，教中年轻的一派企图推翻长老们的统治，于是有很多造反的人脱离了教会。他们离开犹他后，变成了异教徒。瑞伯和斯坦节逊也在其中。据说，瑞伯早就设法变卖了自己的大部分财产，因此，他离开时，已是腰缠万贯的大富翁，而他的同伴斯坦节逊与之相比，却穷得要命。但他们离开后，到底去了哪里，却没有人知晓。

在这种报仇无门的情况下，一般人难免会灰心丧气，把复仇的打算给放弃了，但杰斐逊·侯波却一刻也没动摇过。他带着他那笔为数不多的钱出发了，在美国各地一个城市一个城市地寻找着他的仇人。钱用完了，就随便找个事做，勉强糊口。时间一年年过去了，他的一头黑发变白了，但他仍四处寻觅，就像一只不找到猎物绝不罢休的猎犬一样。他把他的全部心智都用在了复仇这件事上，为了复仇，他已经付出了大半生。终于有一天，他在克利夫兰城里的一扇窗口旁偶然瞥见他的仇人，他高兴极了，他寻找已久的两个仇人就在这里。他连忙赶回他寄住着的破旧的住处，谋划好了该怎样去复仇。但是，不巧的是，瑞伯那天望向窗外的时候也认出了大街上的这个流浪汉，而且发现他仍然眼藏杀机。所以，他在斯坦节逊的陪同下（斯坦节逊已是他的私人秘书了），急急忙忙地找到了当地的治安官，说他被一个以前的情敌盯上了，他们的生命受到了严重的威胁。当晚，侯波被捕了，由于他找不到保人，所以被拘留了几个星期。等到放出来的时候，他发现瑞伯的住处早已空无一人，瑞伯和斯坦节逊已经到欧洲去了。

这一次，侯波的复仇计划又落空了，但他的复仇决心再一次激励着他，让他继续追踪下去。但是，因为没有路费，所以他不得不再工作一段时间，为了实现复仇计划，他尽量节省每一块钱。最后，他积蓄了一笔足够到达欧洲的钱后，就动身了。在欧洲各国，他又一个城市一个城市地寻找他的仇人。沿途他做过各种各样低贱卑下的工作以维持生计。尽管这样，他还是没能追上这两个坏蛋。当他赶到圣彼得堡时，他们在去巴黎的路上；当他赶到了巴黎，他们却刚刚动身往哥本哈根去了；当他追到丹麦首都哥本哈根时，他又晚了几天，他们已经前往伦敦去了。在伦敦，他终于查到了他们的下落，把他的仇痛快淋漓地报了。至于此后发生在伦敦的事情，我们最好还是引用华生医生在日记中详细记载的这个复仇者自己所讲述的故事吧。

第六章　再录华生回忆录

侯波的疯狂抵抗显然不是对我们怀有恶意，因为当他发觉自己逃脱不了时，他便温和地微笑了起来，并且表示，希望刚才他挣扎时，没伤到我们中的任何一个人。随后他又对福尔摩斯说："我想，你是要把我送到警察局去吧？我的马车就停在门口。如果你们把我的腿松开，我可以自己走下去上车。我不想劳驾你们把我抬下去。"

葛莱森和雷斯垂德交换了一下眼色，似乎是认为这样的要求未免太大胆了些。福尔摩斯却立刻接受了侯波的这个要求，立即把绑在他脚上的毛巾给解开了。侯波站起身，把两条腿舒展了一下，好像是要看看它们是不是真的获得了自由似的。我现在还记得，当时我打量他的时候的暗自惊叹，我很少见到比他体格更为强壮魁梧的人，而他饱经风霜的黑脸所表现出的那种果敢而有活力的神情跟他的体力一样令人惊异。

他将目光投向我的同伴，言语之中流露出毫不掩饰的钦佩之意，他说："我想，警察局长让你去当，是最合适不过了。如果不是你，谁也抓不住我。"

福尔摩斯对那两个警方侦探说："我们最好还是一块去吧。"

雷斯垂德说："我来赶车。"

"行，那么葛莱森和我们一起坐车。还有你，医生，既然你对这个案子有了兴趣，那就跟我们一块走一趟吧。"

我很高兴地同意了，于是我们一起下了楼。侯波一点逃跑的企图都没有，他老老实实地坐到了他的马车里，我们也跟着上了车。雷斯垂德爬上了车夫的座位打马前进，没多久，便把我们拉到了苏格兰场。我们被领进了一间小房间，坐在那里的那个警察把嫌疑犯侯波的姓名和他杀死的两个仇人的名字记录了下来。这个警察是个脸孔白皙，表情冷漠的人，他机械地履行着职责。他说："嫌疑犯将在本周内移交法庭审讯，杰斐逊·侯波先生，你在审讯之前有话要说吗？不过，我得事先告诉你，你所说的每句话都有可能成为指控你的依据。"

侯波慢慢地说："先生们，我有很多话要说，我愿意把事情从头至尾地告诉你们。"

那个警察问道："你为什么不等到审讯时再说呢？"

"也许我等不到那一天了，诸位不必大惊小怪，我不是要自杀。"侯波说着，又把他那双凶悍而黝黑的眼睛转向我，"你是医生吗？"

我说："是的，我是医生。"

"那么，请你按按我这里。"他说着笑了一下，用他被铐着的手指了一下胸口。

我按了按他的胸部，立即感觉到他的胸腔里有一种不同寻常、杂乱的悸动。他的胸腔微微震动，就像在一个不牢固的房子里头，开动了一架大马力的机器一样。在这间静静的房间里，我甚至听到他的胸膛里有一阵轻微的嘈杂之声。

我叫道："怎么，你有动脉血瘤症？"

侯波平静地说："他们都这么说，上个礼拜，我看过一次医生，他说过不了几天，血瘤就会破裂。我得这个病好多年了，一年比一年糟糕。我这个病是当年在盐湖城的大山里头风餐露宿，过度辛劳，而且长期吃不饱引起的，现在我把仇都报了，随便什么时候死都行。不过，我想在死之前，把这件事交代清楚，我不想在我死后让别人把我当成一个普通的杀人犯。"

警官和两个侦探匆匆协商了一下，讨论这个时候让他交代案情是否恰当。

警官问："医生，你看他的病有突发的可能吗？"

我回答说："很有可能。"

这位警官马上说道："既然这样，为了维护法律，我首要的职责显然是尽快给他录口供。侯波先生，你想说就说吧，不过，我得再一次提醒你，你所说的一切都将记录在案。"

"请允许我坐着说吧。"侯波一面说，一面不客气地坐了下来，"我的这个病使我很容易就疲劳了，何况几小时前我们还打斗了一番，就更加累了。我是一个快死的人了，我没必要对你们撒谎，我说的每句话都千真万确。至于你们究竟如何处置我，对我来说无关紧要。"

杰斐逊·侯波说完这番话后，就靠在椅背上，说出了下面这篇惊人的供词。他交代的时候不急不缓，讲得有条有理，就像说一件很平常的事一样。我乘机从雷斯垂德的笔记本上把侯波的供词全抄了下来，而雷斯垂德是逐字逐句地按侯波所说记录下来的，因此，我敢保证，下面的供词和侯波的原供词没有丝毫出入。

他说："我恨这两个人的原因，对你们来说是无关紧要的。关键的是，他们罪大恶极，害死过两个人——一个父亲和一个女儿。因此，他们死在我手上，也是罪有应得。从他们犯罪到现在，过了好多年了，我也不可能找到任何罪证到法庭去控告他们，但我心里清楚，他们罪责难逃。于是我决定，我要把法官、陪审员和行刑的刽子手的任务一个人担当起来。我想，你们要真是一条汉子的话，而且处于我那个境地，你们也一定会像我这样干的。

"我刚才提到的那个姑娘，二十年前，她本来是要嫁给我的，最后却被迫嫁给了那个瑞伯，她因此含恨而终。我从她遗体的手指上取下了这枚戒指，我当时就发誓，一定要让瑞伯看着这枚戒指死去——让他在临死前认识到，他是由于罪孽深重才遭此恶报。我为了追踪瑞伯和他的帮凶，千里迢迢地找遍了两大洲，这枚戒指一直随身带着。他们打算东躲西藏，把我给拖垮，但他们是枉费心机。就算我明天就死——这很有可能，我也死而无憾，因为我出色地完成了我的复仇任务。他们两人都死了，都是我亲手杀死的，我的这一生已经别无他求了。

"他们是有钱人，而我却是一个穷光蛋，到处追踪他们确实很不容易。我到达伦敦城的时候差不多是身无分文了，我得立刻找个工作维持我的生活。赶车、骑马对我来说就像走路一样的平常，所以我到一家马车行去找事做，结果，车主当天就要了我。我每个礼拜给车主缴纳一定数目的租金，剩下的就归我自己。赚的钱也不多，不过我总是能设法维持生活。最困难的事情是不熟悉道路，我认为在所有城市里，没有比伦敦的街道更复杂难认的了。我随身带了张地图，直到我熟悉了一些大旅馆和几个主要车站后，我的工作才开始顺手起来。

"过了好久，我才找到那两个家伙的住处。我东查西问，直到无意中碰上他们。他们住在泰晤士河对岸坎伯韦尔的一所公寓里。在我找到他们的那一刻，我知道，他们逃不了了。我已经蓄了胡须，他们认不出我来。我紧紧地跟着他们，伺机下手。我发了誓，这次绝不能让他们再逃脱了。

"尽管这样，他们还是差点溜掉了。他们走到哪儿，我就跟到哪儿，有时，我赶马车跟在他们后面，有时步行跟着。赶马车是最好的办法，因为这样他们就摆不脱我了。我只在清晨和深夜才做点生意，赚点钱，但这样一来我就不能及时向车主缴纳租金了。不过这无所谓，只要能亲手杀死仇人，别的我什么都不在乎。

"但是，他们狡猾得很。他们意识到了可能会有人跟踪他们，所以他们从不单独外出，也绝不在晚上出门。两个礼拜以来，我每天都赶着马车在他们后面跟着，但他们总是在一起。瑞伯经常喝得醉醺醺的，而斯坦节逊却小心谨慎。我起早摸黑地盯着他们，但总是没有下手的机会。我并没有因此灰心丧气，我总感觉到，复仇的时刻就快来了。我唯一担心的是我胸口里的这个病，怕它过早地破裂，使我的复仇大业功亏一篑。

"最后，一个傍晚，当我赶着马车在他们住的托奎街附近徘徊时，我忽然看见一辆马车停在他们公寓门前。而且，有人拿着些行李出来了，没多久，瑞伯和斯坦节逊也出来了，他们一同上了马车。我赶紧跟上去，远远地在他们后面跟着。我当时很担心他们又要离开伦敦。他们在休斯敦车站下了车，我找了个小孩帮我看马车后，就跟着他们到了月台。我听到他们在打听去利物浦的火车，车站的人告诉他们刚刚开出去一趟，第二趟车还要等那么几个钟头。斯坦节逊为此很懊恼，但瑞伯却非常高兴。我夹在离他们很近的人群中，他们的一字一句，我都听得非常清楚。瑞伯说他要去办一点私事，要斯坦节逊等他一下，他很快就会回来。斯坦节逊不让他去，并且提醒他说，他们曾经决定过彼此要始终在一起的，谁也不准单独行动。而瑞伯坚持说这是件比较微妙的事，他得单独去。我没听得很清楚斯坦节逊又说了些什么，后来听见瑞伯破口大骂了，他说斯坦节逊只是他雇用的仆人而已，竟然装腔作势地反而指责起雇主来了。斯坦节逊听他这么一说，觉得自讨了一场没趣，就没再劝阻他了，只是说如果万一他耽误了最后一趟火车，可以到郝黎代旅馆去找他。瑞伯回答说，他在十一点钟前绝对可以回到这里。说完他就走出了车站。

"我期待已久的千载难逢的时刻终于到了，我的仇人是逃不了的了。他们在一起的时候，可以互相照应；而一旦分开，他们就在我的掌握中了。尽管这样，我还是小心翼翼。很早以前我就决定在报仇的时候，我一定要让仇人明白到底是谁要杀他，如果让他死得不明不白，那这种复仇根本不能令我称心如意。我一定要让他有时间明白，他罪不可赦，死有余辜。恰巧几天前有个顾客坐我的车到布瑞克斯顿路去看房，把其中一处房屋的钥匙掉在我车里。虽然他当晚便把这把钥匙拿了回去，但是在他拿回以前，我早就弄了一个模子，并照样配制了一把。这样，在伦敦，我终于有了一个可靠的地方，可以自由行动而不致受到干扰。现在要解决的难题是如何把瑞伯弄到那幢房子里去。

"他出了车站，进了两家酒店。他在最后那家酒店待了半个多小时，走出酒店时踉踉跄跄，显然醉得很厉害。在我前面正好停了辆双轮小马车，他坐了上去，我一路紧紧跟着，我的马鼻子离双轮马车只有不到一码远的距离。我们过了滑铁卢大桥后，在大街上跑了好几英里路，让我感到很奇怪的是，他竟然又回到了他原来住的地方。我不知道他回那里干什么，但我还是跟了下去，在离他原来住处约一百码的地方停了下来。他走进了那幢房子，拉他的那辆马车走开了。请给我一杯水，我说得口干了。"

我给他递过一杯水，他一饮而尽。

他说："这下好多了。我等了一刻钟，或者更久，突然屋子里传来一阵吵闹声，像是有人在里面打架。接着，大门砰的一声打开了，出来了两个人，一个是瑞伯，另一个是个年轻人。这个年轻人我不认识，他揪着瑞伯的衣领，当他们走到台阶边的时候，他用力推了瑞伯一把，跟着又踢了一脚，把瑞伯一直踹到了大街上。他挥着手中的木棍冲瑞伯大声喝道：'狗东西，再敢侮辱良家妇女，看我不教训你一顿！'他怒不可遏，我以为他一定会用棍子狠狠揍瑞伯一顿呢，不过那个恶棍拔腿沿街没命地逃开了。瑞伯跑到转弯的地方时，看到我的马车，于是就招呼着跳上我的车，要我把他送到郝黎代旅馆去。

"我见他上了我的车，高兴极了，我的心狂跳不已，使我非常担心在这关键时刻，我的血瘤会迸裂。我赶着马车慢慢地往前走，心里盘算着究竟该怎么办才好。我完全可以一直把他拉到郊区，在偏僻无人的小道上跟他算账。我正这么想的时候，他忽然替我解决了这个难题。他的酒瘾又发作了，他让我在一家酒店外面停下来。他吩咐我在外面等他，然后进去了。他在里面一直待到酒店打烊才烂醉如泥地出来，我看到他这个样子，知道报仇是没问题的了。

"你们别以为我会趁他不小心，一刀把他结束了，我绝不会这样做的，因为这只是一般的复仇方法而已。我决定给他一个机会，如果他幸运的话，他还能有一线生机。我在美洲流浪的时候，干过各种各样的差事。曾经有一段时间，我在约克学院的实验室当过看门人和清洁工。有一天，教授给学生们讲授毒药方面的知识，他拿出一种叫生物碱的东西给学生看。这生物碱是他从一种南美土著人制造毒箭的毒药中提炼出来的，毒性很猛，一点点就能把人毒死。我记住了那个盛放毒药的瓶子，并偷了些出来。我是个相当高明的配药行家，我将毒药做成两颗易溶解的小丸子，把它们放到两个盒子里，每个盒子同时放上一粒模样相同但没毒的药。当时我想，总有一天，我会给那两个坏蛋每人一盒，让他们各自挑一粒吃下去，剩下的由我吃。这样子，对大家都比较公平。这种做法与在枪口上蒙着手帕射击一样可以致人死命，并且声响小得多。从那天起，我就一直把这些装着药丸的盒子带在身边，随时准备用它们。

"当时过了午夜，快子夜一点了。这是一个风雨交加的夜晚。狂风暴雨，天气坏透了，但我却很高兴，我高兴得几乎要叫起来了。先生们，如果诸位先生中有哪一位为一件事朝思暮想了二十几年，现在终于唾手可得了，你就不难理解我当时的心情了。我点了支雪茄抽了起来，以此平复我心里的兴奋。可我的双手颤抖个不停，太阳穴也突突直跳。我赶车前行时，仿佛看见老约翰·费里尔和可爱的露茜在黑暗中朝我微笑。我看得清清楚楚，就像我现在看见你们一样。一路上，他们总走在我眼前，一边一个地走在马的两侧，一直领着我来到了布瑞克斯顿路的那幢空屋。

"四周一个人都没有，除了哗啦哗啦的雨声之外什么声音也听不见。我下车往里一看，瑞伯在里面蜷成一团，睡着了。我摇着他的手臂说：'该下车了。'

"他说：'好的，车夫。'

"我想，他肯定是以为到了郝黎代旅馆，因为他二话没说就下车跟我走进了空屋前的花园。他头重脚轻，走路一摇三晃。我怕他摔跤就扶着他走。走到门口，我开了门引他进了前厅。说实话，我当时清清楚楚感觉到，是费里尔父女引我走进那屋子的。

"'这里太黑了。'他跺着脚说。

"'马上就不黑了。'我说着便划亮了一根火柴，把我带来的那支蜡烛点上了。我向他转过身，把蜡烛举近我的脸。接着说，'好了，伊瑙克·瑞伯，现在让你好好看看我是谁！'

"他迷迷糊糊地看了我好久，最后，他的脸色变得恐惧起来，痉挛起来，他认出我来了。他吓得要命，歪歪倒倒地后退着，大颗大颗的汗珠沁出他的额头，他的牙齿也打战了，咯咯作响。我见他这副熊样，不禁靠到门上哈哈大笑。报仇是一件很痛快的事情，这我早就知道，但我没想到会这么痛快。

"我说:'你这个狗东西!我从盐湖城一直追到圣彼得堡,可是总没追上。现在你可以不再到处逃命了,因为,今天不是你死就是我死。'我说话的时候,他又退后了几步。我从他的脸上可以看出,他认为我疯了。那时,我的确跟疯子一样,太阳穴跳个不停,一起一伏,像铁匠手中的铁锤一起一落,幸好当时一股血从我鼻子里涌了出来,使我轻松了一下,要不我的病就会发作。

"'你说露茜·费里尔现在怎么样了?'我一面叫着,一面把门锁上,举起钥匙在他眼前晃了几晃,'君子报仇,十年不晚。今天看你往哪儿逃?!'在我说话的时候,我看见他的两片嘴唇哆哆嗦嗦,他知道,他磕头求饶是没用的了。

"他结结巴巴地说:'你要谋杀我吗?'

"我回答说:'什么谋杀不谋杀的,杀一只疯狗也算是谋杀吗?当你把我可怜的露茜从他惨死的父亲身旁抢走,抢到你那肮脏的新房中的时候,你有没有想过那才是真正的谋杀?!'

"他叫道:'我没杀她父亲!'

"'但你杀死了她那颗纯洁的心!'我大声喝道,把毒药盒拿到他面前,'让上帝来裁决吧。这里有两粒药丸,一粒有毒,一粒无毒。你挑一粒吃吧,剩下的给我吃。我要好好瞧瞧这世上到底有没有公道!'

"他吓得躲到一旁,大喊大叫起来。我拔刀架到他脖子上他才乖乖地挑了粒吞下去,我也立即吞下了另一粒。我们面对面站着,谁也没说话,都等着看究竟谁死谁活。一两分钟后,他的脸开始痛苦地扭曲起来,显然他吞下去的是毒药。他当时的那副嘴脸我记得清清楚楚,我看到他那副模样,高兴得大笑了起来,并且把露茜的婚戒举给他看。可惜他受痛苦的时间太短了,生物碱的毒效来得太快,他的脸抽搐着,很快就扭曲变形了,他两手向前乱抓,接着就惨叫了一声,倒在地板上。我用脚把他翻转身,伸手去摸他的胸口,他的心不跳了,他死了!

"这时,我鼻孔里的血一直流个不停,但我没去管它,我当时实在是觉得太痛快淋漓了。突然，不知怎的，我竟想起了一个德国人在纽约被人谋杀的事件，凶手在死者的身上写着'瑞契儿'这个字，当时的报纸评论说，这是秘密党干的。我接着想，当年这个让纽约人迷惑不解的字，说不定也能迷惑伦敦人，甚至能把警察引入歧途。于是，我用手指蘸着我自己的血，在墙上找了个合适的地方写下了这个字。后来，我回到了我的马车上，我发觉周围还是一个人都没有，风雨还是那样大。我赶着马车走了一段路后，伸手摸了摸放着露茜婚戒的那个衣袋，这才发觉它不见了。我大吃了一惊，因为这个东西是她留下的唯一纪念物。我想，它可能是在我弯腰看瑞伯是否死了的时候掉下去的。于是，我又赶着马车往回走。我把马车停在附近的一条横街上，壮着胆向那幢房子走去。为了捡回这枚婚戒，我可以冒任何危险。我走到那房子门口时，和从里面出来的警察撞了个满怀。为了不让他怀疑我，我只好装成一个大酒鬼。

"这就是伊瑙克·瑞伯死的全过程。我接着要做的，就是用同样的办法来对付斯坦节逊，这样我就可以替约翰·费里尔报仇雪恨了。我知道斯坦节逊当时住在郝黎代旅馆里。我在旅馆附近徘徊了一整天，但他一直没露面。我想，大概是瑞伯的失踪让他觉察到什么了。斯坦节逊是个很狡猾的家伙，他一直很小心谨慎。但是，如果他认为他待在房子里就可以万事大吉，他就大错特错了。很快，我就弄清了他的卧室的窗户。第二天清晨，我竖起旅馆后面胡同里的那架梯子，趁着天还没大亮，爬进了他的房间。我弄醒了他，说现在是该他为很久以前他杀死过的那人偿命的时候了。我告诉了他瑞伯是怎样死的，并让他挑一粒药丸吃。他不愿接受我给他的这个活命机会，他从床上跳了起来，想扼住我的喉咙。为了自卫，我捅了他一刀。但不管怎样，他都是要死的，上帝是不会让他那只罪恶的手拿起那粒没毒的药丸的。

"我还有几句话要说，说完了就好，因为我也快完了。事后我又赶了一两天马车，因为我想尽快赚足路费回美洲。我把车停在广场上，忽然有个穿得很破烂的小孩打听是否有个叫杰斐逊·侯波的车夫，他说，贝克街221号有位先生要雇他的马车。我丝毫没有怀疑地就跟着来了。接着，我就被这位先生把手给铐上了，我真没想到，他会铐得这么干净利落。先生们，这就是我的全部经历。你们可以说我是一个凶手，但我自己却认为我和你们一样是执法的法官。"

他讲述的故事惊心动魄，我听得出了神了，连那两位阅历颇深的侦探也都听得有滋有味。他讲完后，我们还一声不响地坐在那里，屋里头静得可以听见雷斯垂德速记供词的最后几句铅笔落到纸上的沙沙声。

福尔摩斯最后说道："我还想知道一件事。我的广告登出来后，帮你领取指环的那个同党究竟是谁?"

侯波顽皮地对福尔摩斯说："我只能供出我自己，我是不会让别人受到连累的。我知道你的广告或许是个圈套，但我的朋友见我确实很看重那枚婚戒，他便自告奋勇地代我取了回来。我想，你一定会承认，这件事他办得很漂亮吧?"

"确实很漂亮。"福尔摩斯老老实实地说。

这时，那位警官很严肃地说："那么，先生们，请你们遵守法律手续。在本周四，这个嫌疑犯送交法庭审讯时，你们一定要出席。开庭以前，他交由我负责。"说完，他按了一下铃，进来两个看守把侯波带走了。福尔摩斯和我也就离开了警察局，坐马车回贝克街了。

第七章 尾 声

我们事先都接到了要我们本周四出庭的通知。可是，到星期四的时候，我们不用去法庭做证了，原来，就在侯波被捕的当天晚上，他的动脉血瘤就迸裂了，上帝把他叫到天堂去了。第二天早上，狱警发现他死在狱中的地板上。他的脸上流露着笑容，显然，他临死前，因大仇已报而心满意足。

第二天傍晚，当我们聊天说到这件事时，福尔摩斯说道："侯波的死会让葛莱森和雷斯垂德气得发疯的。因为他们吹牛的本钱没了。"

我接着他的话说："我真看不出他们在这个案子里究竟做了些什么。"

福尔摩斯挖苦地说道："在这个世界上，最要紧的，不是你到底做了些什么，而是如何让人们相信你做了些什么。"他稍停了一会儿，又无所谓地说，"不过没关系。不管怎样，我是不会放过这个案子的。我还没遇到过比这更精彩的案子呢。尽管简单，但其中也还有几点值得记住的东西。"

"简单？"我情不自禁地叫了起来。

"是的，除了'简单'二字外，我不知道还有什么别的字可以形容这个案子。"福尔摩斯说。他见我很惊讶的样子，不禁微笑了起来，"你想想看，我在没有任何人的帮助下，只是凭着一番寻常的推理，便在三天内把侯波给抓住了，这不是很简单吗？"

我说："说来也是的。"

"我跟你说过，但凡异乎寻常的事物，一般来说，不但不是阻碍，反而是一种线索。解决这类问题时，关键要善于推理，一层层来回推理。这种推理很有用，也很容易，不过，人们很少用这种方法，平常，人们习惯了向前推理，而忽略了往回推理这个方法。如果说从事物的各个方面加以综合推理的人有五十个的话，那么，用分析法进行推理的，最多就那么一两个人而已。"

我说："老实说，我还是不太懂你的意思。"

"你不懂也没多大关系。我尽量说得明白些吧，很多人都是这样的：如果你把一系列事实告诉他们后，他们就能把可能导致的结果告诉你，因为他们能够比较容易地把这些事实联在一起去思考。但也有极少数人，如果你把结果告诉他们，他们就能通过其内在的缘由，推断出之所以导致这种结果的各个步骤是什么。这就是我所说的'往回推理'或'分析法'。"

我说："现在我懂了。"

"现在这个案子就是一个例子。你只知道结果，别的要靠自己去发现。好，现在我干脆把我对这个案子进行推理的各个步骤全告诉你吧。我从头说起。你知道的，我是走到那幢屋子去了。当时，我对这个案子的细节问题一无所知，所以，很自然的，我要从检查街道着手。我曾经跟你说过，我在街道上很清楚地看到了一辆马车的痕迹，经过仔细比较，我确定这个痕迹是夜间留下的。因为车轮之间的距离比较小，所以我断定这是一辆出租的四轮马车而不是自用马车，因为伦敦所有出租的四轮马车都要比自用马车小一些。"这就是我观察推理的第一步。

接着，我慢慢走上了花园小路。碰巧，这是条黏土路，很容易留下印迹。显然，你认为那只是一条被人践踏得一塌糊涂的烂泥路而已。但在我这双火眼金睛看来，这条路上的每个痕迹都有用。侦探学中，最容易被人忽略，但又最重要的就是对足迹的研究。幸亏我是很重视足迹的，经过多次实践运用，我已经很好地掌握了这门学科。我不仅看到了警察们深深的靴印，还看到最初来到花园的那两个人的足迹。但是，他们的某些脚印被警察踩得乱七八糟了，这说明他们比警察先来。这样，我完成了我的第二个推理——当夜一共来了两个人，一个很高大，这是量了他的步伐长度后推算出来的；另一个则穿戴得很时髦。他留下的小巧精致的靴印说明了这一点。

"进屋一看，我的推断得到了证实。穿漂亮靴子的那位先生就躺在我的面前，显然，如果这是一件谋杀案，那凶手无疑就是那个大高个。死者身上没有伤痕，但死前的表情很恐惧、紧张，说明在死之前，他已料到自己会死。如果是因为心脏病突发，或其他病发造成的自然死亡，那么，死者的脸上是绝不会有这么恐惧、紧张的表情的。我嗅了嗅死者的嘴唇，闻到了一点酸味，因此，我断定他是服毒而死的。另外，他脸上还有一种表情——愤恨，因此，我进一步断定他是被迫服毒的。我是排除了很多和事实不相吻合的假设才最终这么推理的。你别以为强迫服毒是什么稀奇古怪的事，据犯罪年鉴记载，早在敖德萨的多尔斯基一案和茂姆培利耶的雷吐里耶一案就有这种事情，所有毒物学家都知道这事，因此，这绝不是什么新闻。

"现在我们来谈谈谋杀动机吧。死者身上的东西一点未少，说明这不是抢劫案。那么，这是件政治案还是件仇杀案？当时，我想可能是仇杀案。因为在政治暗杀中，凶手得手后一般会立即逃走，但这件谋杀案却恰好相反，凶手干得非常从容不迫，而且从现场他满屋子的脚印来看，说明他自始至终都在现场。因此，这肯定不是政治谋杀，只有仇杀才会这么处心积虑地采取行动。当墙上的血字发现后，我更肯定我的推断了——那血字显然是凶手故意布下的疑阵。接着，戒指的发现，证实了我的推断是正确的。很明显，凶手曾经利用这枚戒指使死者想起了某个死去的或是不在场的女人。我曾就这一点问过葛莱森，问他在拍往克利夫兰的电报中是否提到瑞伯过去的经历中有没有什么特别的事情。你还记得吧，当时他说没提到这个问题。

"接着，我开始对这间屋子仔细检查了一番。检查结果，除了再次肯定凶手是大高个外，还发现了其他一些细节，例如印度雪茄烟，凶手的长指甲等等。因为屋里没有打斗的痕迹，因此我断定地板上的血是凶手太激动时流出的鼻血。我发现，凡是有血迹的地方，就有他的脚印。只有血液旺盛的人才会在感情激动时这样大量地流血的。所以我就大胆地推断，这个凶手可能是个身强体壮的红脸汉。后来的事实果然是这样。

"离开现场后，我就去做葛莱森疏忽未做的事了。我拍了个电报给克利夫兰的警察局长，特意询问伊瑙克·瑞伯的婚姻问题。回电说瑞伯曾指控过一个叫杰斐逊·侯波的旧情敌，并且请求过法律保护，这个侯波目前正在欧洲。这个电报使我掌握了这个秘密案件的线索。剩下的任务就是逮住凶手了。

"我当时就已断定：和瑞伯一同进屋的那人不是别人，正是那个赶马车的。

"我从留在街上的一些痕迹看出拉车的马曾随便行动过，如果有人照看着，是不会发生这种情况的。马车夫要不是进了那屋子，他又去了哪里呢？再一个，神经正常的人是绝不会在第三者面前明目张胆地复仇的。何况，一个人要想在伦敦城里到处跟踪另一个人，最好的办法莫过于扮作马车夫了。这样一想，我就很清楚了，杰斐逊·侯波肯定隐藏在城里众多的出租马车车夫中间。

"如果凶手曾是马车夫，他不会就此就不做马车夫了。相反，他为了人们不怀疑他，还会做一段时间的马车夫的。他也不会更名改姓的，异国他乡没人知道他的真名实姓，也没必要更名改姓。于是，我召集一些街头流浪儿组成了我的侦查队。有步骤地分别把他们派到伦敦城的各家马车行去打听，要他们找到侯波为止。我的这支侦查队伍的工作效率有多高，他们办得有多漂亮，这些你都知道吧。至于谋杀斯坦节逊这事，完全出乎我的意料。但是，有些意外是很正常的。你知道，在斯坦节逊的房子里，葛莱森找到了两粒药丸。我早就知道一定会有什么药丸存在的。你看，这案子里头有一根链条毫无间断地前后连着。"

"真绝了！"我不禁拍腿叫好，"应当把你的本领公布出来让大家都知道。你应该把这个案子写出来发表，你要是不想写的话，我来替你写。"

"你看着办吧，医生，"他回答说，"你先看看这个！"他说着，递给我一张报纸。

报上这样说：由于侯波的突然死去，使人们失去了一些可供谈论的话题。侯波是谋杀伊瑙克·瑞伯先生和约瑟夫·斯坦节逊的嫌疑犯。虽然，我们从有关当局获悉，这是件积怨已久的命案，其中牵涉到爱情和摩门教等问题。但是案子的具体内幕，可能永远是个谜。据悉，这两个被害者年轻时都曾是摩门教徒。已死的凶手侯波，也是来自盐湖城。要说这案子没其他意义的话，是不负责任的，它至少可以说明我们的警探破案非常神速，足以令外国人等引以为戒——他们的纷争最好还是在他们本国解决的好，带到不列颠来是没什么好下场的。本案的神速侦破，归功于苏格兰场的知名侦探雷斯垂德和葛莱森这两位先生，这是众所周知的，据悉，凶手是在一个名叫歇洛克·福尔摩斯的先生家被捕的。歇洛克·福尔摩斯是一个私家侦探，在侦探方面有一定的才能，相信他在这样的两位导师的教诲之下，将来也一定会有所成就。按惯例，这两位警官将因他们的卓越业绩而荣膺某种奖赏。

歇洛克·福尔摩斯大笑着说："我不是早就跟你说过吗？我们对血字的分析的结果，果然给他们挣来了褒奖！"

我回答说："这没关系，我把事情经过全记在笔记本上了，人们一定会知道事实真相的。既然案子已经了结了，你就可以心满意足了。就像罗马守财奴说的那样：笑骂由你，钱财我爱；家藏万贯，独自开怀。"

四签名

第一章　演绎法的研究

歇洛克·福尔摩斯把一小瓶药水从壁炉架的一角拿下来，又从一个精巧的山羊皮盒里拿出他的皮下注射器。他用细长、白皙又有点紧张的手指装好了纤细的针头后，挽起了衬衫左侧的袖口。面对自己肌肉发达、留有很多针孔痕迹的手臂，他凝神沉思了一会儿，还是下决心将针头刺入了肉中，开始推动小小的针芯，然后松弛地仰倒在绒面的安乐椅里，心满意足地深吸了一口气。

像这样的动作他每天都要重复三次，几个月来我已见怪不怪了，但我心里总不是滋味。相反，日复一日，我因此而变得更加易怒，因为我缺乏阻止他的勇气。夜深人静的时候想起这些，我的良心就感觉不安。我一次一次地发誓，要和他说说自己的心里话，但是由于我的伙伴的性情既冷漠又孤僻，而且听不进别人的意见，我认为他是一个最不容易接受忠告的人。他顽强的毅力和他那自以为是的态度，以及我所体验过的他那些不平凡的性格，都使我望而却步，不愿意因为我而使他不快。

可是，一天下午，或许是我在吃饭时喝了点酒的原因，或许是他的态度使我发怒了，我觉得必须向他提出警告。

我问道："今天注射的是吗啡还是可卡因？"

他刚打开一本旧书，无力地抬起头来说道："这是可卡因，百分之七的溶液。你要试试吗？"

"不试！经历了那次对阿富汗的战争后，我的身体到现在还没完全恢复，我可不想再让它受到伤害。"我不客气地回答道。

对我的发怒，他并不理会，只是微笑着说："华生，也许你是对的。我知道它对身体是有害的，不过有得必有失，它能使人强烈地兴奋，还能醒脑，它的副作用也就可以忽略了。"

我诚恳地说："你也应该考虑到它的弊端吧。像你所说，你的大脑或许因为药物的刺激而兴奋，但也会使你的大脑受到伤害。它会加剧器官组织的老化，最轻微的也会使大脑长期衰弱。你也明白它带给身体的副作用的确是得不偿失，可你为什么还用那一时的快感来迫害你超常的过人精力呢？我这些话，不仅仅是作为朋友，也是作为一个医生对你说的，我要对你的健康负责。"

但是，他听了不仅没有生气，反而把十指对顶在一起，把两肘安放在椅子的扶手上，像是对谈话颇感兴趣的样子。

他道："我好动不好静，一遇无事可做的时候，我就会心绪不宁。给我难题，给我工作，给我最深奥的密码，给我最复杂的分析工作，这样我才觉得最舒适，才不需要人为的刺激。我非常憎恶平淡的生活，我追求精神上的兴奋，因此我选择了我自己的特殊职业——也可以说是我创造了这个职业，因为我是世界上唯一从事这种职业的人。"

"唯一的私家侦探？"我挑起眉毛问道。

"唯一的私家顾问侦探，"他回答，"我是侦探的最高法院。当葛莱森、雷斯垂德或埃瑟尔尼·琼斯碰到难题时——他们经常有这种事——他们会把问题摆在我的面前。我以专家的眼光审视资料，提出一个专家的看法。对这样的案子，我没有要求荣誉，我的名字也不会出现在报纸上。工作本身使我的特殊精力得以发挥，也带给我快乐，这是对我最高的奖赏。在杰弗逊·霍普的案子里，你应当对我的工作方法有所体验。"

"是的，的确是这样。"我诚实地答道，"那是我从未遇到过的案子。我已经把经过收录在一本小册子中，而且用了一个有点古怪的标题：血字分析。"

他不满意地摇头说："我大致翻了翻，"又说，"真的不敢恭维。你知道吗？侦探学应当是一门非常精确的学科，人们应该用相当冷静的大脑研究它，而不是凭感情用事。你把它写成小说的同时也就给它加了一层艺术的色彩，这就像在抽象的几何定理中掺杂进了小说中的爱情故事一样。"

我对他的说法并不赞同，于是反驳他说："就是依据事实来写也是这样的，它本身就有和小说情节很接近的地方。"

"并不是要你记账似的把每件事都记下来，有些事可以省略，有些事则要详细叙述。这样写，至少可以使重点突出。这案子里只有一点值得提出来，那就是我如何从现场找出案件原因，再经过严密谨慎的分析和判断，从而破案的这一过程。"

我本来想让他高兴才写那本册子，没想到反受到他接二连三的批评，心里真憋闷。这是他的自负激怒了我，他似乎是要求我在书里必须完完全全地描写他一个人的事情。我和他在贝克街合租一所房子已经好几年了，在这期间，我也屡次发觉，福尔摩斯在默然不语的时候，或是对人进行说教的时候，总是时不时地露出一些傲气。多说无用，我只是坐着并开始给我的伤腿按摩。在阿富汗战役中这条腿曾被打中，经过治疗，已经能够正常走路了，可是一旦天气发生变化，这条伤腿就会疼得要命。

"最近，我的业务已经扩展到欧洲大陆了。"停了一会儿后，福尔摩斯在他的旧烟斗中装满了烟丝说道，"上个星期，就有一个名叫弗兰克斯·勒·维拉德的人来向我请教。你也许知道，他是最近在法国侦探界崭露头角的人。他具有凯尔特民族的所有的敏锐直觉，可是他缺少提高他的技艺所必备的广博学识。他的案子是关于一件遗嘱的，很有意思。我为他提供了两个类似的案件做参考。一件是一八五七年发生在里加的案件，另一件是一八七一年圣路易城的案子。这两个案子为他提供了破案的方法。这封致谢信是我今天早晨收到的。"

说着他把一张揉皱的外国信纸递到我眼前。我用眼睛瞥了一下，字里行间有不少恭维话，用了不少"伟大""非凡的手段""有力的动作"等表示这个法国人的热烈赞赏的词汇。

"他像一个在和老师讲话的小学生。"我说。

歇洛克·福尔摩斯轻轻地说："他把我给他的帮助评价得太高了，他自己的才能也不可低估。一个完美的侦探家所必须的条件，他多半都具备，他也有细心观察和正确判断的能力，只是缺少广博的知识，这在他以后的工作中是可以弥补的。现在他正在把我的几篇作品译成法文。"

"你的作品？"

"你不知道？真是惭愧，我写过几篇技术方面的专论。你记得吗？有一篇《论各种烟灰的辨认》，我在那篇作品中举出了一百四十种雪茄烟、纸烟和烟斗丝的烟灰，并且还用彩色插图说明了他们之间的区别。烟灰往往是作为刑事案件审判中的证据出现的，有时还可能是整个案件中至关重要的线索。仔细想想杰斐逊·侯波的案子，你就能了解到，辨别烟灰的能力，对于破案是大有帮助的。举例说，能够区别烟灰，你就能在一个案子里断定凶手吸的是哪种烟，这一步就能使你的侦查范围缩小。在掌握了这种技能的人眼里，辨别印度雪茄烟的黑灰与'鸟眼'烟的白灰，就和区别白菜和马铃薯一样容易。"

"在观察细微事物这方面，你确实有非凡的才能。"我说。

"我懂得它们的重要性。这里是我写的关于追踪脚印的专题论文，里边还提到了利用巴黎熟石膏保存脚印的方法。这里还有一篇有意思的小论文，说明职业对人的手形的影响。当中附有石匠、水手、木刻工人、排字工人、织布工人和磨钻石工人的手形插图。这对于科学地进行侦探具有非常大的实际意义，尤其是遇到无名尸体的案件和辨别罪犯身份时都能派上用场。噢，你是否因我只管谈我的嗜好而心烦呢？"

"一点也不。"我诚恳地回答，"我对这个话题很感兴趣，尤其是我曾经亲眼见过你实际应用这些方法。当然，在一定程度上，你刚才谈到观察和推断是互相联系的。"

"为什么，几乎没什么联系。"他舒服地靠在椅背上，烟斗里喷出一股浓浓的蓝色烟圈，说道，"举个例子吧，观察告诉我，你今天早上曾经去过威格摩尔街的邮局，而推断让我知道，在那里你发了一封电报。"

"一点不错！"我说，"完全正确！但是我承认，我搞不懂，你并没有去过那里。那是我一时的冲动所为，并没有向任何人提起过啊？"

看到他这句话的效果，他得意地笑了："这太简单了，简直不用解释，不过为了区分观察和判断的范围，解释一下也是有必要的。你的鞋面上沾着一小块红泥，威格摩尔街的对面正在修路，从那儿挖出来的红泥，都堆到了便道上，只有踩过红泥，才能进入邮局。据我了解，那种红是一种特殊的红，在附近找不出和它一样颜色的泥。这是观察的结果。剩下的就是通过推断得出的。"

"那你又是怎么得出我发了一封电报呢？"

"今天一整个上午我都坐在你的对面，并没看见你写信，而且在你桌子上，有一大张整的邮票和一捆明信片，从这些事实推出你去邮局一定是发电报，再不会有其他的可能了。排除了不必要的因素，剩下的就一定是事实。"

我稍稍想了想说："的确如此。照你的说法，这是最简单的事了。如果我现在考验你一下，你不会觉得我鲁莽吧？"

"不，我非常欢迎，因为这样就省得我再次注射可卡因了。我乐意研究你提出的每一个问题。"福尔摩斯回答说。

"我常听你说，在每一件物品上都有它的主人的一些特征，受到过这方面训练的人很容易就能辨认出来。我新得到了一块表，你能从这块表的身上找到它的旧主人的影子吗？"

我把表递到他的手中，心里感到好笑。依我看来，这个测试是无法找到答案的，我也有意把它作为对他平日里独断专行的一个教训。他把表拿在手里，对着表盘仔细地端详，又打开表仔细观察里面的机件。他先用肉眼看，然后又用高倍放大镜进行观察，脸上露出了失望的表情。看着他沮丧的样子，我几乎笑了出来。最后，他盖上表盖，把表还给了我。

"这只表上几乎没有任何痕迹。"他道，"原因是这只表最近清洗过，丧失了最主要的痕迹。"

他用半闭无神的眼睛仰望着天花板说道："虽然留下的痕迹不多，但我的观察也并没有完全落空，姑且说一说请你指正吧。我想这只表是你哥哥的，是你父亲留给他的。"

"很对，你是从表的背面上所刻的 H. W. 两个字母知道的吧？"

"不错，W 代表你的姓。这只表差不多是五十年前制造的，表上刻的字和制表的时期差不多，所以我知道这是你上一辈的遗物。按照习惯，凡是珠宝一类的东西，多传给长子，长子又往往袭用父亲的名字。如果我记忆不错，你父亲已去世多年，所以我断定这只表是在你哥哥手里的。"

我道："这都不错，还有别的没有？"

"他是一个放荡不羁的人。当初他很有光明的前程，可是他把好机会都放过去了，所以常常生活潦倒，偶然也会景况很好，最后因为酗酒而死。这就是我从这块表上看出来的。"

我从椅子上跳了起来，急躁地在屋内踱来踱去，内心愤愤不平。

"福尔摩斯，这就是你的不对了。"我愤愤地说，"你先暗自查出我哥哥的惨史，再假托是你推断出的结果。真没想到，你竟会用这种手段，鬼才相信这些都是你从一块旧表上得出的！不客气地说，你的这些话简直是骗人。"

他和蔼地说："我亲爱的医生，请你原谅，我向你保证，我绝没有调查过你哥哥。在你给我这块表之前，我根本就不知道你还有一位哥哥。我只是按照我的理论推出了这些事实，可是却忘了，这对你来说是一件痛苦的事。"

"你说的和事实完全相符。可是你是怎么做到的呢？居然从一块旧表上看出了这么多的事实。"

"这只能说是我很幸运地把一些可能的情况说对了，没想到会这么准确。"

"这么说，你不是猜出来的了？"

"对，对，我从来都不借助猜想。那样是很不好的，它常常有害于逻辑推理。你没了解我想问题的方法，没观察到那些能推出大事来的小问题，所以你才觉得奇怪。譬如，我说你哥哥放荡不羁是有原因的，你看，在表下面的边上有两处凹痕，而且在它上面也有许多被碰撞的痕迹，只有当人们常常把它和硬东西放在一起才会这样。对于生活谨慎的人，会对价值五十多英镑的表如此不经心吗？而且，一块表就值五十多英镑，那他的那笔遗产的数目也不会小的，你说有道理吗？"

我点着头，表示赞同他的推理。

"伦敦当铺的惯例是：每收进一只表，必定要用针尖把当票的号码刻在表的里面，这个办法比挂一个牌子好，可以免去号码丢失或弄混的危险。用放大镜细看里面，我发现这种号码至少有四个。结论是：你哥哥常常窘困；附带的结论是：他有时景况很好，否则他就不会有钱去赎当了。最后请你注意这有钥匙孔的里盖，围绕钥匙孔有无数的伤痕，这是由于上发条时被钥匙摩擦而造成的。清醒的人插钥匙，不是一插就进去吗？只有醉汉的表才会留下这样的痕迹。他每天晚上给表上发条，所以留下了手腕颤抖的痕迹。这还有什么玄妙呢？"

我答道："一经你解释，事情立即明明白白了。请你原谅我对你的冒犯。我应当对你的神妙能力有更大的信心才对，你目前手里还有侦查的案件吗？"

"没有，所以我才注射可卡因啊。不用动脑筋，我就活不下去。除了这个还有什么趣味呢？请站到窗前来，难道还有比这更凄凉惨淡而又无聊的世界吗？看哪，那黄雾沿街滚滚而下，擦着那些暗褐色的房屋飘浮而过，还有比这个更平凡无聊的吗？医生，没有我发挥能力的地方，要这能力又有什么用呢？犯罪是寻常的事，人生在世也是寻常的事，在这个世界上除了寻常的事还有什么呢？"

当我正要开口回答他的长篇大论时，忽然响起了敲门声。我们的女房东托着一个黄铜的盘子走了进来，盘里放着一张名片。

她对我的伙伴说道："有一位年轻的女士求见。"

"玛丽·蒙斯坦小姐，"他读着名片，"嗯！我不记得听过这个名字。哈德森太太，请她进来。医生，你别走，我希望你留在这儿。"

第二章　案情陈述

蒙斯坦小姐迈着稳重的步子，表情镇静地走进屋来。她是一个金发碧眼、小巧玲珑的美丽女子。她戴着手套，穿着颇为得体的服装。然而，她的装束简朴素雅，看得出她的生活并不很优裕。她的衣服是暗褐色的，上面没有镶边和编织的装饰。她的帽子也是同样暗色调的，边缘上点缀着一根白色的羽毛。她的面容虽不算漂亮，却和蔼可人。她的一双蓝色的大眼睛炯炯有神，似乎会说话。虽然我见过许多国家和三个大洲的女人，还从来没有见过一副这样优雅和聪慧的面容。当歇洛克·福尔摩斯让她坐下时，我注意到她的嘴唇有点颤，两手发抖，显示内心的紧张和不安。

"福尔摩斯先生，我来这里请你帮助。"她说，"是因为你曾经为我的女主人希赛尔·福雷斯特夫人解决过一次家庭纠纷。她十分感激和赞赏你的帮助和本领。"

"希赛尔·福雷斯特夫人。"他稍加思索后说，"我想是对她有过一点帮助。我记得那个案子很简单。"

"她不这样认为。至少，你不能说我的案子也同样简单。我想没有任何事情比我的遭遇更离奇的了。"

福尔摩斯搓着双手，眼里闪着光芒。他从椅子上向前倾起身，轮廓分明的、鹰一般的脸上露出了精神非常集中的表情。

"说说你的案子吧。"他用敏锐而郑重其事的语调说道。

我感到留在这里有些不便。

"请原谅，我先告辞了。"我从椅子上站起来说。

没想到年轻姑娘用她戴手套的手止住我，说："你再坐会儿吧，也许我也需要你的帮助呢。"

我重新坐到椅子上。

"简单地说，"她继续说道，"事情是这样的，我父亲是驻印度的一位军官，在我很小的时候他就把我送回了英国。我十七岁之前，一直在爱丁堡的一所环境舒适的寄宿学校里读书。我父亲是团里资格最老的上尉，一八七八年，他请了十二个月的假从印度返回祖国。他从伦敦打电报告诉我，他已安全地到了伦敦，住在兰厄姆旅馆，要我马上去那里见他。我记得，他的电报中充满了慈爱。我一到伦敦就坐车去了兰厄姆旅馆，人家告诉我，蒙斯坦上尉是在那里住，但是他头天晚上出门到现在还没有回来。我等了一整天也没有他的消息。那天夜里，我听了旅馆经理的忠告，去警察那里报了案。我还在第二天早上的所有报纸上刊登了寻人启事。我的努力没有得到任何结果。从那天起直到现在，我始终没有得到有关我那不幸的父亲的任何音信。他心中充满希望地回到祖国，本来应该享清福，没想到……"

她把手放在咽喉处，话没说完就已泣不成声。

"事情发生在哪天？"福尔摩斯问道，打开了他的笔记本。

"他是在一八七八年十二月三日失踪的，已经接近十年了。"

"他的行李还在吗？"

"还留在旅馆里。行李里边只有一些衣服和书籍，还有不少安达曼群岛的古玩，没有发现什么可以作为线索的东西。他曾经是那里看管囚犯的军官。"

"他在伦敦有没有什么朋友？"

"驻孟买陆军第三十四团的舒尔托少校和我父亲在一个团里，我只知道他。前些时候，他退伍了，就住在上诺伍德。我向他打听过这件事，可是他根本不知道我父亲已经回来了。"

福尔摩斯说："这就怪了。"

"最怪的事还在后头呢。大概在六年前，也就是一八八二年五月四日，我在一期《泰晤士报》上看见了征寻我地址的广告，那上面还说如果我回复他，只会对我有好处，而广告下面既没署名也没地址。那时我刚刚成为希赛尔·福雷司特夫人家的家庭教师。根据她的建议，我把地址登在了报纸上，奇怪的事发生了，当天邮递员给我送来了一个小纸盒，打开后发现里面有一颗上等的珍珠，盒里一个字也没有。从这以后，每年我都会在这一天收到一颗珍珠，而且是一样的纸盒，一样的珠子。此外，再没发现任何寄珍珠的人的线索。行家们都说这些珍珠值很多钱，你们看，的确挺不错的。"蒙斯坦小姐一边说，一边打开了她随身带来的盒子，里面放着六颗我从没见过的上等珍珠。

"你说的事情非常有趣。"福尔摩斯道，"还有别的事发生吗？"

"有，就是今天。这正是我来请你帮助的原因。早上我又接到了这封信，请你自己看看吧。"

"谢谢。"福尔摩斯道，"请把信封也给我。邮戳是伦敦西南区，日期是九月七日。啊！角上有一个大拇指印，很可能是邮递员的。纸非常好，信封要六便士一捆。写信的人对信纸和信封很讲究。没有发信人的地址。'今天晚上七点请到莱西厄姆剧院外从左数第三根柱子前面等我。如果你怀疑，可以带两个朋友一起来。你受了委屈，一定会得到公道的。别带警察，否则恕不相见。你的未名朋友。'真是有趣，蒙斯坦小姐，你打算怎么办呢？"

"这正是我要向你请教的呀。"

"那么，咱们必须去。你和我，还有——对了，华生医生也是咱们很需要的人。你那信上说要两位朋友，他和我一直是在一起工作的。"

"可是他愿意去吗？"她用祈求的目光看着我，对福尔摩斯说道。

"我非常荣幸。"我热情地说，"只要我能效力。"

"我很感激你们两位。"她回答道，"我过着隐居生活，没有朋友可以帮助我。假如我六点钟到这里来，是否可以？"

福尔摩斯道："可是不能再晚了。还有一点，这封信和寄珠子的小盒上的笔迹相同吗？"

她拿出六张纸来说道："全在这里。"

"你考虑得很周密，在我的委托人里，你确实是模范了。现在咱们看一看吧。"他把信纸全铺在桌上，一张一张地对比着继续说道："除了这封信以外，笔迹全是伪装的，但是都出于一个人的手笔，这一点是毫无疑问的。你看这个希腊字母 e 多么突出，再看字末的 s 字母的弯法。蒙斯坦小姐，我不愿给你无谓的希望，可是我倒愿知道，这些笔迹和你父亲的，有相似点没有？"

"绝不相同。"

"我猜想你也会这么说。那么，我们在六点钟等你。请你把这些信纸留下，我也许要先研究一下。现在只是三点半，待会儿见。"

"待会儿见。"我们的客人答道。她用明亮而和蔼的眼睛看了看我们两人，就把盛珍珠的盒子拿在胸前，匆匆地离开了。

我站在窗前，目送她轻快地走到街上，直到她的灰帽和白色羽毛消失在人群当中。

我回头对福尔摩斯说："她真漂亮。"

他靠在椅背上，再次点着他的烟斗，闭着两眼，无精打采地说："是吗？我没注意。"

"机器，你真是个机器！简直就没有一点人性！"我向他大喊道。

他微微地笑了："重要的是别让一个人的形象影响了你的判断力。对我来说，委托人只是一个单位、问题里的一个因素。感情用事会影响大脑的正确判断。我一生中见到的最漂亮的女人，杀了三个孩子，只为了骗得保险金，最终被处以绞刑。我认识的一位最不讨人喜欢的男子，却捐了二十五万英镑救济伦敦贫民。"

"可是，这次……"

"我从来都不认为会有例外，规律是没有例外的。你研究过笔迹吗？看看这个人的笔迹，你有什么看法？"

"清晰而又工整。"我答道，"是一个有着商业经验和坚强性格的人所为。"

福尔摩斯摇着头。

"你注意一下他写的长字母。"他说，"它们大多都不比一般字母高，那个 d 像字母 a，还有那个 l 像子母 e。性格坚强的人的字不论写得怎样难以辨认，字的高矮总是分明的。他的 k 字写得不一样，大写的字母倒还工整。我现在要出去了，还有一些问题要弄清楚。我这里有一本书——一本最值得一读的著作。它是温伍德·里德写的《殉节记》。我一个小时后就回来。"

我手里拿着那本书坐在窗前，但是我的思绪并没有集中在这位作者的作品上。我的脑海里仍然想着刚才来的那个客人。她的笑容、她的富有磁性的声音以及她的生活所遭遇的离奇的事情。如果她父亲失踪那年她十七岁，她现在就应当是二十七岁了，正是由初涉世事开始转向成熟的阶段。我就这样地坐在那里沉思着，直到一个危险的想法闪现在脑海。因此我匆忙坐到桌前，拿出一本最新的病理学论文仔细阅读起来。我到底是个什么样的人？一个有着一条伤腿、又没有多少钱的陆军军医，怎么能有这种妄想呢？她不过是案子里的一个单元，一个因素——再没有什么别的了。如果我的前途是黯淡的，最好还是像一个男人那样毅然地去面对。不应该去胡思乱想，企图扭转自己的命运。

第三章　寻找答案

福尔摩斯一直到五点半才回来。他神采奕奕，看上去很兴奋，可见他已经在这道最难求解的问题中看见了转机。

"这个案子没有太多的神秘。"他说道，拿起我为他倒的一杯茶，"这些事情似乎只有一种解释。"

"什么？难道你已经搞清了真相？"

"唔，还不能这么说。不过，我发现了一个具有暗示性的事实，这是一个非常有启发的线索。当然，细节还需要我们一点点拼凑起来。我刚才在旧的《泰晤士报》上找到了住在上诺伍德的前驻孟买步兵第三十四团的舒尔托少校于一八八二年四月二十八日去世的讣告。"

"福尔摩斯，或许是我的脑筋迟钝，可我不明白这个讣告对我们有什么暗示呢？"

"你真不知道吗？没想到。那我们这样分析吧：蒙斯坦上尉回到伦敦，只可能去找过舒尔托少校一个人，可他失踪后，舒尔托少校说没见过他，也不知道他现在在伦敦。四年后，舒尔托死了，这之后不到一个星期，蒙斯坦小姐就收到了她的第一颗珍珠，并且以后每年一次。现在又有这样一封信，信上说她受了委屈。十年前她的父亲失踪了，除此之外，她还有什么委屈呢？另外，那个不知名的人为什么在舒尔托死后才开始给她寄东西？难道是舒尔托的后代知道了他们的秘密，然后用这些珠子给前辈赎罪？你怎么看这些事呢？"

"太不可思议了，怎么会用这种方法赎罪呢？而且，这六年里，他为什么直到现在才写信呢？再有，他说要还她一个公道，他会怎么还她公道呢？还给她父亲吗？这有点不大可能。可你也不知道她受了什么委屈。"

"是有些难度，的确是有一些难以捉摸的地方。"歇洛克·福尔摩斯沉思着，"但是我们今天晚上去走一遭，就会找到解答。啊，来了一辆四轮马车，蒙斯坦小姐就在车里。你都准备好了吗？我们最好下去等她，时间已经不早了。"

我戴上帽子，又拿了一根最粗重的手杖，我发现福尔摩斯从抽屉里拿了他的左轮手枪放进了口袋里。这表明他已料到今晚的工作可能是一次冒险。

蒙斯坦小姐穿着黑色的衣服，缠着围巾，她虽然还保持着镇定，可是面色惨白。假若她对于我们今晚奇特的冒险不觉得有些不安的话，她的毅力确实超过平常一般女子了。她能够完全控制住自己的感情，对于歇洛克·福尔摩斯所提出的几个新问题，她全能够立刻答复。

她说道："舒尔托少校是爸爸的一位特别要好的朋友，在爸爸的来信里面总是常常提到少校。他和爸爸同是安达曼群岛驻军的指挥官，所以他们时常在一起。还有，在我爸爸的书桌里发现过一张没人能懂的字条，我想未必和本案有关，但你也许愿意看一看，所以我把它带来了。这就是。"

福尔摩斯小心地把纸打开，放在膝盖上铺平，然后用双倍放大镜有条不紊地细看了一遍。

他指出："这纸是印度的土产，过去曾经在板上钉过。纸上的图似乎是一所大建筑图样的一部分，其中有许多大房间、走廊和甬道。中间一点有用红墨水画的十字，在这上面写有模糊的用铅笔写的'从左边3.37'。纸的左上角有一个有神秘意味的怪字，像四个连接的十字形。在旁边用极粗陋的笔法写着，'四个签名——乔纳森·斯莫尔，穆罕默德·辛格，阿卜杜拉·克汗，德斯坦·阿克波尔'。我实在也不能断定这个和本案有什么关联，可是无疑是一个重要文件。这张纸曾经被小心地收藏过，因为两面全都同样干净。"

"这是我在爸爸的笔记本里发现的。"

"蒙斯坦小姐，请你好好地把它保存起来吧，它可能以后对我们还有用处。我开始觉得这个案子比我最初猜想的更加深奥和难以理解了。我需要重新考虑我的想法。"

他边说边靠在马车座位的靠背上。我可以看到他紧锁的眉头和茫然的目光，他在凝神沉思。蒙斯坦小姐和我小声地聊着我们目前的行动和可能出现的后果，而我们的伙伴却始终保持着沉默，直到我们抵达旅程的终点都一言未发。

这是九月的一天傍晚，时间还不到七点钟，天气沉了下来，弥漫的雾气覆盖了整个城市。街道泥泞，让人心烦的黑云从空中压了下来。伦敦河边的马路上，灯光暗淡，这些许微光照到人行道上，只看见满目泥浆。路两边的店铺从玻璃窗射出了点点黄光，透过茫茫的雾气，直接照到了人来车往的路上。我心想：这昏黄的灯光照着来来往往的过路人，他们的脸上带着各种各样的表情——这当中有无数奇怪、神秘的事情，就像人的一生，往复于黑暗和光明之间。

我不是一个感情丰富的人，可是今天晚上的气氛和我们将要经历的怪事，都让我兴奋异常。我从蒙斯坦小姐的表情看出，她也有同感。仿佛只有福尔摩斯不受任何影响，他一边打着手电筒，一边在本子上记着什么。

观众们在莱西厄姆剧院的入口处挤作一团，各种马车仍然辘辘地过来。身着盛装的先生、小姐，一个个地从车上下来。我们刚走近第三根柱子，一个其貌不扬、穿着马车夫衣服的粗壮男子就向我们走来。

"你们是和蒙斯坦小姐一同来的吗？"

她回答说："我就是蒙斯坦小姐，他们是我的朋友。"

那人用咄咄逼人的目光注视着我们，坚持说道："请你原谅，你得保证在你的同伴中没有警察。"

"我保证。"她回答。

他打了一声口哨，马上有一个街头的流浪汉引着一辆四轮马车来到我们的车前。他拉开了车门，与我们搭话的人跳到车夫的座位上。我们陆续上了车，还没有坐稳，马车已经疾驰在雾气茫茫的街道上了。

我们所处的环境很奇怪，既不知道去哪里，又不知道去干什么。如果说是被人愚弄吧，又难以相信这种假设。我们有充分的理由认为这次旅行不会徒劳无功。蒙斯坦小姐的举止还是像以前一样坚定和冷静，我竭力通过给她讲述我在阿富汗的冒险经历，使她得到鼓励和安慰。

可是，说实话，我自己也正因为我们所处的环境和难测的命运感到紧张和不安，以致我所讲的故事不免乱七八糟。直到今天，她还把我告

诉她的那个生动的故事当作笑话呢：我如何在深夜里用一只小老虎打死
了钻到帐篷里来的一支双筒猎枪。起初，我还能辨别我们所经过的道
路，可是不久，因为路远多雾，再加上我对伦敦地理的生疏，我迷失了
方向，除了行程似乎很长以外，其余的我就一概不知了。然而，歇洛
克·福尔摩斯并没有迷路，他能喃喃地说出车子经过地方的地名。

"罗彻斯特路。"他说道，"……这里是文森特广场。现在我们是在
从沃克斯豪尔桥路驶向萨里区。不错，就是这样。现在我们是在桥上，
你们可以看见桥下的河水。"

我们果真看见了蜿蜒的泰晤士河的景色，它在灯光的照耀下发出粼
粼波光。我们的马车还在向前疾驶，不久就到了河对岸迷宫般的街
道上。

"沃兹沃斯路。"我的伙伴又道，"修道院路，拉克霍尔街，斯托克
维尔，罗伯特街，冷港街。我们走的方向不像是向着上等街区去的。"

的确，我们到了一个可怕的地方。街道两边的暗灰砖房连绵不断，
在角落里可以看到一些俗得不堪入目的酒吧，然后是几排两层小楼，楼
前都有一个小花园，楼房之间夹杂着一些用砖造起的新楼房。这是伦敦
城在郊区扩建的。最后，马车在这个胡同的第三个门前停下了。这里除
了我们面前的房子外，其他的都没人住，而这所房子也只是从厨房的窗
户那儿露出了一点光线，别的部分也一样陷在黑暗里。敲门以后，一个
印度仆人很快出现在我们面前，他戴着黄色包头，穿着又肥又大的白衣
服，腰里系一条黄带子。这个具有东方色彩的仆人与这里普通的三等郊
区的住宅区有些格格不入。

他说："主人正等着你们呢。"话没说完，就听有人在屋里喊他的
名字："吉特穆特加，到我这儿来，请他们径直到屋里来。"

第四章　秃子的故事

我们随着印度人穿过一条极普通而脏乱的、灯光昏暗、陈设简陋的甬道，来到右手的一个门前。他推开门，屋内射出的一道黄色灯光照在我们身上。灯光之下站着一个小个子的尖头顶男人，他头上的头发都掉光了，只在周围留有一圈红头发，好像一座光秃秃山的边缘，突然冒出了一圈枞树。他站在那里，不住地搓着两只手，脸上的表情瞬息万变，一会儿微笑，一会儿皱眉。他的嘴唇往下耷拉，掩不住他歪斜的黄色牙齿，即使他用手挡住他脸的下半部分，也遮不住他多少丑。他年纪刚过三十岁，头已经秃顶了，可是看来并不显老。

他不断地大声说："蒙斯坦小姐，乐意为你效劳。""先生们，乐意为你们效劳。来，到我的屋里来。房子不大，蒙斯坦小姐，可这是按我喜爱的式样设计的。这就像沙漠中的一个文化绿洲，只是地处荒芜的伦敦南郊。"

我们都对这屋里的摆设感到奇怪。乍看之下，就像一颗最上等的钻石镶在不起眼的铜托上。它的建筑样式和摆设的东西很不协调，窗帘和挂毯都非常豪华，精致的镜框和东方式的花瓶在它们中间露出来。厚软的地毯夹杂着琥珀色和黑色，走在上边就像走在松软的绿草地上，舒服得很。地毯上面横铺着两张虎皮，一个印度产的大水烟壶摆在屋角的席上，衬得屋子更富东方意境。隐约有一根金线穿过屋顶，末端挂了一盏银色鸽子式的挂灯。挂灯点着后，屋子里弥漫着一股清香味。

这矮个男人依旧神情不安，他微笑着介绍道："我叫塞笛厄斯·舒尔托，你是蒙斯坦小姐，那么这两位先生呢？"

"这位是歇洛克·福尔摩斯先生，这位是华生大夫。"

"啊，是位医生？"他很兴奋地喊道，"你有听诊器吗？我可不可以请你——你肯不肯给我听一听？我怀疑我的心脏的二尖瓣有毛病。我的大动脉还不错，可是我要听听你对我的二尖瓣的忠告。"

在他的请求下，我听了听他的心脏，除了由于恐惧而全身发抖外，我没有找到他的任何毛病。"你的心脏很正常。"我说，"没有理由为此不安。"

"蒙斯坦小姐，请你原谅我的焦急，"他轻快地说道，"我时常感到难受，总是怀疑我的心脏不好。听到它正常，我很高兴。蒙斯坦小姐，你的父亲如果能控制自己的情绪，也就不至于伤到他的心脏，他或许能活到今天。"

我真想过去扇他一个耳光。像这样刺激人的话怎么能如此无情而唐突地说出呢？蒙斯坦小姐坐了下来，她的脸色惨白。

"我心里早就清楚我父亲已经去世了。"她说。

他道："我能尽量告诉你一切，并且还能主持公道；无论我哥哥巴塞罗缪说什么，我也是要主持公道的。今天你和你的两位朋友同来，我高兴极了，他们两位不只是你的保护人，还可以对我所要说的和所要做的事做个证人。咱们三人可以共同对付我哥哥巴塞罗缪，可是咱们不要外人参加——不要警察或官方。咱们可以无须外人的干预而圆满地解决咱们自己的问题。如果把事情公开，我哥哥巴塞罗缪是绝不会同意的。"他坐在矮矮的靠椅上，用无神的泪汪汪的蓝眼睛望着我们，期待着我们的回答。

福尔摩斯道："我个人可以保证，无论你说什么，我都不会向别人说。"

我也点头表示同意。

"那太好啦！太好啦！"他道，"蒙斯坦小姐，我是否可以敬你一杯西昂提酒或是托凯酒？我没有别的葡萄酒，我打开一瓶可以吗？你不喝？好吧。那么，我想你们不会介意我吸一种有柔和的东方烟草香味的水烟吧。我有点紧张，我觉得我的水烟是最好的镇静剂。"

他点燃了硕大的水烟壶，烟雾从烟壶里的玫瑰水中袅袅地冒了出来。我们三个人围坐成一个半圆圈，向前伸着头，两手托着下巴。这个怪异而又有些激动的矮家伙，闪动着他那光光的头坐在我们中间，局促不安地抽着烟。

"当我最初决定与你联络的时候。"他说，"我本想给你我的住址，可是恐怕你不理解我的要求，与不合适的人一起来。所以我才这样失礼，让我的仆人以这种方式先和你们见面。我十分信任他的随机应变能力。我嘱咐他，如果苗头不对，就不要把这件事继续下去。你应当谅解我的戒心，因为我很少与人来往，甚至可以说是个高雅而有品位的人。与警察打交道是最令人难以忍受的事，我天生就不喜欢那些粗俗的人，很少同他们接触。你们可以看到，我的生活氛围都还是颇为文雅的。我自认为是个艺术鉴赏家，这才是我的嗜好。那幅风景画就是出自考洛特的手笔，即使有的鉴赏家会怀疑那幅萨尔瓦多·罗莎的作品是赝品，可是那幅布盖娄的画的确是真品。我特别偏爱当代法国学院派的作品。"

"请原谅，舒尔托先生，"蒙斯坦小姐道，"我被你请来，是因为你要告诉我一些事情。时间已经很晚了，我希望我们的谈话尽量简短些。"

"还是需要花些时间的。"他答道，"因为我们还要一起到上诺伍德去找我哥哥巴塞罗缪。我们几个都得去，我希望我们的势头比我哥哥大。他对我很不满意，我认为合乎情理的事，他却不以为然，因此，昨晚我与他曾经争辩了很久。你们想象不出他在暴怒的时候是一个多么可怕的家伙。"

"如果我们还要去上诺伍德，是不是应该马上动身?"我试着插言道。

他笑得耳根都发红了。

"那样不太好吧。"他大声说道，"如果突然带你们去那里，我不知道他会说些什么呢。是的，我必须事先谈一谈咱们彼此的处境。首先，我应当告诉你们，在这段故事里还有几点连我都没有弄明白，我只能把我所知道的实情讲给你们听。

"我的父亲，也许你们能猜到，就是过去在印度驻军的约翰·舒尔托少校。他大约在十一年前退休，之后来到上诺伍德的樱沼别墅居住。他在印度发了财，带回一大笔钱和许多贵重的古玩，还有几个印度的仆人。有了这些优越的条件，他自己就买了一所房子，生活非常优裕。我和巴塞罗缪是孪生兄弟，是我父亲仅有的两个孩子。

"我非常清楚地记得，蒙斯坦上尉的失踪曾经在社会上引起的轰动。我们从报纸上看到了详细情况。因为我们知道他是父亲的朋友，所以常常随便地在他面前谈论这件事。他有时也和我们探讨这件事是怎么发生的。我们一点也没有怀疑整个秘密就隐藏在他自己的心里，所有人中只有他一个人知道阿瑟·蒙斯坦是怎么死的。

"不过我们隐约感觉到有些事情——可怕的事——一直困扰着父亲。平常他不敢单独外出，而且还雇了两个拳击手做保镖。其中一个就是今天送你们过来的威廉，他曾是英国轻量级拳赛的冠军。我父亲从不跟我们透露他的心事。不过，据我观察，我父亲特别在意装了木腿的人，甚至有一次他竟用枪打伤了一个这样的人，致使我们花了好多钱来平息此事，其实，那不过是一个日常揽生意的小贩。起先，我们哥儿俩并没向这方面想，后来的事情才使我们纠正了看法。

"一八八二年的春天，我父亲收到一封来自印度的信，这似乎带给他很大的震撼。在餐桌旁，他看完这封信后，差点昏过去。这之后，他就一病不起，直到去世。多年来，他的脾脏一直肿大不退，这次打击使病情迅速恶化。我们谁都不知道信上写的什么，不过在他看信的时候，我从旁瞥见字很乱而且内容很少。到那年四月份，医生觉得他已无力回天，就叫我们到父亲跟前听遗嘱。

"当我们进去的时候，看见他躺在床上，背后垫着一个大高枕，急促地呼吸着。他让我们锁上门，站到他的两边后，握住我们的手，他承受着病痛的折磨，却又异常激动，虽然他的话很不连贯，但是告诉我们的事情却让我们大吃一惊。现在我试着用他的原话给你们说一遍。

"'我只有一件事。'他说，'在我临终的时刻，沉重地压在我的心上。那就是我对待可怜的蒙斯坦孤女的行为。由于我生命中邪恶的贪欲，她没能得到这些珍宝，那当中至少有一半是属于她的。可是我自己也未曾利用过这些珍宝，所以贪婪就是盲目和愚蠢的行为。只要看到珍宝在我身边，就满足了我的占有欲望，我舍不得把它们分给别人。你们来看，在奎宁药瓶旁边的那一串珍珠项链，虽然那是我专门找出来要送给她的，即使这个我也是难以割舍。我的儿子们，你们应当把阿格拉宝物公平地分给她。但是在我离开之前什么也别给她，就是那串项链也不要给她。毕竟像我这样病重的人，说不定还会痊愈呢。'

"'我会告诉你们蒙斯坦是怎么死的。'他继续说，'多年以来，他的心脏就很衰弱，但他从未告诉别人，只有我一个人知道。在印度的时候，他和我经历过许多不平凡的境遇，得到了一大批珠宝。我带着这些珠宝回到了英国。就在蒙斯坦到达伦敦那个晚上，他径直来找我要分得他那一份儿。他从车站步行来到这里，是已死去的忠实的老仆人拉尔·乔答为他开的门。蒙斯坦和我之间因分配珠宝而发生分歧，我们争辩得很激烈。盛怒之下，蒙斯坦从椅子上跳了起来，他忽然把手压在胸口，面色阴暗地向后仰倒，头恰好撞在珠宝箱的角上。当我弯腰要扶他的时候，我发现他已死了，我感到极端惊恐。'

"'我在椅子上坐了好久，精神错乱，不知如何是好。开始时我自然也想到应该报告警署，可是我考虑到当时的情况，我恐怕无法避免要被指为凶手。他是在我们争论当中断气的，他头上的伤口对我更是不利。还有，在法庭上未免要问到宝物的来源，这更是我特别要保守秘密的。他告诉过我：没有一个人知道他来这里。因此这件事似乎没有叫别人知道的必要。'

"'正当我还在琢磨这事的时候，一抬头，我看见拉尔·乔答站在门口，他偷偷走进来，闩上门，对我说：别害怕，主人。把他藏起来，除了咱们，谁都不知道你害死了他。我说：我没害他。拉尔·乔答摇摇头，笑着说：我都听见了，主人，我听见你们正吵着，接着他就倒下了。放心，我一定不说出去。家里的人都睡着了，咱们把他埋了吧。他的一席话给我做了决定。难道我不相信自己忠心的仆人，反而寄希望于十二个陪审员宣布我无罪吗？所以拉尔·乔答和我在那天晚上把他的尸体埋了，然后，没过几天，全城的各大报纸就刊登了蒙斯坦上尉失踪的消息。我告诉你们这些事实，你们说，蒙斯坦的死是我的错吗？我只是不该掩埋尸体和独占宝物，我把蒙斯坦的那份也归为己有，所以，我想让你们把财宝还给他的女儿。把耳朵凑过来，宝物就藏在……'

"就在这时，他的面色变得吓人，两眼突出，下颏低垂，用一种令我永远难忘的声音喊道：'把他赶出去！看在耶稣的份儿上赶走他！'我们一起回头看他盯着的窗户。黑暗当中有一个面孔正看着我们。我们可以看见他的鼻子在玻璃上被压得变成了白色。他有一副络腮胡子的脸，两只凶残的眼睛和狠毒的表情。我们兄弟俩匆忙冲到窗前，可是那人已经不见了。当我们回来看父亲时，只见他的头已经低垂，脉搏已停止跳动。

"当晚我们搜索了花园，除了窗下花圃里留下一个清晰可见的脚印外，这个入侵者没有留下其他痕迹。但是只根据这一点踪迹，我们或者还会认为那个凶残的脸可能是我们的幻觉。我们不久就得到了另外的更确切的证据，原来在我们附近有一帮人正针对我们进行着秘密活动。第二天清晨，我们发现父亲卧室的窗户被打开了，他的橱柜和箱子都被翻过。在他的箱子上贴着一张破纸，上面潦草地写着：'四签名'。这句话意味着什么，来的是什么人，我们至今也不知道。目前我们只能断定的是，虽然我父亲所有的东西都被翻过，但实际上他的财物并没有失窃。我们兄弟俩自然会联想到，这个特殊的事件与他平日的恐惧是有关系的，但它对我们来说仍然是一个完全未解的谜。"

这个矮小的人打住话，再次点燃了他的水烟壶，沉思着吸了几口烟。我们坐在那儿，全神贯注地听他诉说这个离奇的故事。蒙斯坦小姐在听到他叙述到她父亲死亡的过程时，脸色变得惨白，险些晕倒。我悄悄从桌边的一个威尼斯式水瓶里倒了一杯水给她，她才好了些。歇洛克·福尔摩斯背靠在椅子上闭目沉思着。当我瞥见他的时候，不禁想起，就在今天他还抱怨人生枯燥无味呢。这里至少有一个难题将将要对他的睿智进行一次最大限度的考验。塞笛厄斯·舒尔托先生看看我们这个，又看看那个，因为他叙述的故事对我们产生了影响，他显出得意的样子，他边吸着水烟边说了下去。

他说："可以想象，当我们哥俩听说家里埋藏着宝物，都倍感兴奋。几个星期过去了，几个月过去了，我们挖遍了花园的角角落落，也没找到宝物的影子。宝物埋藏的地方留在我父亲的口中，就差一句话没说出来。想起这些，就让人为之发狂。从那条项链上，我们可以推测出这批宝物价值连城。我哥哥和我曾商量过关于这条项链的去向。毫无疑问，这里的每颗珍珠都很值钱，他也有点舍不得。在待人接物方面，我哥哥和我父亲很相像。他也考虑到，如果把项链送人，别人很可能会起疑心，还有可能给我们带来某些麻烦。我只能尽量说服我哥哥，先由我负责找到蒙斯坦小姐的地址，以后，隔一段时间给她寄一颗珍珠，好让她以此来维持起码的生活。"

我的伙伴真心实意地称赞他说："好心人呀，你的行动太让人感动了。"

"我们只是财产的保管者。"矮人不在意地挥挥手说，"这是我的见解，但我哥哥的见解和我不一样。我们自已很有钱，我并不要求更多。此外，对这位年轻小姐做出卑鄙的事也是难以容忍的。'鄙俗是罪恶之源'，这句法国谚语用在这儿很合适。我们兄弟俩对于这个问题的分歧，导致了我和他分居，我带着一个印度仆人和威廉离开了樱沼别墅。然而，昨天我得知了一个很重要的消息，珠宝已经找到了，我立刻和蒙斯坦小姐进行联系，现在只剩下我们一道去上诺伍德向他追索我们应得的珠宝了。昨晚，我已经把我的意思告诉我哥哥巴塞罗缪了，他同意等着咱们，但也许咱们是不受他欢迎的客人。"

塞笛厄斯·舒尔托先生说完了，坐在豪华的长椅子上手指不住地抽动。我们都保持着沉默，思想全都集中在这个离奇事件的最新进展上。福尔摩斯首先站了起来。

"先生，从头到尾你做得都很好。"他说，"也许我们还会告诉你一些你还不知道的事情作为一点回报。但是，正如蒙斯坦小姐刚才说的，天色已经不早了，我们最好还是别耽搁去办正事。"

我们的新伙伴仔细地卷起水烟壶的烟管，又从幔帐后面拿出一件领子和袖子是羊羔皮的又长又厚的外套。他紧紧地扣上了纽扣，尽管晚上还很闷热。最后，他又戴上一顶兔皮帽子，让帽檐盖上了耳朵。除了他那好动而清瘦的面孔以外，他的身体的每一部分都被遮盖起来。

"我的身体有点虚弱。"他引导我们走出甬道时说道，"我只能算一个病人了。"

我们的马车正在外面等着，对我们的出行显然早有准备。我们一上车，马车夫立即驱车疾行起来。塞笛厄斯·舒尔托不停地用高过了嘎嘎的车轮声的声音说着。

他说："我哥哥很聪明，你猜他是怎么找到宝物的？他最后认定宝物藏在屋里，于是他计算出了整幢房子的容积，没落下一英寸地方，连角落里也细心地量过了。最后，他得出了楼房高度为七十四英尺。他再测了各个房间的高度，然后，用钻探法确定出楼板的厚度，厚度加室内高度不过七十英尺，剩下的四英尺只有到房顶上去发现了。房屋最高一层的天花板是用板条和灰泥修的，他在那上面打了一个洞。他在那儿，很幸运地发现了一个封闭的屋顶室，谁都不知道。放宝物的箱子架在天花板中间的两根椽木上。他取出柜子，打开后发现里边的珠宝价值不下五十万英镑。"

听到这个巨大的数字，我们都睁大了眼睛互相看着。如果蒙斯坦小姐能够争得她那一份，她将立刻从一个贫困的家庭女教师变成英国最富有的女继承人。毫无疑问，她的忠实的朋友们全都应当为她高兴，可是我很惭愧，自私蒙住了我的良心，我心上像被一块铅重压着。我结结巴巴地说了几句祝贺的话，就颓丧地低头坐在那里，后来甚至连我们新伙伴所说的话也听不见了。他确定无疑是一个忧郁症的患者，我似乎记得他好像说过一系列的症状，并给我看过他皮夹里无数的秘方，恳求我对这些秘方的内容和作用进行一些解释。我真希望他忘记那天晚上我对他的回答。福尔摩斯还记得无意间听到我叮嘱他不要服用两滴以上蓖麻油，因为那样做是危险的，同时建议他服用大剂量的士的宁作为镇静剂。不管怎样，直到马车戛然停住，马车夫跳下车来把车门打开时，我才松了一口气。

"蒙斯坦小姐，这就是樱沼别墅。"塞笛厄斯·舒尔托先生扶她下车的时候说道。

第五章　别墅惨案

我们进行到当晚冒险旅程最后阶段的时候，已经将近十一点钟了。我们已把伦敦的雾气甩在身后，夜景幽美，温暖的西风吹散了天空浓重的云层，半圆的月亮不时从云里窥视着大地。往远处已经能够看得很清楚了，而塞笛厄斯·舒尔托还是从马车上拿了一只提灯，把我们的路照得更亮些。

樱沼别墅矗立在一个广场上，四周环绕着很高的石头围墙，墙头上插着碎玻璃片，一扇包着铁皮的窄门是唯一的入口。我们的向导用邮差特有的方式在门上敲了两下。

"谁呀？"里边一个粗鲁的声音喊道。

"是我，麦克默多。这个时候来的还会有谁？"

里边传出了抱怨的声音和钥匙的响声。沉重的门向后开启，一个矮小而健壮的男人，提着灯笼出现在打开的门内。灯笼发出的黄色光线照着他向外探出的脸和两只闪烁而多疑的眼睛。

"塞笛厄斯先生，是你吗？他们是谁？没有得到主人的命令，我不能请他们进来。"

"不能让他们进去？麦克默多，这太意外了！昨天晚上我就告诉了我哥哥我要带几位朋友来这里。"

"塞笛厄斯先生，他一整天都没有出屋子，我没有听到他的吩咐。你是知道主人的规矩的。我能让你进来，可是你的朋友必须在那里等着。"

这是没有想到的一幕。塞笛厄斯·舒尔托瞪着他，似乎很没面子。

"麦克默多，这太不像话啦！"他叫道，"我担保是否可以呢？这里还有一位小姐，她总不能在深夜里等在大街上啊。"

守门人坚持说："对不起，塞笛厄斯先生，我不敢确定你带来的人是不是主人的朋友。我拿了薪水就要做好我分内的事，这些人，我一个都不认得。"

福尔摩斯温和地说："你连我也不认得吗？麦克默多，四年前在艾理森场你的个人拳赛上，是不是有一个业余拳手和你打了三个回合？"

守门人忽然嚷道："我的天！这不是歇洛克·福尔摩斯先生吗？你怎么一句话都不说呢？要是你跟我使出你最拿手的那拳，我肯定一下就看出来了。你很有天赋，可惜却半途而废，如果你继续练的话，成为冠军是十拿九稳的。"

福尔摩斯对我笑着说："华生，看见没有？即使我一事无成，最起码我是不会失业的。咱们可以进去了。"

果然，拳击手说："先生们，都进来吧，还有那位小姐。真不好意思，塞笛厄斯先生，只有知道了你的朋友的确切身份，我才能让他们进来，这是主人的习惯。"

门里是一条铺石子的小路，曲折穿过一段荒凉的空地，一直通向隐在树丛里的一所外形方正而普通的大房子。枝叶遮蔽着整个房子，只有一缕月光照到房子的一角和顶楼的窗户上。这样宏大的建筑物，幽暗而沉寂，有些使人不寒而栗。塞笛厄斯·舒尔托也有些紧张起来，他手里的提灯在颤抖中发出了响声。

"我实在不明白，"他说，"这里一定出了事。我明明告诉过巴塞罗缪，我们今天晚上要来，可是他的窗户连灯光都没有。我不明白这是为什么！"

"他总是这样地戒备外人吗？"福尔摩斯问道。

"是的，他继承了我父亲的习惯。你知道，他是我父亲的爱子，我有时认为，我父亲告诉他的话比告诉我的要多。那扇月光照着的窗户就是巴塞罗缪的居室。窗户是很亮，但是我看里边没有灯光。"

"是没有灯光，"福尔摩斯道，"可是我在门旁那个小窗里看见了闪烁的灯光。"

"啊，那是女管家的房间，是博恩斯通老太太屋里的灯光，她会告诉我们一切的。请你们在这里稍等一会儿，她事先不知道我们来，如果我们一起进去，也许她会惊慌。可是，嘘！那是什么？"

他把灯高高举起，手抖得使灯光摇摆不定。蒙斯坦小姐紧握着我的手腕，我们紧张地站在那里，心跳得扑通扑通地侧耳倾听着。深夜里，从这所巨大漆黑的房子里不断地发出 阵阵凄惨恐怖的女人喊叫的声音。

塞笛厄斯说道："这是博恩斯通太太的声音，这所房子里只有她一个女人。请等在这里，我马上就回来。"他赶紧跑到门前，用他习惯的方法敲了两下。我们看见有一个身材高高的妇人，好像见了亲人一般地请他进去了。

"哦，塞笛厄斯先生，我很高兴你能来！你来得太好啦，你来得太是时候啦，塞笛厄斯先生！"

直等到门关上以后，我们还能隐约地听到这些喜出望外的话。

向导把灯笼给了我们。福尔摩斯提着它慢慢地、细致认真地查看着房子周围和堆积在空地上的一大堆垃圾。蒙斯坦小姐和我站在一起，我紧握着她的手。爱真是一件微妙而不可思议的事情。就在一天前我们两人还从未见过面，今天我们也没有说过一句情话，可是现在的危难时刻，两人的手就会不由自主地紧握在一起。后来，每当我想起这件事来就感到有意思，不过当时的动作似乎是最自然的行为。后来她也常常和我说，当时她自己感觉到，只有本能地依偎着我时才能得到安慰和保护。所以，我们两人就像小孩一样，手拉着手站在那里，我们的心中充满了宁静，而没有在意四周的危险。

"这真是个奇异的地方！"她张望着四周说道。

"好像整个英国的鼹鼠都聚到这里了。我只在靠近巴拉拉情的山上看见过这样的情景，当时采矿者正在那里勘探。"

福尔摩斯说："为了这批宝物，他们不定挖过多少遍呢！别忘了，他们找了六年，这里怎么会不像沙坑呢！"

突然房门大开，舒尔托伸着两手，边跑边喊：

"吓死我了，巴塞罗缪肯定是出事了。真受不了！"他的眼神满是害怕，他的羔皮大领遮不住他没有血色的脸，上面的肌肉不住抽动，脸上的表情惊慌失措，像一个四处求救的孩子。

福尔摩斯果敢地说："走，咱们进去。"

"进去吧，进去吧，我都不知该怎么办了。"塞笛厄斯恳求着说。

我们跟着他进入女管家的屋里，博恩斯通太太正心神不宁地来回踱步。她一看到蒙斯坦小姐，就像见到救星似的，她激动地诉说道："天啊，看你多镇定啊！这一天，我可受够了，不过，看见你，我好多了。"

我的同伴一边轻拍她的手，一边柔声安慰她。过了会儿，老太太的精神恢复了。

"主人锁上了自己的房门，也不回答我的话，"她解释道，"一整天我都在这里等着他的召唤。他常常喜欢一个人待着，就在一个小时前，我害怕出事，就上了楼从钥匙孔往里看了看。你一定要上去看看，塞笛厄斯先生，你必须自己去看看。十多年来，不论巴塞罗缪先生高兴的时候，还是悲哀的时候，我都曾见过，可是我还从没见过他像现在这副模样。"

歇洛克·福尔摩斯提着灯笼在前引路，塞笛厄斯吓得牙齿相击、两腿哆嗦，亏得我搀扶着他，才一同上了楼。福尔摩斯在上楼时，两次从口袋里拿出放大镜，小心地验看那些留在楼梯棕毯上的泥印。他慢慢地一级一级地走上去，低低提着灯笼，左右细细观察。蒙斯坦小姐留在楼下，和惊恐的女管家做伴。

上了三层楼梯，前面就是一条相当长的甬道，右面墙上悬挂着一幅印度挂毯，左边有三个门。福尔摩斯仍旧一边慢走一边有系统地观察着。我们紧随在后面，长长的影子投在身后的甬道上。第三个门就是我们的目的地了。福尔摩斯用力敲门，里面没有回应；他又旋转门钮，用力推门，也推不开。我们把灯贴近了门缝，可以看见里面是用很粗的门锁倒闩着的。钥匙已经过度扭转，所以钥匙孔没有整个地被封闭起来。歇洛克·福尔摩斯弯下腰从钥匙孔往里看了看，立刻又站起来，倒吸了一大口气。

"华生，这确实是有点可怕，"他说，我从来没见过他那样激动，"你看看，发生了什么？"

我弯腰从钥匙孔往里一看，吓得立刻后退了半步。月光照着屋内，明亮中带着朦胧和惨淡。一张好像挂在半空中的脸直望着我，脸以下的部分都掩没在黑影里。这张脸与我们的伙伴塞笛厄斯的脸一模一样。一样的高而光亮的秃顶，一样的一圈红头发，一样的没有血色的脸庞。他的表情是死样的，带着一种空白的笑，一种不自然的露齿的笑。在月光照射下的死寂的屋里，看到这样的笑脸，比看到愁眉苦脸的样子更使人不寒而栗。屋里的这张脸与我们那矮小的伙伴如此相像，使我不禁回头看看他是否还与我们在一起。我忽然回想起，他曾经说他们俩是孪生兄弟。

"这太可怕啦，"我对福尔摩斯说，"我们怎么办？"

他说："先要打开门。"然后他向门撞去，以全身力量去对付那把锁，门只是响了几声，没成功，于是，我们两人一块撞上去，终于砰的一声，锁开了。我们冲进巴塞罗缪的房里。

整个屋子好像化学试验室。对面墙上摆着堵上口的玻璃瓶，煤气灯、实验管、蒸馏器等等摆满了桌面；墙的一角堆着许多像是用来盛放酸类的瓶子，其中一个破瓶子里流出了黑色的液体，屋子里弥漫着刺鼻的柏油味。另一边，一架梯子靠在墙上，下面是一堆杂乱的木板和灰泥，上面的天花板上有一个容人出入的洞口，旁边的地上乱卷着一条长绳。

靠桌子有一把带扶手的木椅，上面瘫坐着房间的主人。他的头歪在左边肩膀上，面色惨白，却带着难以捉摸的笑容。他周身已变得僵冷，显然已死去了很久。看上去不只是他的面部表情异样，就是他的四肢蜷曲的样式也与平常的死人不一样。在他放在桌上的一只手边，有一个奇特的工具——一个纹理细密的褐色木棒。木棒上有一块用粗麻线捆着的石头，就像一把锤子。旁边有一页从笔记本上撕下来的纸，上边胡乱地写着一些字。福尔摩斯看了一眼，把它递给我。

"你看看。"他有意抬起眉毛来说道。

在提灯的灯光下，我惊诧地看见上面的字——"四签名"。

"上帝啊，这是怎么回事呀？"我问道。

"这是谋杀。"他弯着腰检验尸体，答道，"啊！我早就料到，看这儿！"

他指着扎在尸体的耳朵上方皮肤里的一根黑色长刺。

"好像是一根荆刺。"我说。

"没错。把它拔出来，但是小心，这根刺上有毒。"

我用拇指和食指把它拔出来。荆刺刚刚取出来，皮肤几乎完好如初，只有一个细微的血痕能指明刺破之处。

"这件事对我来说太神秘莫测了。"我说，"它越发让我糊涂了。"

他答道："正相反，各个环节都清楚了，我只要再弄清几个环节，全案就可以了然了。"

我们自从进屋以后差不多已经把我们的同伴忘记了。他还站在门口，还是那样哆嗦和悲叹着。忽然间，他失望地尖声喊了起来。

他道："宝物全部都丢了！他们把宝物全抢去了！我们就是从那个洞口里把宝物拿出来的，是我帮着他拿下来的！我是最后看见他的一个人！我昨晚离开他下楼的时候，还听见他锁门呢。"

"那时是几点钟？"

"是十点钟。现在他死了，警察来后必定疑心是我害死他的，他们一定会这样疑心的。可是你们二位不会这样想吧？你们一定不会想是我把他害死的吧？如果是我把他害死的，我还会请你们来吗？哎呀，天哪！哎呀，天哪！我知道我要疯了！"他跳着脚，狂怒得痉挛起来。

福尔摩斯拍着他的肩，和蔼地说道："舒尔托先生，不要害怕，你没有害怕的理由。姑且听我的话，坐车去警署报案，你答应一切都协助他们，我们在这里等到你回来。"

这矮小的人茫然地遵从了福尔摩斯的话，我们听见他蹒跚地摸着黑走下楼去。

第六章　福尔摩斯的判断

"华生，"福尔摩斯搓着双手说，"现在我们还有半小时时间，咱们要好好地利用。我刚才告诉过你，这个案子基本上完全明白了，可是我们不能因为过分自信而出错。现在看上去似乎简单的事，或许其中还藏有某些玄机。"

"简单？"我脱口说道。

"当然啦！"他好像临床医生授课一般地讲解道，"请你坐在那个角落，别让你的脚印使事情变得复杂化。现在我们开始吧！首先，这些人是怎么进来，又怎么出去的？从昨晚起房门就没有开过。窗户开过没有？"他提着灯迈着步，不像是在和我说话，简直是在大声地自言自语，"窗户的插销在里面，窗框也很坚固，两边没有合页。我们打开它看看。窗旁没有漏雨水的管子，房顶也离得相当远。可是有人到过窗子旁边，昨天晚上下过小雨，窗台上留下了一个脚印。这里有一个圆形的泥印，地板上有一个，桌子旁还有一个。看这儿，华生！这是一个极好的证据。"

我围着那些清楚的圆形泥印看了看。

"这不是脚印。"我说。

"不错,不过它比一个脚印还重要。看这痕迹,可以确定是根木桩,再加上旁边的靴子印,一个加了宽铁掌的靴子,你从中得出了什么?"

"一个装着木腿的人。"

"是的,不过另外还有一个,那人的手脚非常灵活。华生,看看能从那面墙上爬过来吗?"

我把头探出窗外,借着月光,我看清了那面墙,大约六尺高,墙壁十分光滑,连脚踩的地方也找不到。

我说:"这根本不可能。"

"那是因为没人帮忙,假如屋里有人把粗绳系在墙上的铁环上,然后把另一头扔出去,只要有足够的力气抓住绳子,就是那个装了木腿的人也能爬上来。当然,也可以照样下去,然后,他的同伙再收回绳子,堆到地上,关上窗子,闩牢,再原路返回。还有一点,"他指着绳子继续说,"虽然那个装木腿人的爬墙技术还可以,但是不大熟练,他的手也不够粗糙,你看,在这绳上和末端都留着斑斑血迹。这说明,他在抓着绳子往下滑的时候,速度太快,以至于把他的手磨破了。"

我说:"这倒不错,可他的同伙是谁呢,他又是从哪儿进来的呢?我是越来越糊涂了。"

福尔摩斯眉头紧皱,他不断地说:"的确,我想这个同伙给本案添了几分神秘,说不准他会给英国的犯罪史再添一条新纪录呢。不过,如果我没记错的话,在印度的森尼干比亚已经破了这个先例。"

"那他又是从哪儿进来的呢?门锁着,窗关着,难道是从烟囱进来的不成?"我反复地追问他。

"我也想到了这方面,可是不可能,烟囱太窄了。"

"那究竟是怎么回事呢?"

"你总不按我的规则走,"他摇头说道,"我不是经常对你说吗,当你把绝不可能的因素都排除之后,无论剩下的是多么难以相信的事,那就是事实。我们知道,他不是破门而入的,也不是从窗户进来的,更不是从烟囱进来的。我们也知道，他不可能预先藏在屋子里，因为屋里没有藏身之处。那么他是怎么进来的呢？”

“他从屋顶那个洞爬进来的！”我叫道。

“当然是的，他只能这样做。你能帮我提着灯吗？我们现在到上边的屋子去查看一下，就是发现藏着珠宝的那间密室。”

他放好梯子，用一只手抓住了橡木，翻身上了顶楼。然后，他俯身接过了灯，我也随着他上到了顶楼。

我们发现，这个小房间约有十英尺长，六英尺宽。地板是用橡木架成的，中间铺了些薄板条，又抹了一层灰泥。我们每走一步都必须踩在一根根橡子上。屋顶是尖形的，那才是这所房子内部真正的屋顶。屋里没有任何家具，地板上只有经年累月的厚厚的尘土。

“你来看，”歇洛克·福尔摩斯用手扶着倾斜的墙说道，“这就是通向屋顶外面的活板门。我把这扇门打开，外面就是坡度并不大的屋顶。那么，这就是第一个人的来路。让我们看看，他是否留下了一些能说明他个人特征的痕迹？”

他把灯对着地板照着，这是今晚我第二次看到他脸上出现惊讶的表情。我向他注视的地方看去，也起了一身鸡皮疙瘩。地板上全都是赤足的脚印，一个个清晰可辨，都很完整，但是它们还不及平常人脚的一半大小。

“福尔摩斯，”我低声说，“一个小孩子做了这件可怕的事！”

瞬间，他立刻恢复了镇定自如的神情。

“开始我也很迟疑，”他说，“其实这件事很平常。我没有想到，我应当能够预料到的。这儿没有什么可研究的了，我们下去吧。”

“那么，你对那些脚印有什么见解呢？”我们回到下面屋里，我心急地问道。

“我亲爱的华生，你自己试着分析分析看，”他有些不耐烦地答道，“你了解我的方法，应用这些方法得出互相参证 的结论，这是有益的。”

“我想不出什么事实来。”我回答。

他不假思索地说道："不久就会完全明白了。我想这里也许没有什么重要之处了，但是我还要看一看。"他拿出他的放大镜和皮尺，跪在地上。他那细长的鼻子，离地只有几英寸，他那圆溜溜发光的眼睛和鸟眼一般。他在屋里来回地度量、比较和查看着。他那动作敏捷、无声而鬼祟真像一只熟练的猎犬在找寻气味。我不禁联想到：如果他的精力和聪明不用于维护法律而去犯法的话，他会变成一个多么可怕的罪犯啊！他一面侦查，一面自言自语着，最后他突然发出一阵欢喜的呼声。

"我们真的很走运，"他说，"我们现在没什么大问题了。第一个人不幸踩到了木馏油。你可以看见，在这个难闻的东西的旁边，有他小脚印的轮廓。这瓶子裂了，你看，里边的东西漏了出来。"

我问："那又有什么用呢？"

"咱们很快要捉到他了。狼跟着气味走能找到食物，狗凭嗅觉能找到味源，那一只经过特别训练的狗呢？而且气味又是这样浓。结果一定是……唉，警察到了。"

一阵脚步声、谈话声和关门声传了上来。

福尔摩斯说："乘他们还没上来，你摸摸他的尸体，有什么感觉？"

我说："肌肉硬得像木头。"

"这就对了，比一般的'死后僵直'还硬，这是极其强烈的'收缩'，再看他脸上的扭曲和惨笑，你得出什么结果了吗？"

我说："能产生破伤风性症状的毒物，类似番木鳖碱的植物性生物碱。"

"我　看到他脸上的惨状，就猜想可能是中了剧毒，所以我一进屋，就设法弄清它进入体内的方式。我发现了那根荆刺，它可以轻而易举地扎进或者说是射进人的头皮。你看，当时死者好像是坐在这把椅子上的，而扎刺的地方正对那个洞口。下面，你再细心看看这根刺。"

我小心地捏住它细看，灯光下，那是个又长又尖的黑刺，尖上一层发亮的东西已经干了，另一头是用刀削的。

"这是一种长在英国的荆刺吗？"他问我。

"不，绝对不是。"

"根据这些资料，你起码应该能得出一个合理的推论来。有了这个规律，剩下的部分就迎刃而解了。"

就在他说这话的时候，楼道里的脚步声越发地接近了。一个穿灰衣服的胖子大步走进屋里。他面色发红，身材魁梧，一看就是多血的体质，从肿胀的凸眼泡中间露出了一对小小的闪烁的眼睛。后面紧随着一个穿制服的警长和还在那里发抖的塞笛厄斯·舒尔托。

他喊道："这成什么样子！这成什么样子！这些人都是谁？这屋子里简直热闹得都像养兔场了。"

"我想你一定还记得我吧，埃瑟尔尼·琼斯先生。"福尔摩斯静静地说道。

"为什么不呢，我当然记得！"他气喘吁吁地说道，"你是大理论家歇洛克·福尔摩斯先生。我记得你，记得你！我永远也忘不了你那次向我们演讲有关主教门珍宝案的起因、经过和推论的结果。你的确把我们引入了正确的轨道。但是你也不得不承认在那次的破案中，好的运气比正确的指导更为有效。"

"那件案子非常简单明白。"

"算了，算了，别羞于承认了。事实都摆在这儿，用不着理论来推测。真走运，报案时，我正为了别的事来到这儿的分署。你看他是怎么死的？"

"你不是说不需要我的理论指导吗？"福尔摩斯语气冷淡地说。

"是不需要，不过也得承认，有的时候，你真能一语道破天机。报案人说，门锁着，可五十万镑的宝物却无影无踪了。那么，窗户呢？"

"关得严严实实，窗台上有鞋印。"

"窗户关得很结实，那脚印也就无所谓了。这是常识。这人是在愤怒至极的情况下死的，然后珠宝就丢了。啊，有了，我想起了一种可能性。警长、舒尔托先生，你们先出去，这位大夫留下吧，福尔摩斯先生，情况可能是这样的：舒尔托先生承认昨晚和他哥哥在一起说了些事，突然，他哥哥在暴怒中死去后，他就带着财宝走了。你看是这样吗？"

"然后，那个死人再起来把门闩上。"

"噢，这是个问题，咱们知道，昨晚上，舒尔托先生确实和他哥哥在一起，也发生了争吵；再后来，哥哥死了，珠宝丢了。他哥哥的床没人睡过，而舒尔托先生是最后一个见过他哥哥的人。显然，现在他十分惊惶不安。据常理来推，只要再稍加审讯，他就会从实招了。"

福尔摩斯道："你还没有知道全部的事实呢！这个我有理由认为是有毒的木刺，是从死者的头皮上拿下来的，伤痕还可以看得出来。这张纸，你看，是这样写的，是由桌上捡到的，一旁还有这根古怪的镶石头的木棒。这些东西你怎么把它适应到你的理论上去呢？"

这个胖侦探神气活现地说道："各方面都证实了。满屋全是印度古玩，如果这个木刺有毒，旁人能利用它杀人，塞笛厄斯一样也能利用它来杀人，这张纸不过是一种欺骗的戏法罢了，故弄玄虚。唯一的问题是，他是怎样出去的呢？啊！当然喽，这个房顶上有一个洞。"

他的身子笨重，费了很大气力才爬上了梯子，从洞口挤进了屋顶室。紧跟着我们就听见他高兴地喊着说他找到了通屋顶的暗门。

"你们看！"埃瑟尔尼·琼斯从梯子上下来，说道，"最终还是事实胜于雄辩的。我对这个案子的看法已经得到完全的证实：有一个活板门可以通往屋顶，并且它还是半开的。"

"那活板门是我打开的。"

"噢，不错！这样说你也看见那个活板门了？"他好像对他的发现有点丧气，"那好吧，无论它是谁发现的，反正它说明了凶手逃走的路径。警长！"

"是，长官。"楼道里传来了应答的声音。

"去叫舒尔托先生进来。舒尔托先生，我有义务告诉你，你所说的任何话都可能会对你不利。我以政府的名义逮捕你，原因是你哥哥的死亡。"

"噢，天哪！我不是和你们说过吗？我早就料到会这样的。"这个可怜的矮人举起他的双手，冲着我们俩叫道。

"请你不要着急，舒尔托先生，"福尔摩斯说道，"我认为我能够还你一个公道。"

"不要承诺那么多，我的大理论家先生，不要随随便便就答应别人的事。"这个侦探立即反驳道，"事实恐怕不像你想的那么简单。"

"我不仅仅是要洗清他的罪名，琼斯先生，我还要奉赠你曾在昨晚来过这间屋子里的两个凶手之一的姓名和外貌特征。我有充分的理由认为他的名字是叫乔纳森·斯莫尔。他是一个文化程度很低的人，个子不高，人很灵活，右腿断了，装了一只木腿，而且木腿已经磨损了一块。他左脚的靴子下面有一块粗糙的方形前掌，后跟钉着铁掌。他是一个中年人，皮肤被晒得黝黑，有过前科。这不多的情况也许会协助你了解本案，再加上这儿还有些从他的手掌上蹭落的皮，也应该对你有所帮助。那另外的一个人……"

"啊！那另外一个人呢？"很明显，埃瑟尔尼·琼斯是被福尔摩斯的话震惊了，但是他仍用嘲笑的口吻问福尔摩斯。

"他是一个很古怪的人。"歇洛克·福尔摩斯转过身来，答道，"我希望没有多久就可以把这两个人介绍给你。请到这边来，华生，我有几句话和你说。"

他把我带到了楼梯口。

"这件没有预料到的事情，"他说道，"几乎使我们此行原本的目的都忘记了。"

"我刚刚也是这么想的，"我回答说，"把蒙斯坦小姐留在这个恐怖的地方不是很合适的。"

"的确不合适，你现在就送她回家。她与希赛尔·福雷斯特夫人住在下坎伯威尔的家里，离这儿不是很远。如果你愿意回来的话，我可以在这里等着你。不过你可能很累了吧？"

"一点不累，直到我得到这个离奇案件的更多线索我才想休息。在我的生命当中我也曾经历过艰险，可是实话告诉你，今天晚上这一连串的怪事，把我的神经完全搅乱了。既然我们已经做到了这个地步，那我很愿意协助你破这个案子。"

"你在这里无疑对我有很大的帮助。"他答道，"我们将要独立完成这个案子，让那个琼斯愿意怎么干就怎么干吧。当你送蒙斯坦小姐到家以后，我希望你去河边莱姆贝斯区的品琴里3号——右手边的第三个门，一个做鸟类标本的地方，去找一个叫谢尔曼的人。你会看见他的窗户上画着一只黄鼠狼抓着一只小兔子。叫这个老头儿起来，并代我向他表示问候，然后告诉他我向他借用一下特比。最后请你坐车把特比带回来。"

"特比是一只狗吗？"

"是一只奇特的混血狗，嗅觉非常灵敏。我宁愿要这只狗的帮忙，它比全伦敦的警察还要得力呢。"

我道："我一定把它带回来。现在已经一点钟了，如果能换一匹新马，三点钟以前我一准返回。"

福尔摩斯道："我同时还要从女管家博恩斯通太太和印度仆人那里弄些新材料。塞笛厄斯先生曾告诉过我，那个仆人住在旁边那间屋顶室。回来再研究这伟大琼斯的工作方法，再听听他的挖苦吧。'我们已经习惯，有些人对于他们所不了解的事物偏要挖苦。'歌德的话总是这样简洁有力。"

第七章　木桶插曲

我坐着警察租来的马车送蒙斯坦小姐回了家。她是个如同天使一样可爱的女人，在危难之中，只要她的周围有比她更脆弱的人，她总是会保持着相当的镇定。当我接她回家的时候，她还神情镇定地坐在受到惊吓的女管家身旁。但是她坐进车里以后，先是表现得很虚弱，然后又晕倒，后来又开始抽泣。我想这是由于经过了这一夜的惊险，她再也忍耐不住了吧。事后她曾用责备的口吻对我说，那晚的一路上我对她的态度过于冷淡无情了。的确，她是想不到我当时内心激烈的斗争，或者说是我自制力驱使我那样做的强烈痛苦。就在我们在花园中握手的时候，我对她的同情和爱已经流露出来。我虽然是饱经风霜，但要是没有经过像这一晚的离奇的遭遇，我想我也是很难认识她那温柔而勇敢的自然本性。那时，有两件事情让我难以启齿。因为她正在遭受劫难，她的身心是那样脆弱，又无依无靠。如果在这个时刻向她求爱，把爱情强加于她的身上，就未免乘人之危了。更使我为难的是，福尔摩斯要是能顺利侦破此案，她得到宝物的话，就会变得非常富有。乘着这个和她亲近的机会而向她求爱，这能够算是光明正大的事吗？我只不过是个半薪的外科医生。也许她会很瞧不起我，仅仅把我看成是一个平庸的淘金者吧？我不能冒险在她心里留下这么不好的印象。这批珍宝就如同障碍物一样夹在我们两人中间。

将近深夜两点的时候，我们到了希赛尔·福雷司特夫人的家。仆人们都睡下了，只有夫人还在等着蒙斯坦小姐，她不放心蒙斯坦小姐的安全，是她给我们开的门。让我高兴的是，这位希赛尔·福雷司特夫人是一位落落大方的中年妇人，她对蒙斯坦小姐非常亲热，搂着她的腰，深情地安慰她。显然，蒙斯坦小姐在这儿，不只是一个被雇的家庭女教师，还是一位相当受他们尊重的朋友。简单介绍后，福雷司特夫人诚恳地要求我进屋去，把今晚的故事讲给她听。由于还有任务在身，我不便多留，只好向她保证，有时间一定来告诉她案子的进展。告辞出来后，我又回过头来看了她们一眼，依稀可见她们站在台阶上的身影，手拉着手；身后半开的门，透过玻璃射出的柔和的灯光，挂着的风雨表和明亮的楼梯扶手。在这种心情烦闷的时候，看到如此一个静谧的英国家庭的景象，我的心情畅快多了。

在马车往回赶的路上，我又再次回忆这个令人费解的案件，越想越觉得一片混乱，百思不得其解。现在，蒙斯坦上尉的死，寄来的珍珠，报上的广告和蒙斯坦所收到的怪信，我们都已经知道得差不多了，但是，这些已经清楚了的事实又给我们带来了更富有神秘性、悲剧性的问题。例如：印度的宝物，在蒙斯坦上尉行李中找到的怪圈，舒尔托少校在临死时的奇怪表情，宝物的发现，紧跟而来的谋杀和被害者的奇怪表情，屋顶室的脚印，不寻常的凶器，还有在一张纸上发现的和蒙斯坦上尉的纸上相同的字。如此错综复杂的线索，只有像福尔摩斯一样具有特殊才能的人才会发现其中的奥妙，一般的人只会束手无策，无能为力。

品琴里位于莱姆贝斯区尽头，是一列窄小破旧的两层楼房。我在三号门前叫了很久才有人回答。在百叶窗后出现了烛光，一个人从楼上的窗户中探出脑袋。

那个人喊道："滚开，醉鬼！你要是再嚷，我就放出四十三只狗来咬你。"

我道："你就放一只狗出来吧，我就是为这个来的。"

那声音又嚷道："快滚！我这袋子里有一把锤子，你再不走我就扔下去了！"

我又叫道："我不要锤子，我只要一只狗。"

那人喊道："少废话！站远点。我数完一、二、三就往下扔锤子。"

"歇洛克·福尔摩斯先生……"这话好像有着不可思议的魔力，我刚把这几个字说出口，楼上的窗户立即砰一声关上了。不到一分钟门就打开了，谢尔曼先生站在门口。他是一个瘦高个儿、稍微有点驼背的老头儿，脖子上青筋显露，戴着一副闪着蓝光的眼镜。

"歇洛克先生的朋友来到这里是永远受欢迎的。"他说，"请里边请，先生。请务必小心那只獾，它会咬人的。啊，你这家伙太淘气了，你想抓这位先生呀？"他又向着一只从笼子缝里钻出头来的，有着两只红眼睛的黄鼠狼喊道。然后他又转头对我说，"先生，请不要害怕，这只不过是一只蛇蜥而已。它没有毒牙，所以我让它在屋子里走动，吃些甲虫。你应该不会介意我刚刚对你的失礼吧，因为常常有些小孩子跑到这里来捣乱，时常把我吵醒。说正事吧，歇洛克·福尔摩斯先生想要什么呢，先生？"

"他需要你的一只狗。"

"啊！那一定是特比。"

"是的，特比，正是这个名字。"

"特比在左边的第七个栏里。"谢尔曼托着蜡烛在前面慢慢地走着，为我引路，走过他所收集来的那些奇禽怪兽。在跳跃、暗淡的灯光下，我隐约地看到每个角落里都有一双双大而闪烁的眼睛在窥视着我们，就连我们头上的架子上也栖息着许多鸟，它们懒洋洋地把重心从一只爪换到另一只爪上。看来我们的声音打扰了它们的睡梦。

特比是一只外形丑陋的长毛垂耳的混血狗，棕白两色相间的毛，走起路来笨拙并且摇摇晃晃的。它起先迟疑了一会儿，在吃了我从老自然学家谢尔曼手里接过来的一块糖以后，我们之间就建立了友谊，它这才没有顾虑地随我上了车。皇宫的时钟敲打三点的时候，我回到了樱沼别墅。我发现那个当过拳击手的麦克默多此时已被当成了嫌疑犯，和舒尔托先生一同被押解到警察署去了。有两个警察把守着狭窄的大门，但当我说出了侦探的名字后，他们就允许我带着狗进去了。

福尔摩斯正站在门口的台阶上，两手插在衣兜里，嘴里叼着烟斗。

他道："啊，你带它来了！好狗，好狗！埃瑟尔尼·琼斯已经走了。自从你走后，我们大吵了一阵。他不但把我们的朋友塞笛厄斯逮捕了，并且连守门人、女管家和印度仆人全捉去了。除了楼上还留着的一个警长之外，这院子里只有咱们两个了。把狗留在这儿，咱们上楼去。"

我们把狗拴在门里的桌子腿上，上楼去了。房间里的一切仍保持着以前的样子，只是在死者身上蒙了一块床单。一个疲倦的警长斜靠在屋角里。

"请把你的牛眼灯借给我用一下，警长。"我的伙伴说道，"把这张纸板系在我的脖子上，好让它垂在我的胸前。谢谢！现在我还必须脱下我的靴子和袜子。请你帮我把它们拿到楼下，华生。我现在打算要尝试一下攀登，然后请你把我的这条手绢放在木馏油里蘸一下。好了，这些就是要做的准备工作。现在请和我到阁楼里来。"

我们从洞口爬上去，福尔摩斯又一次用灯照着灰尘上的脚印。

"我希望你特别注意这些脚印。"他说道，"你有没有看出它们值得我们注意的地方？"

"它们是——"我说道，"是一个孩子或是一个矮小的妇女的脚印。"

"除了它的大小外，就没有别的吗？"

"它们似乎和一般的脚印没什么区别。"

"绝对不同。看这里！这是灰尘上印下的一只右脚印，现在我在它旁边印上一个我赤脚的右脚印，你看看最大的区别是什么？"

"你的脚指头都是合在一起的，而那个小脚印的每个指头都是明显分开的。"

"非常正确。这就是问题的关键，请记住这一点。现在，请你到那个吊窗前，闻一闻窗上木框的味道。我就站在这里，因为我拿着我的这条手绢。"

我按照他说的话径直走了过去，马上便闻到一股强烈的木馏油的味道。

"那人逃走的时候，他的脚踩了这地方，你能闻出这味来，那对特比更没问题了。好了，你现在下去，带着特比，等着我。"

在我走回院子的时候，回头看见福尔摩斯已经爬到屋顶了。他在上面慢慢地前进，胸前挂着灯，这使他看起来像一只大萤火虫。他消失在烟囱后面，后来忽隐忽现地出现在后面。我带着特比，转到房了后面，看见他坐在房檐的一角上。

他喊道："华生，是你吗？"

"正是我。"

"我站的地方就是那人逃走的路。下面那个黑乎乎的东西是什么？"

"一个水桶。"

"有盖吗？"

"有。"

"旁边有梯子吗？"

"没有。"

"好家伙，竟然敢选中这地方。这儿是最危险的了，不过，他上得来，我就下得去。这水管像是挺结实的样子，随它去吧，我下来了。"

只见那灯光随着一阵轻微的响声，顺着墙边慢慢地降落，然后咚的一声，他跳到木桶上，接着又跳到地上。

"跟踪这个人的足迹并不是很难。"他一边穿着袜子和靴子一边说，"被他踩过的瓦片全都松了，他在慌乱之中还掉下了这个东西。按你们医生的说法，它证实了我的诊断没有错。"

他拿给我的是一个用有颜色的草编成的小袋子，大小如同一个纸烟盒。表面装饰着几颗俗气而不值钱的小珠子，里面则装有六支黑色的荆刺，一端是尖的，另一端则平圆光滑，与刺在巴塞罗缪·舒尔托头上的一模一样。

"这可是如同地狱般危险的凶器。"他说道，"当心不要让它刺到你。我非常高兴得到这些东西，因为这很有可能是他所有的凶器。这样，我们两个人就不用冒着被它刺到的危险了。我宁可叫马丁尼枪的子弹打中，也不愿中这种刺的毒。你还能跑六英里的路吗，华生？"

"当然可以。"我回答道。

"你的腿受得了吗？"

"没问题。"

他把浸有木馏油的毛巾放到特比的鼻子上，说："特比，嗅一嗅，好特比，嗅一下这个，嗅一嗅。"特比的腿叉开，鼻子上翘，那姿势像是出色酿酒师在品尝好酒似的。福尔摩斯扔掉毛巾，给狗脖子换了条结实绳子，然后带它到木桶下面，特比立即就狂叫起来，同时在地上四处闻着，然后尾巴高高地翘着，跟着气味往前跑。我们牵着绳子，也跟在后面。

东方渐渐出现了鱼肚白，远处的景物已渐渐能看清。背后孤零零一幢大房子，暗淡的窗子，光秃的围墙，院里灌木丛生，垃圾遍地，似乎正象征着昨晚的惨案。

走过坑坑洼洼的院子，我们到了高墙下面。特比一路跑着，被堵到这儿后，它急得直叫。最后，我们找到了一个有棵小山毛榉树的墙角。这儿似乎是人们常常爬上爬下的，砖缝磨损了，砖角也被磨没了。福尔摩斯先爬过去，再从我手里接过狗，随后，我也爬了过去。正当我爬到墙上的时候，他说："看见白灰上的血印没有？那是装木腿的人留下的手印。从案发到现在，已经二十八个小时，不过，幸亏没下大雨，特比还能找着马路上的气味。"

当我们穿过车水马龙的伦敦大马路时，我开始疑心，特比还能追着气味，确定凶手吗？然而，特比的表现打消了我的疑心，它摇摇摆摆地、坚定地在前面带路，显然这儿的木馏油气味比其他的味道更加强烈。

福尔摩斯道："你不要认为我只是依靠着在这个案子里有一个人把脚踩进了化学药品，才能够破获这个案子，我已经知道几个另外的方法可以捕获凶犯了。不过既然幸运之神把这个最方便的方法送到咱们的手里，而咱们竟忽视了的话，那就是我的过失了。它不过把一个需要有深奥的学问才能解决的问题简单化了。通过一个简单的线索来破案，未免难以显出我们的功绩了。"

我道："还是有不少功绩呢。福尔摩斯，我觉得你在这个案子里所使用的方法比在杰斐逊·侯波谋杀案里所用的手法更是玄妙惊人，更是深奥而费解。举例来说吧，你怎么能毫无怀疑地形容那个装木腿的人呢？"

"哎，老兄！这事本身就很简单，我并不想夸张，整个情况是明明白白的。两个负责指挥看守囚犯的部队的军官听到了一个藏宝的秘密。一个叫作乔纳森·斯莫尔的英国人给他们画了一张图。你记得吧，这个名字就写在蒙斯坦上尉的图上。他自己签了名，还代他的同伙签了名，这就是他们所谓的'四签名'。这两个军官按照这张图——或者是他们中间的一个人——觅得了宝物，带回英国。我想象可能这个带回宝物的人，对于当初约定的条件有的没有履行。那么，为什么乔纳森·斯莫尔自己没有拿到宝物呢？这个答案是显而易见的。画那张图的日期，是蒙斯坦和囚犯们接近的时候。乔纳森·斯莫尔之所以没有得到那宝物，是因为他和他的同伙全都是囚犯，行动上不得自由。"

"但这也仅仅是推测而已。"我说道。

"不只是这样。它不仅仅是推测，而是一个唯一符合事实的假设。让我们来看看这个假设是如何与后来的事实吻合的。舒尔托少校把珠宝携带回国后，曾过过几年的安稳日子，这段时间他很快乐，以为他拥有了这些财宝。但是有一天他接到了一封来自印度的信，这封信使他惊慌失措。这封信到底是什么内容呢？

"这信说，被他欺骗的囚犯们已经刑满出狱，获得自由了。

"我看，说越狱逃跑更为恰当一些。舒尔托少校应该知道他们的刑期，如果是刑满释放的话，他就不会那样大惊小怪了。再看他对此的反应，他曾开枪射伤了一个装木腿的人。这说明他开始防备装着木腿的白人。在图上四个人的名字中，只有乔纳森·斯莫尔这个名字是白人的，其余则是印度人或回教徒的名字了。你看这些条理还清楚吗？"

"嗯，很清楚，而且简单扼要。"

"那好吧，现在让我们设身处地地从乔纳森·斯莫尔的角度来想想这个问题吧。他回到英国有双重的目的，一个是获得他理所应当得到的那份珠宝，另一个则是向欺骗他的人报仇。他找到了舒尔托所住的地址，并且还很可能与他家里的一个人建立了联系。有一个叫莱尔·莱奥的仆人我们从来没有见过。博恩斯通太太说他行为不检点、品行恶劣。斯莫尔没有找到隐藏珠宝的地方，原因是除了少校自己和一个忠实的仆人以外没有人知道，而这个仆人又恰巧死掉了。突然有一天，斯莫尔了解到少校病危，他恐慌起来，生怕宝藏的秘密随着少校的死一起带进棺材里去。于是他在万分焦急之下，冒着被少校的保镖开枪打死的危险，跑到已经奄奄一息的少校窗前。其实他可以轻而易举地进入少校的房间，但此时少校的两个儿子正在床前，所以他没敢进入屋子。仇恨使他这个人有些疯狂了，他对死者恨之入骨。于是在死者死亡的那天晚上他进入房间，他找遍了少校的私人文件，希望能发现有关珠宝的备忘录及线索。可是最后他什么也没有找到，在极度失望之下，他留下了一张写有四个签名的卡片作为自己曾经来访过的标记。他毫无疑问地在预先计划的时候是准备把少校杀死的，然后在尸体旁边留下这样一个同样的签名，以示人这并不是一件普通的谋杀，而是以正义的手段为其他三个签名者报仇。像这样怪诞稀奇的自夸，在每年的凶案中是很常见的，有时还会提供给我们有关凶犯的一些有价值的线索。你确实明白这些了吗？"

"都很清楚。"

"现在乔纳森·斯莫尔下一步要做什么呢？他唯一能做的是继续暗中观察其他人寻找宝藏的行动。在这段时间里，他很可能离开英国，然后仅在短期之内回来探听消息。不久阁楼里的珠宝被发现后，他就马上得到了消息。这样我们又再次有了线索，在那幢房子里有他的内线是毫无疑问的了。乔纳森装着木腿，完全不可能爬上巴塞罗缪·舒尔托家高耸的房屋，于是他带来了一个古怪的同谋，他可以克服乔纳森的不便，代替他爬上楼去。但是他不小心将他的赤脚踩进了木馏油中，于是我们才弄来了这个特比，并且使一个腿脚受了伤的半薪军官不得不跛着脚走了六英里的路。"

"这么说，犯罪的人是那个同谋，而不是斯莫尔了？"

"是的。从斯莫尔在屋内顿足的情形来判断，他还是很反对这样干的。他和巴塞罗缪·舒尔托并没有仇恨，至多把他的嘴塞上再捆起来就够了。杀人须抵命，他绝不肯以身试法的。没想到他的同谋一时蛮性发作，竟用毒刺杀人。他已无法挽回，因此乔纳森·斯莫尔留下字条，盗了宝物，便和同谋一同逃走了。这就是我所能推想出来的一些情况。至于他的相貌，从他被囚禁在酷热的安达曼岛多年，就可以知道他必然是皮肤黝黑的中年人了。他的高矮从他步子的长短可以计算出来。他的脸上多须，这是塞笛厄斯·舒尔托从窗内亲眼见过的。此外大概没有什么遗漏的了。"

"那个同谋者呢?"

"啊!这也不是什么神秘的事情了,没多久你就都会知道了。这清晨的空气是多么的新鲜啊!华生,你看那片红云,就像一只红鹤的羽毛一样美丽。此时太阳那红色的边缘慢慢向着伦敦上空的云层移动,它照耀着成千上万的人们,但是我敢说像你和我这样两个担负着各种怪诞使命的人还是很少有的吧。在自然界伟大的力量面前,我们的野心,抱负,努力,斗争是多么的渺小啊!你读过琼·保罗的著作后有什么感想吗?"

"多少有一些领悟的。我先读的卡莱尔的著作,后来才回过头研究他的作品。"

"这就如同从河流追溯到湖泊一样。他曾有一句奇异而深奥的话,'一个人真正的伟大之处就在于他能够认识到自己的渺小'。你看它还论证到了比较和鉴赏的力量,这种力量本身就是一种崇高的证明。在里克特的作品里,有很多发人深省的事情,可以说他的书是一种精神食粮。你带了手枪没有?"

"我只有这根手杖。"

"如果我们找到他们的巢穴,就很可能用得上这些东西了。乔纳森·斯莫尔就留给你了,但假使他的那个同谋不老实的话,我就开枪打死他。"

他说罢掏出了他的左轮手枪,装上了两颗子弹,然后又将它放回大衣右边的口袋里。

在剩下的这段时间里,我们跟随着特比穿过两旁是半村舍式别墅的路,到达了通往市区的大道上。我们正走向人口繁多的大街。劳工们和码头搬运工人正准备起床干活,家庭妇女们正打开门板,然后打扫门前的台阶。街角上四方房顶的酒馆也刚刚开始营业,那些粗俗的汉子们从酒馆里出来,用袖子擦去沾在胡子上的酒。当我们从街旁的野狗身边走过时,它们张大了奇怪的眼睛望着我们。但是我们忠心耿耿的特比却毫不分神，鼻子贴在地上，一直不停地向前走，偶尔从它的鼻子中发出一阵急切的哼声，它是在告诉我们所要寻找的气味仍然相当浓重。

我们经过了斯特塞姆区、布瑞克斯顿区、坎伯威尔区，到达了肯宁顿路，然而我们发现自己现在到了奥弗尔区的东面了。我们所追击的人仿佛是在走一条弯曲的路线，大概是故意避免被别人跟踪。如果有蜿蜒曲折的小道，他们就会避开大路走。在肯宁顿街的尽头他们向左转，穿过了证券街和麦尔斯路。随后我们跟着特比到达了骑士街，但它忽然不再往前走了，只是前前后后来回地乱跑，一只耳朵竖起，一只耳朵垂下，看起来犹豫不决。然后它又摇摇摆摆地转了几个圈，一次次地抬起头看着我们，似乎是想让我们对它的困窘加以指示。

"这只狗是怎么回事？"福尔摩斯呵斥道，"罪犯们肯定是不会坐车或者乘上热气球逃跑的。"

我说："他们可能在这儿逗留了片刻。"

果然，狗又前进了。我的朋友高兴地说："好了，它又走了。"这次，特比往四下闻了闻，然后下定决心，无所顾忌地向前冲出去。这次跑的时候，特比已不需要用鼻子嗅着气味，而只是牵直了绳子往前飞奔，好像气味比原先更浓了。福尔摩斯两眼发亮，似乎匪巢就在前面。

经过九榆树，我们到达了白鹰酒店旁的普罗得立克和那尔逊大木场。特比兴奋地穿过角门，冲进已经开工的木场，穿过成堆的锯末和刨花，疾速地飞跑在两旁堆满木材的小路上，最后，得意地跳上了一只木桶，那只木桶还没从手推车上卸下来。特比站在木桶上，伸着舌头，眨着眼睛望着我们。空气里弥漫了很浓的木馏油味，木桶上和推车的轮上都沾满了黑色的油渍。

歇洛克·福尔摩斯和我目瞪口呆，然后禁不住同时大笑起来。

第八章　贝克街侦探小队

我问道："现在怎么办呢？特比也失去了它百发百中的能力了。"

福尔摩斯把特比从桶上抱下来，牵着它出了木场，说道："特比是根据它自己的理解行动的，如果你计算一下每天在伦敦市内木馏油的运输量，那你就可以明白为什么咱们走错了路。现在使用木馏油的地方很多，特别是用在木料的防腐上面，不能怪特比。"

我建议说："咱们还是回到油味混杂的地方去吧。"

"对，幸好没有多远。显然，就是在特比开始迷惑起来的骑士街的那个路口，那里应该是有两种油味的痕迹，而它们的方向却是相反的。我们走到了错误的那条路上。现在只有沿着另外的一条路去找了。"

事实上并没有什么困难。特比领着我们回到了原先发生错误的地方，在原地转了一个大圈，然后就向一个新的方向奔去了。

"我们必须要小心啊，免得它把我们带回那个木馏油桶附近。"我说道。

"我已经想到这个问题了。但是你应该注意到它这次是在人行道上跑，而运木馏油桶的车应当是在马路上走的，所以我们一定没走错路。"

它在经过了贝尔芒特路和王子街，向下跑向河岸。最终在宽街河边一个用木头修成的小码头上停了下来。特比把我们引到了非常靠近水边的地方，鼻子里发着哼声站在那里看着河水。

"我们的运气不怎么好。"福尔摩斯说道，"他们在这里乘船跑了。"

码头上停着一些小的平底船和小艇，我们带着特比依次上了所有的小船，尽管它很认真地闻着，可是还是没有任何发现。

一栋砖房立在码头旁，上写"莫迪凯·史密斯"的木牌挂在第二个窗口上。下面用小字写着："船只出租：按日按时计价均可。"门上另有一块牌子介绍到这儿另有小汽船，堆在码头上的焦炭可能就是汽船的燃料。福尔摩斯环视四周，脸上显出不高兴的神色。

他说："看起来有点麻烦。没想到他们如此聪明，事先就想好对策，隐匿行踪了。"

正当他向那间屋子走去的时候，从里面跑出了一个鬈发的小男孩，年龄五六岁。紧跟着他，从屋里又跑出来一个拿着海绵的妇人，身体肥胖，脸膛通红。

"赶快回来洗澡，杰克！"她嚷道，"快回来，你这个小鬼！要是你爸爸回来看见你这个样子，绝对饶不了你！"

福尔摩斯乘此机会说："小朋友，你的小脸红扑扑的，真可爱。杰克，好孩子，你有什么愿望吗？"

小孩想了想，说："我想要一个先令。"

"你不想要比这个更好的吗？"

那孩子又歪着头想了想，说："那就两个先令吧。"

"那好，给你，别丢了。史密斯太太，你的孩子真可爱。"

"上帝保佑你，先生。他就是这样地顽皮。我都几乎管不了他了，尤其是在我丈夫出远门的时候。"

"你丈夫出去了？"福尔摩斯用很失望的口吻说道，"啊，那太不凑巧啦！我找史密斯先生有事。"

"他昨天早晨就出去了，先生。说实话，我已经开始有些为他担心了。但是如果你只是想租一只船，我也是可以为你服务的。"

"我想要租一只他的汽船。"

"先生，他就是坐那汽船走的。可奇怪的是，我知道船上的煤不够到伍尔维奇来回烧的，他若是坐大平底船去，我就不会这样着急了，因为有时他还要到更远的葛雷夫赞德去呢。他也许有什么事耽搁了，可是汽船没有煤烧怎么走呢？"

"他可以在中途买些煤。"

"也许会的，先生。但是他从来不这做，我经常听他说零售的煤太贵。而且那装木腿的人那张丑脸和怪腔怪调的口气我也不喜欢，我不知道他为什么总往这儿跑？"

"一个装木腿的男人？"福尔摩斯惊讶地问道。

"是的，先生。一个贼头贼脑的家伙，他来找过我丈夫很多次。昨天晚上也是他把我丈夫叫起来。而且，我丈夫好像事先就知道他要来似的，因为他早就把汽船的火生上了。我实话告诉你，先生，我有一种不祥的预感。"

"但是，亲爱的史密斯太太，"福尔摩斯耸耸肩膀说道，"你不用疑神疑鬼。你怎么肯定昨天晚上来的就是那个装木腿的人呢？我不明白你为什么这么肯定。"

"他的声音，先生。我知道他的声音，就是那种浓重而且有些模糊的口音。他轻敲了几下窗户，那时大约是三点钟左右。'快起来，伙计，'他说道，'我们该走了。'于是我丈夫也把我的大儿子吉姆叫醒了，他们爷儿俩什么都没和我说就走了。我清楚地听见那只木腿走在石头上发出的声音。"

"这个装木腿的人有同伴吗？"

"先生，这我拿不准，我没听见有其他人的声音。"

"史密斯太太，我想租一只汽船，因为我早就听说这只……让我想想，它叫……"

"'曙光'号，先生。"

"啊，对。是不是船身绿色，船帮上画着宽宽黄线的旧船？"

"不是，先生。我们刚刷的油漆，样式和平常的汽船差不多，船身是黑的，上面画着两条红线。"

"好了，希望史密斯先生很快回家。衷心感谢你。我现在要到下游去，假如碰见史密斯先生，我就转告他，你在惦着他赶紧回去。刚才你说那船的烟囱是黑的？"

"是画着白线的黑烟囱。"

"哦，对，那船身是黑的。再见了，史密斯太太。华生，咱们雇那只舢板到河对岸去吧。"

上船后，福尔摩斯说："和这种人说话，就需要一步步引出你想知道的事情，让他们不知不觉地告诉你。否则，一旦知道你是在打听什么，他们就会立刻闭口不谈。"

我说："很明显，咱们的下一步已经确定了。"

"说说看，该怎么办呢？"

"雇一只汽船到下游去寻找'曙光'号。"

"我的好伙计，你这个办法太费事啦。这只船可能停在从这里到格林尼治两岸的任何一个码头上。桥那边几十英里都可以停船。如果一个一个地去找，那要找到什么时候？"

"那我们去找警察帮忙？"

"不，在最后的紧要关头也许我会把埃瑟尔尼·琼斯叫来。他这个人还不错，我也不愿意影响他的工作。咱们已经侦查到这个地步，我很想自己单独干下去。"

"咱们可不可以在报纸上登广告，以便从码头主人那里得到'曙光'号的消息呢？"

"那就更糟了！这样的话，嫌疑犯就会知道我们正在追寻他们，他们就有可能马上逃到外国去。就是现在这种处境下，他们也想赶快逃跑的。但是在他们认为自己还很安全的时候，他们就不会急于逃走。琼斯的行动对于我们来讲是很有利的，因为他对本案的见解每天都可以在报纸上看到，因此这些逃亡者会认为所有的人都在往错误的方向寻找。"

"那我们下一步要怎么办呢？"当我们在密尔班克监狱的门前下船时我问道。

"首先咱们要坐车回去，吃点早饭，再睡上一个钟头，以便晚上行动。至于特比，我们还是先别急着送回去，说不定以后还会用到它。车夫，请在电报局停一下。"

福尔摩斯在大彼得街邮局发了封电报，上车后，他问我："你猜我给谁发的电报？"

"猜不到。"

"贝克街侦探小队，还有印象吗？我们在杰斐逊·侯波的案子里用到过他们。"

"是他们呀。"我笑道。

"他们在这儿可大有用处，要是他们也不行，我再用别的招数。他们的小队长维金斯收到电报后，会带着他的小队在咱们吃完早饭前赶到。"

现在是早晨八九点钟，经过一夜的辛苦奔波，我感到筋疲力尽，连走路也一瘸一拐的了。在这案子的侦查过程中，我得到了很多教益，也看到了福尔摩斯在工作时的活力。因为大家素来对巴塞罗缪·舒尔托没有太多好感，所以我对他的被害也没有多少同情，对凶手也没有太多的恶感。可要说到宝物，那就是另一码事了。按理说，至少宝物的一部分是应该属于蒙斯坦小姐的。我愿竭尽全力找回那些宝物，还给蒙斯坦小姐。的确，如果她有了这些宝物，我就可能失去她。不过，真正的爱情应该是伟大而崇高的，不该被这种想法限制住。如果福尔摩斯能够找到凶手，那我就该付出十倍的辛苦找回宝物。

我在贝克街的家中洗了一个澡，又从头到脚换了一身衣服，这使得我的精神又重新振作了起来。当我走到楼下时，我看见我们的早餐已经做好了，福尔摩斯正在倒咖啡。

"看看这个，"他边笑边指着一张打开的报纸对我说，"这个精力充沛的琼斯和一个无处不在、庸俗不堪的记者一手包办了这个案子。这个案子也把你搞得够烦的了，还是先吃一个火腿煎蛋吧。"

我从他那里接过报纸看了看新闻的标题，上面写着《上诺伍德的神秘案件》。这张《旗帜报》报道说：

"昨天午夜十二时左右，上诺伍德樱沼别墅主人巴塞罗缪·舒尔托先生被发现在他的屋内死亡，现场细节表明他是被人暗杀的。据悉，在死者身上并无暴力的伤痕，但死者从他父亲那里所继承的一批价值连城的印度珠宝全部被盗。遗体是死者的弟弟塞笛厄斯·舒尔托先生和同来拜访死者的歇洛克·福尔摩斯先生和华生医生首先发现的。巧的是，此时埃瑟尔尼·琼斯先生，警察署著名的侦探，正在上诺伍德警察分署，因此他能在惨案发生后半小时内赶到现场掌控一切。他的训练有素和丰富经验，使他马上进入了对嫌犯的侦查中，不久他就发现了线索。死者的弟弟塞笛厄斯·舒尔托嫌疑最大，现已被逮捕。同时被捕的人还有女管家博恩斯通太太、印度仆人莱尔·莱奥和看门人麦克默多。可以确认的是，凶手对这所房子相当熟悉。由于琼斯先生渊博的专业知识和他精密的观察能力，他已证实凶手既不是从门，也不是由窗子进入室内的，而是经由屋顶的一个活板门潜入死者房间的。由这个事实，可以明显地得出这样的一个结论：这并非普通的盗窃案。警察署对这个案件及时而且负责的处理，说明了在这种情形下，必须有一位经验丰富的老长官指挥一切。同时，这也证明把全市警察署的侦探力量分散到各处，更便于他们及时而有效地侦破案件，因为这是他们的责任。关于这个建议是很值得考虑的一件事情。"

福尔摩斯喝着咖啡笑道："这太伟大了！你的意见如何？"

"我想咱们也险些被指为凶手，遭到逮捕呢。"

"我也这么想，只要他又来个灵机一动，到现在还保不齐咱们不会被捕呢。"

正在这时，门铃大作，随后听见我们的房东哈德森太太高声和人争吵。

我半站起来，说道："天啊！福尔摩斯，这些家伙们真捉咱们来啦！"

"还不至于吧。这是我们的非官方的部队——贝克街的杂牌军来了。"

说话间，楼梯上已有赤足走路和高声说话的声音，随即走进来十几个穿破衣服的街头小流浪者。他们虽然吵吵闹闹，可是却很有纪律。进来以后，他们立刻站成一排，面对着我们等待接受命令。其中有一个年纪较大、好像是队长的孩子神气十足地站在前面，可是他衣衫褴褛的样子看来却很可笑。

"先生，接到你的命令以后，我立刻就带他们来了。车费三先令六便士。"

福尔摩斯给了他钱，说："给你钱。我跟你说过，维金斯，有什么事情，只要你一个人来就行了，我的屋子容不下这么多人。不过这次都来了也好，可以直接听到我的命令。我要找一艘名'曙光'号的汽船。现在可能在河的下游。船主莫迪凯·史密斯。特征：船身黑色，画了两条红线，黑的烟囱，上有一条白线。你们中须有一个人在史密斯的码头上守着，就在密尔班克监狱对面，一见到船开回来，赶紧来报告。剩下的人分散行动，在河的下游分头查找，必须细心，一有情况，立即来报。明白了吗？"

维金斯道："是，司令，明白了。"

"工资依照惯例。首先发现船的人再另加一个畿尼。这是预付你们一天的工资。好了，现在出发。"说着，他分给每人一个先令。孩子们兴高采烈地冲下楼去，不一会儿，就消失在人行道上。

福尔摩斯站起身来，离开桌子。他点着烟斗，说："别小看了这些孩子们，他们可以到处跑，看到各种各样的事，还可以偷听别人的谈话，只要这只船还浮在水面上，他们就能找到。我估计，天黑前他们就会有消息传来了，这中间的一段时间咱们只有休息了。这事没办成，下面的行动也没法进行。"

"特比吃咱们的剩饭就行了。福尔摩斯，你要睡一会儿吗？"

"不，我不觉得累。我的体质非常特别，工作的时候一点也不觉得累，如果闲着无事反而会无精打采。我现在要吸烟了，仔细地考虑一下我们的女主顾委托咱们办的这件奇事。这个问题，想来不难解决，因为装木腿的人并不多见，另外那个人，更是绝无仅有的了。"

"你又提到那个人了。"

"至少我没有向你保守秘密的意思，不过你也可以阐述你的高见。现在，我们要好好考虑一下这所有的线索。小小的脚印，赤足，一头缚着石头的木棒，行动敏捷以及有毒的荆刺。你从这些线索中能得到什么结论呢？"

我高喊道："一个生番！可能是和乔纳森·斯莫尔一同回来的印度人。"

"不太像。开始我见到那件奇怪武器时，也往这方面想过。可再发现那特殊的小脚印时，我就不这样认为了。印度土著的脚又细又长，而且回教人穿凉鞋时，鞋带紧勒在大拇指的指缝里，拇指和其他脚指是分开的。所以，尽管印度人的个子有的很矮，但他们绝不会留下这样的脚印。还有，这些木刺只能是通过吹管发射出来的。这样的话，我们应该哪儿去找呢？"

"南美洲？"我不确定地说。

他伸出手臂，从书架上拿下来了一本厚重的书："这是新近出版的地理辞典的第一卷。可以说它是最权威的著作了。看看这里是怎么写的？

"安达曼群岛位于孟加拉湾，距苏门答腊岛三百四十英里。唔！这又是什么呢？气候潮湿、珊瑚礁、鲨鱼、比莱尔港、囚犯营地、罗特兰德岛、三叶杨——啊！就是这里了！

"安达曼群岛的土著人，可以被称为是这个世界上最小的人了，虽然有些人类学家也说非洲的布什人、美洲的迭戈印第安人或特拉德尔人是最矮小的人种。这里的人平均身高低于四英尺，有些成年人甚至比这个高度还要矮些。他们生性凶残，易怒又很倔强，但是只要获得了他们的信任，他们就会至死不渝。

"注意这个，华生。现在再听下边的。

"他们天生就长得很可怕，大而畸形的头、凶猛的小眼睛和扭曲的容貌。他们的手和脚出奇的小。由于他们凶残、倔强到了极点，英国政府尝试过一切方法，但始终无法把他们争取过来。对于海上遇难的幸存者来说，他们永远是恐怖的存在。他们用镶有石头的木棒打碎这些幸存者的脑袋，或者是用毒箭射死。这种屠杀总是以人肉盛宴作为结束。

"真是些可爱的人哪，华生！如果这小子没人看管，那后果可就不堪设想了。我想，就是乔纳森·斯莫尔也是费了很大劲才能够雇用他的吧。"

"但是他是怎么找到这个如此奇怪的同谋呢？"

"啊，这个问题就不是我能回答的了。不过我们既然确定了斯莫尔是从安达曼群岛来的，那么这个土著人和他在一起也就没有什么奇怪的了。毫无疑问，以后我们会了解到更多有关他们的信息的。华生，你看起来相当地疲倦了，躺在那张沙发上，看我能不能让你入睡吧。"

他从屋角那里拿起小提琴来，开始奏起一支低沉的催眠曲——无疑是他的自编曲，因为他有一种即景作曲的本领。我直到现在还能模糊地记得他那瘦削的手、诚恳的脸和弓弦上下的动作呢。我的身体飘在音乐声中，进入了梦境，看见玛丽·蒙斯坦甜蜜的面庞向我微笑。

第九章　线索中断

当我醒来时，已经快到黄昏时分了。我的精神也重新振作了起来。歇洛克·福尔摩斯仍然坐在那里，只是把小提琴放在了旁边，全神贯注地读着一本书。他看着我起身，脸色阴沉，像是被什么事情所困扰着。

"你睡得很熟啊，"他说道，"我还担心我们的谈话会把你吵醒呢。"

"我什么也没有听见，"我回答说，"你得到什么新的消息了吗？"

"很不幸，还没有。我承认我很惊讶，而且很是失望。我预计这个时候总该有些确定的消息了。可是维金斯刚刚来过，他说他们没有找到一点关于汽船的线索。真是叫人着急，现在的每一个小时对于我们来讲都是非常重要的。"

"那我能做些什么呢？我完全清醒了，已经准备好了去应付另一个夜间的行程了。"

"不，我们现在什么也做不了，我们只能等候消息。如果我们现在出去的话，一旦消息到了，反而容易耽误事情。你可以随便做你想做的事，我还必须留在这里守着。"

"那么我将到坎伯韦尔去一趟，拜访一下希赛尔·福雷斯特夫人，我和她昨天就约好了。"

"哦，是去拜访希赛尔·福雷斯特夫人啊?"福尔摩斯的眼睛里闪动着笑意问我。

"是啊，当然也顺便问候一下蒙斯坦小姐。她们都急于要知道这个案件的近况呢。"

"不要和她们讲得太多，"福尔摩斯说道，"不要完全相信女人，即使她们是最优秀的。"

对于他这种不近情理的看法，我并没有和他争论。

"我在一两个小时左右就会回来的。"我说道。

"那好吧，祝你好运! 如果你正好过河去的话，顺便把特比送回去吧，我想我们现在已经用不到它了。"

我依照他的话把特比还给它的主人，并酬谢他半个英镑。然后我来到坎伯韦尔，会见了蒙斯坦小姐。经过昨夜的冒险，她至今还有些疲倦，可是正在盼望着消息。福雷斯特夫人也是十分好奇，急于知道一切。我向她们叙说了所有的经过，只有一些凶险的地方没有说。虽然说到舒尔托先生的被害，可是没有说那些可怕的情况和凶手所用的凶器，只是简单地讲述了一遍，但还是使她们听得津津有味。

福雷斯特夫人道："这简直是一本小说! 一个受到委屈的女郎，价值五十万镑的宝物，一个吃人的黑生番，还有一个装木腿的匪徒。这和一般小说的情节大不相同呢。"

蒙斯坦小姐看着我，愉快地说："还有两位绅士的拯救呢。"

"可是玛丽，你的财富靠这次的侦破了，我看你并不觉得多么兴奋。请想一想，要是一下子变成巨富，那该有多么可喜呀。"

她摇了摇头，似乎对这件事并不怎么关心。看到她对于即将成为富翁这件事并没有什么特别高兴的表示，我的心里感到无限的欣慰。

"我现在最担心的就是塞笛厄斯·舒尔托先生的人身安全，"她说道，"其余的都无关紧要。我想他在这整个案子的过程中表现得非常诚实可敬，我们有责任帮他摆脱那可耻的、没有根据的罪名。"

当我从坎伯韦尔的家里出来时已是傍晚了，到家后天色就更黑了。我的同伴的书和烟斗都还放在他的椅子旁边，可是人却不见了。我在四周看了看，希望能找到他留下的字条，但是没有找到。

"歇洛克·福尔摩斯先生是不是出去了？"我问进屋来放窗帘的哈德森太太。

"不，先生，他只是回自己的屋里去了。先生，你知道吗？"她压低了声音窃窃私语地说道，"我怕他可能是病了！"

"为什么你这样说呢，哈德森太太？"

"噢，他有些反常，先生。自从你走以后，他就在屋子里走来走去的，还楼上楼下地来回走，最后听着他的脚步声我都烦了。然后他又开始自言自语，每次有人叫门，他就跑到楼梯口问：'是谁啊，哈德森太太？'现在他又把自己关在房间里，可是我仍然能听见他像刚刚那样走来走去的声音。我希望他没有生病，先生。我冒昧地告诉他吃些凉药，但是，他却瞪了我一眼，先生。吓得我都不知道自己是怎么从那间屋子出来的。"

"我认为你大可不必着急，哈德森太太，"我回答道，"我以前也见过他这个样子。是有些小事在他的心里，所以才使他这样地坐立不安。"

我就这样装作很轻松地和我们的好房东说着话，但是在这个长夜里，当我一次次听见他沉重的脚步声时，我也有些坐立不安了。我很清楚，他那急切的心情已经因为无法采取行动而变得异常烦躁。

第二天早饭的时候，他的脸看起来更加瘦削而且憔悴了，仅有两颊微微有点血色。

"你把自己累垮了，老兄。"我说道，"我听见你大半个夜里都在屋里踱来踱去的。"

"不，我真的睡不着，"他答道，"这费解的问题一直在烦扰着我。当其他所有的困难都已经克服了的时候，这个小障碍却阻碍着我前进。现在我们已经知道了这个匪徒是谁了，知道了那辆汽船的名字和其他的事了，可就是得不到一点消息。我也动用了其他方面的力量，我用了所有的方法。整条河的两岸都搜遍了，还是没有结果。史密斯太太也没得到她丈夫的回信。我宁愿相信他们把船弄沉了，可是他们不会的。"

"或许咱们被史密斯太太骗了。"

"不会的，我调查过，他们那儿的确有这样一艘汽船。"

"它也可能开到河的上游去了。"

"我也考虑过这个可能性，现在有一小队人马一直到达瑞切蒙德一带去搜寻了。如果今天再没有消息的话，我明天就要亲自去找那些犯罪人，而不是那艘汽船了。但是毫无疑问，我们会得到一些消息的。"

不过，我们没有得到任何消息。从维金斯和其他的搜查人员那里都没有丝毫的线索。大多数的报纸都刊登了上诺伍德惨案的报道。看得出他们对那不幸的塞笛厄斯·舒尔托先生没什么同情。除了官方将在第二天验尸之外，报纸上没有披露什么新的线索。傍晚时分，我步行来到了坎伯韦尔，向两位女士报告了我们的失败情况。回来的时候，我看见福尔摩斯依然是满脸沮丧的样子，对我的问话也置之不理。他整个晚上都在做着奇怪的化学实验，把充满蒸馏气体的曲颈瓶放在酒精灯上加热，瓶内散发出来的恶臭最终将我赶出了他的屋子。直到凌晨，我还能听见试管碰撞发出的叮当声，这说明他还在忙着进行那令人恶心的恶臭的实验。

黎明破晓时分，我惊醒了，看见福尔摩斯站在我的床边，他穿着一身粗俗的水手服，外面罩着一件水手短外套，脖子上还系着一条劣质的红色围巾。

"我现在要亲自到河的下游去，华生，"他说，"我反复地考虑，如今只有这一个方法了，无论如何值得一试。"

"我跟你一块去吧。"

"不用了，你最好是替我守在这儿。我本不想去的。昨天维金斯的表现很差劲，可是他今天肯定会带来好消息的。你就代劳一下，我的信件、电报你都代拆，并且按你的判断行事。可以吗？"

"当然可以。"

"那好。你不用给我拍电报，我没准在哪儿，如果进展顺利的话，很快我就会回来的，并且带回一些情况。"

到吃早饭的时候，他还没回来。我随手翻开《旗帜报》，上面又刊载了关于这个案子的新情况：

"关于前度报道的上诺伍德的惨案，我们有充分的理由相信这起案件不像预料的那么简单。最新的证据证明：塞笛厄斯·舒尔托先生在这起案件中并没有嫌疑。舒尔托先生和女管家博恩斯通太太昨晚已被警署释放。至于真正的凶手，警察署已有了新的线索。此案现由苏格兰场精明强干的埃瑟尔尼·琼斯先生负责，预计近日内就能将凶手缉拿归案。"

案件进展到这一步还算令人满意，我想。我们的朋友舒尔托先生总算是恢复自由了。我纳闷这新的线索是什么呢？这好像依然是警察署掩饰错误的老方法。

我把报纸扔到了桌上，但是我的目光被报上寻人栏里一则小广告吸引住了。它是这样说的：

"寻人：船主莫迪凯·史密斯及其长子吉姆在星期二清晨三时左右乘汽船'曙光'号离开史密斯码头，至今未归。'曙光'号船身黑色，有红线两条，烟囱黑色，有白线一道。如有知莫迪凯·史密斯与汽船'曙光'号的下落者，请向史密斯码头史密斯太太或贝克街221号乙报信，当酬谢金币五镑。"

这个小广告显然是福尔摩斯登的，贝克街的住址就足以证明这一点。我以为这个广告的措辞非常巧妙，即使匪徒们看到了，也会认为那不过是一个妻子寻找丈夫的普通广告，并看不出其中的隐秘。

又是漫长的一天。每当有人敲门或者是街上传来沉重的脚步声，我都会以为是福尔摩斯回来了，或是哪个看见广告的人来送消息了。我试着去看书，但是我不能全神贯注，我的思想总是徘徊在那两个我们所追踪的怪异而凶恶的匪徒身上。有时我也会想：难道是我的同伴福尔摩斯的推论发生了根本性的失误？他不会是得了严重的自欺欺人的毛病吧？那又会不会是因为一些不可能的证据扰乱了他那机敏的思维呢？我从来没想过他会出现错误，但是再精明的人也有犯错误的时候。我想可能是由于他对自己的逻辑推理过于自信，而掉进了一个错误的深渊吧。也许一个原本普通、明了的问题到了他的手里反而变成了一个极其复杂怪异的事情。然而从另一个角度来看，我也亲眼见过这些证据，而且我也听到了他对推论的解释。当我重新审视这一系列奇怪的事实，虽然其中有些是微不足道的线索，但是它们全都倾向于同一个方向。我不能够掩饰自己真实的想法，即使是福尔摩斯的错误理解覆盖了真理，也可以说这个案子就其本身来讲也是非比寻常的。

就在下午三点钟的时候，门铃声响了起来，楼下传来了一阵命令般的话音，出乎我的意料，来的是埃瑟尔尼·琼斯。他的态度和以前截然不同，不再像在上诺伍德那样粗暴，常常摆出一副自以为是专家的样子了。他的脸色有些沮丧，除了谦虚之外甚至还有点抱歉。

"你好，先生，你好！"他说道，"我知道歇洛克·福尔摩斯先生出去了。"

"是的，我不能确定他什么时候回来，但是也许你不介意等一会儿。请坐，尝一支雪茄好吗？"

"谢谢你，我不会介意的。"他说着用一条丝质的红手绢擦了擦自己的脸。

"来一杯加苏打的威士忌好吗？"

"好的，半杯就可以了。今年的这个时候真是很炎热啊，我的心情又是那样烦躁。你还记得我对上诺伍德这个案子的理解吧？"

"我记得你说过一次的。"

"唉，我现在不得不重新考虑这个案子了。我原本把我的网牢牢地围在了舒尔托先生的周围，可是，先生，哪知道他在半道上就从网洞里溜了出去，他找到了他不在场的证据。他自从离开了他哥哥的房间后就始终和另一个人在一起，所以那个爬上屋顶从活板门进入屋内的人就不会是他了。这个案子非常棘手，它使我在警察署的地位也有些动摇了。在这个时刻如果能够得到点帮助我是非常高兴的。"

"我们有时都需要别人的帮助啊。"我说道。

"你的朋友歇洛克·福尔摩斯先生是一位非同寻常的人，先生，"他非常肯定地说道，"他是一个不会被打倒的人。我了解到他处理过那么多起案件，但是没有一起不被他弄得水落石出的。他所使用的方法变幻莫测，可有时他也会操之过急，但是从整体来说，我认为他是可以成为一个众望所归的警官的。我不怕别人知道我所说的话。今天早上我收到了他的一封电报，从中我知道，关于舒尔托这个案子他已经有了新的线索。这就是他的电报。"

他掏出电报递给我。电报是十二点钟从白杨镇发的。电文内容是："请立刻到贝克街去，若是我不在，请稍等。我发现了舒尔托案的踪迹。如果你乐意亲眼看到本案的尾声，今晚可和我同去。"

我说："这可真让人高兴，他一定是把断了的线又接上了。"

琼斯得意地说："这么说他也会出错。我们的侦查能手，说不准这次也是白忙，可是有一线希望我们就不应该放过，这是我们的责任。有人敲门，或许是福尔摩斯先生回来了。"

这时脚步踏在楼板上的沉重声音和缓慢的喘息声传了上来，可以听出来，这人呼吸困难，这中间他又休息了两次，好像上楼很费劲似的。当他最终进屋后，证实了我的猜测。这是一位身着一身水手衣服的老人，外面套着大衣，大衣的纽扣一直扣到脖子下。老人弓着腰，两腿颤抖，气喘得厉害，显出一副老态龙钟的样子。他的两肩不住地颤动，好像呼吸很吃力，手拄一根粗木棍。他的脸庞被围巾遮住了，只露出灰白的眉毛和胡须，中间一双熠熠闪光的眼睛，看外表，像是一位年事已高，受人尊敬但穷困潦倒的航海家。

我问他："你有什么事吗?"

他以老年人特有的迟缓动作慢慢地扫视了四周，说："歇洛克·福尔摩斯先生在家吗？"

"他不在。不过我可以代表他，你有什么话可以跟我说。"

他道："我只能向他本人说。"

"可是我告诉你，我可以代表他，是不是关于莫迪凯·斯密斯汽船的事？"

"是的，我知道这只船在哪里，知道他所追踪的人在哪里，还知道宝物在哪里，我一切全都知道。"

"你告诉我好了，我会转告他的。"

他十足地表现了老人的易怒和顽固的态度。他道："我只能告诉他本人。"

"那你只好等一等了。"

"不行，不行。我不能为了这件事浪费一天的时间，如果福尔摩斯先生不在家，只好让他自己想法子去打听这些消息了。你们两人的尊容我都不喜欢，我一个字也不告诉你们。"

他站起来就要出门，可是埃瑟尔尼·琼斯跑到他前面，拦住了他。

琼斯道："朋友，请等一等。你有要紧的消息报告，你不能这样就走。不管你愿意不愿意，我们要把你留住，直等到我们的朋友回来。"

那老人要想夺门而出，可是埃瑟尔尼·琼斯早已把背靠在门上，阻住老人的去路。

"你们这样对待我，真是岂有此理！"老人大嚷道，用手杖在地板上愤怒地敲击着，"我到这里来是拜访一位绅士，可是你们两个和我素不相识的人却要把我留在这里，还对我如此无礼！"

"请你不要着急，"我说道，"我们会补偿你所失去的时间。请坐在那边沙发上，你不会等得太久。"

他走过去，阴沉着脸，坐下后便用两手捂住了脸。琼斯和我继续一边抽着雪茄一边谈话。突然，福尔摩斯的声音打断了我们的谈话。

"我想你们也应该给我一支雪茄了。"他说道。

我们从椅子上跳了起来。旁边坐着福尔摩斯，正在冲我们微笑。

"福尔摩斯！"我惊呼地喊道，"是你吗？但那个老头上哪儿去了？"

"那个老人就在这儿啊，"他拿出一把白色的假发，说道，"这是他的假发、胡须、眉毛，都在这里。我想我的伪装还是相当不错的，我都没想到能把你们也给瞒过去。"

琼斯高兴地说："啊，福尔摩斯，你简直是一个天才的演员。以你的本事，学老人的咳嗽，再加上你腿上的功夫，每星期足可以挣到十镑工资了。不过，你并没有完全地骗过我们，我想我认出了你的眼神。"

他点着烟，说："我打扮成这样已经整整一天了。你知道，咱们的这位朋友在把我的事写成书出版后，很多的罪犯都逐渐认识我了。没办法，我只好在工作时简单打扮一下。你收到我的电报了吗？"

"我是接到电报才来的。"

"你的案子进展如何啊？"

"没有一点头绪。由于证据不足，我已经放了两个，而剩下的两个，也没有太多的证据。"

"没关系，如果你听从我的安排，一会儿，会有两个人来补他们的缺。一切功劳都可以归你，前提是一切行动听我指挥，同意吗？"

"只要能把犯罪人抓捕归案，我一切都同意。"

"那好，首先，我需要一只警察快艇——一只蒸汽船，在今晚七点钟到达西敏斯特码头。"

"这非常好办。那儿经常停着一只，我到马路对面用电话联系一下就成了。"

"我还要两个强健的警察，以防止匪徒反抗拒捕。"

"船内会准备两到三个人，还有别的事吗？"

"当我们捉住匪徒时，珠宝也就到手了。我想我的这位朋友一定很乐意亲自把珠宝箱送到那位应该得到它的年轻女士的手上，由她第一个打开。喂，是不是，华生？"

"那对我来说当然是至高无上的光荣。"

"这个办法未免不太符合章程。"琼斯摇着他的头说道,"不过这整个事情都不大符合常理,所以我们可以特别对待。但是看完之后,宝物必须送到官方检验。"

"那是当然的,这个好办。还有一点,我倒很希望先听到乔纳森·斯莫尔亲口说出有关这一案件的始末详情。你知道,我习惯充分了解一个案子的详情。对于我准备先在这儿或其他地方,在警察的看守之下,先对他进行一次非正式的讯问,你大概不会不同意吧?"

"你是掌握着全案情况的人。虽然我还没有能够证明确有这么一个叫乔纳森·斯莫尔的人,可是如果你能捉到他,我没有理由阻止你讯问他。"

"那么,这也同意了?"

"完全同意,还有什么要求吗?"

"只有同我们一起吃晚饭了,半个小时内就可备好。我准备了生蚝和一对野鸡,还有些特选的白酒。华生,你不知道,我还是个做菜的能手呢。"

第十章 凶手的末日

这顿饭我们吃得很尽兴。每当福尔摩斯情绪好的时候,他就十分健谈。今晚他的精神就不错,所以得意地聊着。我从没见过他有如此口才,从传奇戏剧谈到中古时代的陶器,从斯特拉迪瓦里厄斯小提琴,到锡兰的佛教和未来的战舰,他无所不谈,似乎对哪一领域都专门研究过。他欢快而幽默的语言把这几天来的郁闷一扫而光。埃瑟尔尼·琼斯在放松的时候也是一个爱说爱笑的人,他也沉浸在这顿丰盛的晚餐中。我个人觉得我们整个案子在今晚将要结束,也和福尔摩斯一样地有兴致。我们三个人谁都没有提及饭后的冒险。

饭吃得差不多了，福尔摩斯看了看他的表，斟满了三杯葡萄酒。

"再来一杯，"他建议道，"为了今晚的成功干杯。时间到了，我们出发吧。你有手枪吗，华生？"

"我抽屉里有一把在军队用过的旧枪。"

"你最好带上，有备无患。我想车子已在门外等着了，我要他六点半到这儿。"

七点刚过，我们就到达了西敏斯特码头，我们的汽船早已在那里等候。福尔摩斯仔细地看了看船。

"这只船上有什么警用的标志吗？"他问道。

"是的，船边上的绿灯。"

"把它摘下。"

我们先后上船，我们三人坐在船尾，两个壮实的警长坐在我们前面。还有两人，一人掌舵，一人管机器。

琼斯问："我们把船开到哪儿去？"

"伦敦塔，告诉他们，船就停在杰克波森船坞的对面。"

我们的船超过了许多载满货物的平底船，又超过一只小汽船，飞速前进。福尔摩斯微笑点头表示满意。

他说："以这样的速度，我们可以超过河上所有的船了。"

琼斯说："那倒未必。不过这船的速度也确实不多见。"

"'曙光'号是出了名的快船，我们必须超过它。华生，趁现在没事，我跟你说说案子的进展情况吧。我不甘心那样一个小小的弯子就把我绊倒了。还记得这事吗？"

"记得。"

"一位政治家曾经说过：'最好的休息，是改变工作。'一点不错，为了使我的大脑得到彻底的休息，我开始做化学实验。当这个实验做好后，我又重新回到舒尔托的案子上来，重新思考探索了一番。孩子们把河的上下游都搜遍了，却没发现船的影子，也就是说，它没有停靠在任何码头上，也没回家，另一方面也没有沉船的迹象。可要实在找不着，这个设想也不能排除。不过，斯莫尔虽然很狡猾，可他没有多少文化，还想不出这么周密的计划。他对樱沼别墅窥探了很长时间，说明他已在伦敦住了很久，那他得手后就不可能不做任何准备就逃离伦敦。他需要起码一天的时间收拾一下，我想这是有可能的。"

"也说不定他在开始行动之前，早就准备好了逃出伦敦呢。这个设想可能性不大。"

"不对，我不这样认为。他是绝不会轻易放弃它的，除非他能确定这个巢穴对他已经毫无意义。我又考虑到另一个问题，乔纳森·斯莫尔一定会想到，他同伙的那副怪相不论怎样伪装，都会引起别人的注意，而且，可能使人联想到上诺伍德惨案。以他的机警绝不会疏忽这一点的。他们从巢穴出发是在天黑以后，当然也要在天亮以前赶回来。按照史密斯太太说的，他们在史密斯码头上船的时间是三点钟。一个多小时之后天就大亮了，行人也多起来。因此，我断定他们不会走得太远。他们用钱堵住了史密斯的嘴，预租了他的船，以便最后逃跑，携带着珍宝回到他们的巢穴。他们有一两天的时间看看报纸，窥测风声，然后会在夜幕的笼罩下从格雷夫桑德或开阔地登上早已订好船位的轮船，逃到美洲或其他殖民地。"

"但是这只船呢？他不可能也把它带到他们的巢穴里呀。"

"当然了。我断定，我们虽然没有发现这只船，但它不会离得太远。如果我是斯莫尔的话，或者根据他的能力进行假设的话，他或许会想到，如果有警察跟踪的话，把船送回去或者把它停靠在码头上，都很容易被发现。那怎样才能把船隐蔽起来，又不至于在要用它的时候误事呢？如果我是他，我会怎么做呢？我认为，只有把船送到一个船坞里去修理修理，为它做些无关痛痒的改变。这样，既可以把船隐藏起来，又可以在几个小时后马上使用。"

"这似乎太简单了。"

"正是如此简单的细节，才最容易被放过。无论如何，我决定按着这个思路走下去。我立即穿了一身水手装动身到下游的每个船坞里去调查。我询问了十五个船坞都没有踪影，就在到了第十六个——杰克波森船坞时，我了解到就在两天前，曾有一个装着木腿的人把'曙光'号送进船坞修理船舵。那里的工头和我说：'就是那个画着红线的船舵，其实一点毛病也没有。'正说着，从那边来了一个人。不是别人，正是失踪的船主莫迪凯·史密斯，他喝了不少的酒。我自然不会认识他，是他喊出了自己的名字和船的名字，并说道：'今晚八点钟我们的船要出坞去。记住了，准八点。有两位客人要坐船，不要耽误了。'匪徒们一定给了他不少的钱，他对工人们拍着他满口袋的银币，叮当作响。我跟踪了他几步，他跑进了一家酒馆。于是我又回到船坞，在途中碰巧遇到了我的一个小帮手。我安排他在那儿盯住汽船。他站在水边，告诉他，船开出坞时就向我们挥动手绢。我们先在河上等会儿，堵住他们的去路，一会儿要不是人赃俱获，那才怪呢。"

琼斯说："姑且不论他们是不是真的杀人凶手，单看你的计划，真是天衣无缝。要换成我，我会派几个精干得力的人，一等他们现身，就立即逮捕他们。"

"这我可不敢苟同，斯莫尔非常狡猾，他一定会先派人探探路，如果情况不对，他一定会回去再躲上一段时间。"

我说："只要紧盯莫迪凯·史密斯，我们也能找到他们的老巢呀。"

"这你就错了。我想，十之八九史密斯不知道他们的住处。史密斯只要有酒、有钱，其他的就什么都不管了，斯莫尔有事时只要派人通知他一声就行了。从各方面看来，我觉得我的方法是最保险的。"

说话间，我们的船驶过了好几座桥。我们驶出市区时，落日的余晖照得圣保罗教堂顶上的十字架闪闪发光。还没到伦敦塔，天色已接近黄昏了。

"那儿就是杰克波森船坞，"福尔摩斯指着远处萨里区河边桅杆林立的地方说道，"我们的船可以借着这一连串驳船的掩护慢慢地来回搜寻。"他又从口袋里拿出望远镜向河岸上观察，"我已经看到了我派的那个岗哨，可是手绢还没有发出信号。"他说道。

"也许我们应停在下游等着他们。"琼斯着急地说道。

我们这时都很焦急，连那几个并不十分清楚我们任务的警长和司炉工，也显出期盼的神情。

"虽然十有八九他们会去往下游，"福尔摩斯答道，"但我们也不能忽略了上游。从这里我们能够看见船坞的出入口，可是他们却不容易看见我们。今晚是个晴天，月光明亮。我们必须待在这儿。你看，那边的煤气灯灯光下，简直是人头攒动。"

"那是刚从船坞下班的工人。"

"表面看，他们肮脏粗俗，可是我觉得他们每个人的内心都有一些活力。只看外表，你是想象不到的。没有先知先觉，人本身就是一个未知的谜。"

"有人说，人是动物中最有心智的。"我说。

"温伍德·瑞德对此有很好的解释，"福尔摩斯道，"他谈到，虽然每个人都是个难解的谜，但将人类聚集成一个整体，就有规律可循了。比如，你不能预知一个人的秉性，却能知道人类的共性。虽然个性多样，但共性却是不变的。统计学家也这样说。你们看见那条手绢了吗？那边的确有一个白色的东西在摆动。"

"是啊，就是那个小孩，"我喊道，"我看得很清楚，是他。"

福尔摩斯也大喊道："看，'曙光'号！它的速度快极了。机师，加速前进，追上那只有黄灯的船。要是追不上它，我这辈子都无法原谅自己。"

"曙光"号已经开出老远，消失在几只船的前面。等它再次出现在我们的视野之内的时候，它的速度已经相当快了。此时，它正以飞快的速度向着河的下游驶去。见此情景，琼斯摇着头说："它太快了，咱们怕是赶不上它了。"

福尔摩斯大叫道："一定要追上它。快添煤，加大火力，就是把船烧着了，也得追上它！"

汽船锅炉里的火势很猛，引擎已到最大马力，发出气喘吁吁的声音，就像是一个钢铁巨人的心脏。飞速前进的船头划破了平静的河面，向两边击起滚滚的浪花。引擎每颤动一次，船身也随着颤动，好像汽船具有了生命力。船舷上的一盏黄灯向前方射出老远，我们在后边紧追不舍。前面一片浪花，托着一个黑点，那是"曙光"号在全速前进。这时河上的众多船只挡住了我们前边的路，我们飞一般地左冲右突，紧跟在"曙光"号的后面。

福尔摩斯向机器房的伙伴们高喊："快加煤，快点，快烧蒸汽，超过他们！"他焦急的面孔映在机器房里的熊熊烈火中。

琼斯看着前边的"曙光"号，说："咱们赶上他们一点了。"

我说："的确，过不了几分钟，咱们就可以追上他们了。"

然而，就在这时，命运捉弄了我们。一条拖了三只货船的拖船横在我们的面前。幸亏我们急转船舵，才免于与它相撞。等我们绕过那条船，想继续追击时，"曙光"号已经驶出了二百多码，好在我们还能看到它。当时，灰暗朦胧的黄昏已经变成满天繁星的夜空。我们的锅炉已被烧到了极限，强劲的动力推动我们前进，脆弱的船板在它的作用下震颤着，嘎吱作响。我们像箭一样从伦敦桥下面穿过，驶过了西印度码头和长长的戴特弗德河段，又绕过了狗岛。刚才还是一个小黑点的"曙光"号现在已经清晰可见了。琼斯把船上的探照灯照向它，我们看见了船甲板上的人影。一个人坐在船尾，弓着腰。他的两膝之间有一个黑色的东西。他旁边蹲伏着一个黑影子，好像一只新西兰狗。一个男孩掌着舵柄，在锅炉红色火光的照耀下，可以看见史密斯光着上身拼命地往炉里加煤。开始他们或者还不能断定我们是在追赶他们，可是当他们发现我们始终紧追不放时，就明白我们的意图了。到了格林尼治时，我们与那船的距离约有三百码，而到布莱克沃尔时，两船的距离已不过二百五十码远了。在我奔波的一生中，我在不少国家打猎时都追赶过野兽，然而没有任何一次能比今晚在泰晤士河上的追逐更惊险刺激的了。我们一点一点地缩短和前面船的距离。在这个寂静的夜里，可以很清晰地听到前面船上机器的轰鸣声。在船尾上的那人还是蜷曲在那里，两只手似乎在忙乱地挥动着，并不时抬起头来估算着两船的距离。我们离他们越来越近了，琼斯喝叫着命令他们马上停船。我们与他们只有不到四个船身距离了，两船仍在飞一般地前进。这时已接近河口，岸上一边是巴克英原野，另一边是普拉姆斯蒂德沼泽地。听到我们的喊声，船尾那个人从甲板上站起来挥动着紧握的双拳，用嘶哑的声音向着我们大骂。他的身材魁伟，两腿叉开站在船上。我能看见他的右腿是靠一根木柱支撑着。在他刺耳的喊声中，他旁边蜷缩着的黑影慢慢地站了起来，那是一个黑人，体格矮小得令我吃惊。他长着大而畸形的头，上面长着蓬乱浓密的头发。福尔摩斯早已把左轮手枪握在手里，我看见这个奇形怪状的野人后，也掏出了手枪。他围着一件黑色的好像毯子的外套，只有脸露在外边。这张丑恶的脸足以令人失魂落魄，我从没见过如此狰狞残忍的怪物。他的两只小眼睛闪着凶光，极厚的嘴唇从牙根向外翻着，咧着半兽性暴怒的嘴喋喋不休地向我们乱叫。

福尔摩斯轻声跟我说：“他一抬手，咱们就开枪。”这时两船相距更近了，彼此也看得更清楚了。那两个人仍是不停地朝着我们这边高声叫骂。

我们清楚地看到那个矮个黑人从毯子里掏出一个又短又圆的像是尺子的木棍放到嘴边。我们同时扣动扳机，那人转了转身子，然后就高举着两手掉进了河里，那双满含愤恨的眼睛也随之淹没在河水的漩涡里。装木腿的人在这时竭尽全力冲向船舵，扳动舵柄，随后，汽船冲向南岸，几尺之差，我们的汽船躲开了它的船尾，紧接着我们也改变方向追上去。月光照着南岸上一片寂寥荒凉的沼泽地，一洼洼的死水和成堆腐烂的植物聚在地面上。"曙光"号已经接近南岸，随后冲到岸上，搁浅了，船头翘向空中，船尾浸在水里。那人一跳到岸上，木腿就陷进了泥里，虽然使劲挣扎，却一步也动弹不了。他越是用劲地挣扎，木腿就陷得越深。当我们的船靠岸时，他已经像钉子似的钉在那儿了。我们把他的肩膀用绳子套住，像拽一条大鱼似的把他拉上了船。史密斯父子坐在船上，垂头丧气。我们命令他们过来，他们才恋恋不舍地离开了"曙光"号。甲板上放着一个精美的印度式样的铁箱，不用说，这就是本案的祸端，那个宝箱。我们小心地把它搬回舱里，箱子非常重，上面没有钥匙。我们拖着"曙光"号，慢慢地往回走。一路上，我们不断地用探照灯四处照着，然而却看不见黑矮人的影子，想他已葬身鱼腹了。

"看这儿，"福尔摩斯指着木质的舱门说，"我们的枪差点开晚了。"就在我们刚才站过的地方的后面木头上插着一根毒刺，估计是在我们开枪时射过来的。对着这根毒刺，福尔摩斯仍像平时那样耸耸肩微微一笑，但是每当我回想起那天晚上千钧一发的危急情况，仍不免心有余悸。

第十一章　阿格拉珠宝

我们的俘虏面对着他历尽千辛万苦和花费多年工夫得来的铁箱坐在船舱里。他是个皮肤黝黑、满脸皱纹的家伙，两只眼睛透露出胆大妄为的天性，显然，他在户外做过多年的苦工。他长着胡须的下颏奇怪地向外突出，显示他倔强的性格。从他卷曲的灰白头发可以看出，他的年纪应在五十岁左右。平时他的面貌还不算太难看，可是在暴怒的时候，就像我刚刚见过的那样，他那浓重的眉毛和突出的下颏就构成了一副可怕的面容。他现在坐在那儿，戴手铐的双手放在膝上，头垂在胸前，不停地用那双锐利发光的眼睛盯着那个使他犯罪的箱子。在我看来，在他刻板的表情中，似乎悲伤多于愤怒。有一次他抬头望了我一眼，那眼光里似乎带着某种幽默的味道。

"乔纳森·斯莫尔，"福尔摩斯点燃了一支雪茄说道，"我真不愿看到事情弄到这个地步。"

他直率地回答说："先生，我这条命想是逃不掉了，可我也不想这样啊。是那浑小子汤格害死了舒尔托先生，用他的毒刺毒死的，我本不想伤害他的，我可以发誓。后来我用鞭子狠狠抽了那个小恶棍一顿，可是事情已经发生了，我又有什么办法呢?!"

"吸一支雪茄吧，"福尔摩斯道，"你全身都湿透了，喝一口我的酒。当你从绳子爬上去的时候，你怎么知道那个瘦小无力的黑人能够对付舒尔托先生呢?"

"先生，你好像亲眼看见了事情的经过。我本以为那屋里没有人，我对那里的环境很清楚，那个时间通常是舒尔托先生下楼吃晚饭的时刻。我丝毫也不想隐瞒，我以为说出事实就是对我最好的保护。当时如果那个老少校在屋里，我会毫不手软地掐死他。对于我来说，杀死他与抽这支雪茄并没有多大的区别。可恨的是，现在竟因为小舒尔托使我进了监狱，其实我和他从来没有什么瓜葛。"

"你现在是在苏格兰场埃瑟尔尼·琼斯先生羁押之下。他将把你带到我的家里。我要先问你口供，你必须向我说出实情。如果你老实，或许我还可以帮你的忙。我想我可以证明那根毒刺的毒性发作极快，在你爬进屋里之前，舒尔托先生已先中毒身亡了。"

"是这样，先生。他已经先死了。我从未经历过这种事，当我爬进窗户时，一看见他的头歪在肩上露着牙狞笑的样子，我吓坏了。要不是汤格跑得快，当时我非要了他的命不可。这就是他在忙乱中丢掉了那根木棒和一些毒刺的原因，这是他后来告诉我的。我敢说这些东西一定为你提供了一些线索，帮助你找到了我们。至于你是如何把线索联系起来的，我就不得而知了。是我自己不好，我不能怨恨你。"他又苦笑着说，"这真是一桩怪事。我是有权利享受这五十万英镑的，而我却在安达曼群岛修筑了半辈子防波堤，后半生恐怕又要到达特木去挖沟了。从我第一次遇到那个商人阿其麦特，从而和阿格拉宝物发生关系之后，我就走了霉运。拥有这宝物的人也没有好日子过，宝物令那个商人送了命，宝物给舒尔托少校带来了恐惧和罪恶，我也要因此而终身做苦役了。"

"你们真像一家人哪，"埃瑟尔尼·琼斯把头伸进舱内说道，"福尔摩斯，请把你的酒瓶递给我。好啦，我想我们大家应该互相庆贺。福尔摩斯，我必须承认，你很有远见。不然还不知会怎样呢。"

"结果总算是圆满的，"福尔摩斯说，"可是我确实没想到那只'曙光'号竟是这么快的船。"

"史密斯说，'曙光'号是泰晤士河上最快的汽船之一，如果当时还有一个人帮他驾驶的话，我们是绝对追不上它的。他还发誓说他对上诺伍德的惨案一无所知。"琼斯说。

"他的确不知情，"我们的囚犯叫道，"我租用他的船，只是因为听说他的船很快。我没有告诉他任何事，只是付了很多钱。如果他能够把我们送上格雷夫桑德开往巴西的翡翠号轮船，我还会再给他一大笔酬金。"

"好，如果他没有犯罪，我们会从轻处理他的。我们虽然抓人神速，但判刑是很慎重的。"琼斯道。好笑的是，这时傲慢的琼斯已开始摆出一副对囚犯的威严神态。从歇洛克·福尔摩斯微微一笑的脸上，可以看出，琼斯的话引起了他的注意。

"我们快到沃克斯豪尔桥了，"琼斯说，"华生医生，你可以带着宝箱在这里上岸。你可以明白我为这种做法要负多大的责任。虽然这种做法是很不合法的，然而有约在先，不能失信。但是因为珠宝非常贵重，我必须派一个警察陪你一起去。你是要坐车去吗？"

"是的，我坐车去。"

"遗憾的是这儿没有钥匙，不然我们可以先清点一下。你不得不把箱子砸开。斯莫尔，钥匙在哪儿？"

"在河里。"斯莫尔简短地回答。

"哼！你真是给我们添麻烦。因为你，我们耗费了多少精力。医生，我不再啰唆了，千万要小心。你回来时把箱子带到贝克街的家里，在那儿你会见到我们，然后我们去警署。"

我带着沉重的宝箱在沃克斯豪尔上岸，一个直率而亲切的警察陪着我。一刻钟后，我们坐车到了希赛尔·福雷斯特夫人的家。开门的仆人似乎对我这么晚的来访很是惊讶，她解释说，福雷斯特夫人并不在家，可能要到很晚才能回来。蒙斯坦小姐正待在客厅里。我请那个警察在马车上等候，就提着宝箱直奔客厅。

蒙斯坦小姐坐在窗前，周身半透明的白色衣服，腰间和脖子上各系一条红带子。她坐在一张藤椅上，全身罩在柔和的灯光里，一条雪白的手臂搭在椅背上，她的脸庞带着无限肃穆的表情，蓬松的秀发被灯光映成金黄色。她的动作、表情都说明她此刻的内心里蓄满了忧郁。她听到脚步声，站起来一看是我，脸上现出一道红晕，目露喜色。

她说："我还以为门外的马车声是福雷斯特夫人回来了呢，真没想到会是你。你带来什么好消息吗？"

我把箱子放到桌上，强压抑住心中烦躁的情绪，用一种高兴的调子说："见到这个箱子没有？它比什么消息都好，比什么消息都重要千百倍，这是你的财富。"

她漠不关心地瞟了箱子一眼，说："这就是那财宝？"

"是的。箱里的阿格拉宝物中，一半是你的，一半是塞笛厄斯·舒尔托先生的。每份大概值二十万镑左右。估算一下，每年光利息就有一万镑。你将成为英国妇女中的首富。你说，这不是可喜可贺吗？"

也许我的欣喜表示得有些过分，她已觉察到我内心的空虚。她抬了抬眉毛，有些好奇地望着我。

"即使我能得到珠宝，"她说，"也多亏了你啊。"

"不！不！"我回答，"不是我，而是我的朋友歇洛克·福尔摩斯的功劳。只有他有那样的分析天赋，而我就是费尽心思，也难以找出线索。即使这样，这个案子到最后一刻还差点失败呢。"

她道："华生医生，请你坐下来把经过讲给我听吧。"

我把上次和她见面以后所有发生过的事情——福尔摩斯新的搜寻方法，'曙光'号的发现，埃瑟尔尼·琼斯的来访，今晚的探险和泰晤士河上的追踪——简单地做了一番叙述。她倾听着，说到我们险些被毒刺伤到时，她脸色变得惨白，似乎就要晕倒。

我急斟了些水给她喝，她道："不要紧，我已经好了。我听到我的朋友们为我遭到这样的危险，我心里实在是万分的不安。"

我答道："那都是过去的事了，也不算什么。我不再讲这些闷气的事了，让咱们看看可以使咱们高兴的东西吧。这里是宝物，我是专为你带了来的，我想你一定愿意亲自打开，先睹为快。"

她道："这再好也没有了。"可是她的语气并没有显露出她有多么兴奋。因为这宝物是费了不少心血才得到手的，她不能不这样地表示一下，否则也显得她太不承情了。

她看着箱子说道："这箱子真美极了！这是在印度做的吧？"

"是的，是印度著名的只拿勒斯金属工艺。"

"好重啊！"她试着抬了一下箱子，惊叫道，"恐怕这箱子本身就很值钱呢。钥匙在哪儿？"

"斯莫尔把它扔进泰晤士河了，"我答道，"我们必须借福雷斯特夫人的拨火棍用一下。"

箱子前面有一个粗重的铁环，环表面有一尊坐姿的佛像。我把拨火棍的尖端插在铁环下作为杠杆，用力向上一撬，搭扣啪的一声打开了。我用发抖的手掀开了箱盖。我们俩都被惊呆了，箱子是空的！

难怪这箱子那么重，箱子四周都是三分之二英寸厚的铁结构。它非常厚重，坚固异常，制作也十分精致。它的构造的确是用来收藏珠宝的，可是里边连一点金属或宝石的碎屑都没有，完全是空的。

"宝物已经丢了。"蒙斯坦小姐平静地说。

听了她这句话，我明白了她的意思，我灵魂中一个巨大的阴影似乎正在消失。我无法形容这阿格拉珠宝在我心里有多么沉重，现在这压抑终于烟消云散了。毋庸置疑，我的这种想法是自私、不忠实和错误的，可是除了我们俩之间的金钱障碍已经土崩瓦解之外，我还能想别的事吗？

"感谢上帝！"我失声流露出内心的高兴。

她微笑着不解地盯着我。

"你为什么这样说呢？"她问。

"因为你再次回到了我身边，"说着我握住了她的手。她没有把手缩回去，"玛丽，因为我爱你，就像一个男人爱一个女人那样真切。因为这些珠宝、这些财富堵住了我的嘴，现在珠宝没有了，我才会告诉你我是多么爱你。这就是我说'感谢上帝'的原因。"

"那么，我也该说，感谢上帝。"我把她揽到身边时，她轻声对我说。

我知道，不管是谁弄丢了宝物，那天晚上我得到了一件最珍贵的东西。

第十二章　神奇的故事

那位警官很有耐心地在马车上等着我，经过了很长时间我才重新回到车上。当我给他看了那个空箱子时，他的脸上乌云密布。

"这下连赏金也没着落了！"他郁闷地说道，"没有宝物也就没有酬劳了。如果这宝物还在，今晚的工作能使我和我的同事山姆·布朗每人得到十英镑的奖金呢。"

"塞笛厄斯·舒尔托先生是个有钱的人，"我说道，"无论有没有珠宝，他都会给你们酬劳作为奖励的。"

但是，这个警官却沮丧地摇了摇头。

"这次的案子办得很糟糕，"他说道，"埃瑟尔尼·琼斯先生也会这么认为的。"

正如警长所料，当我们回到贝克街，把空箱子摆到他的面前时，他的脸色很不好。福尔摩斯、琼斯和被抓的凶犯也是刚到这儿，他们中途改变计划，先去警署报了到。福尔摩斯仍旧是跟平常似的，懒懒地坐在他的椅子上，对面是桀骜不驯的乔纳森·斯莫尔。他坐在那儿，把那条木腿搭在好腿上。当我把空无一物的箱子展示给大家看的时候，他突然仰天大笑起来。

"这就是你干的好事，斯莫尔？"埃瑟尔尼·琼斯生气地吼道。

"的确是，我把珠宝藏到了你们永远也找不到的地方。"斯莫尔欢喜地叫道，"这些珠宝是我的，如果我拿不到它们，那我就让所有的人都无法拥有它。我说过，没有一个活着的人有权利拥有珠宝，除非是在安达曼岛的囚犯营的那三个人和我自己。我知道我不能得到它了，而我也知道其余的三个人也都无法得到了，那我就代表他们三人把宝物处理掉了。这正是我们四个人签名时所说的：我们永远在一起。当然，我知道他们三人一定也会像我这样做的，宁愿将这些宝物扔进泰晤士河，也不叫珠宝落到舒尔托或蒙斯坦的亲戚或朋友那里。我们干掉阿其麦特不是为了让那些人发财的。你们将会发现珠宝、钥匙和汤格都在同一个地方。当我看到你们的汽船一定会追上我们的时候，我就把珠宝藏到了一个安全的地方去了。所以你们的这次行动一个卢比也拿不到。"

"你在欺骗我们，斯莫尔，"埃瑟尔尼·琼斯厉声喊道，"如果你想将珠宝都扔进泰晤士河里，那连同这个箱子一起扔下去不就得了？"

"我扔进去是省事了，你们事后捞着不也省事了吗？"斯莫尔狡诈地斜眼看着他，答道，"既然你们能把我抓到，你们就一定有本事从河底把那个铁箱子捞上来。现在那些珠宝已经散落在了长达五英里的河道里，所以想要把它们打捞上来可不是件容易事。我也是下定了决心才这么干的。当你们追上来的时候，我简直就要疯了。但是，悲伤是没有什么用处的。我的整个人生有风光的时候，也有沦入低谷的时候，不过我已经学会了不要为泼洒出去的牛奶而后悔。"

"这是一件相当严重的事情，斯莫尔，"侦探琼斯说道，"如果你能协助法律，而不是像这样破坏法律，那么你就有机会得到从宽处理。"

"法律？"这个有过前科的罪犯咆哮道，"多么完美的法律啊！如果这些珠宝不是我们的，它还会是谁的？可是我却要放弃珠宝，给那些不应当得到它的人，这难道也是公道吗？你们看看我是怎样把珠宝得到手的！漫长的二十年哪，我住在那黄热病肆虐的沼泽中，白天在红树林里做苦工，夜晚被铁链锁在肮脏的棚子里，被蚊虫叮咬着，被疟疾折磨着，被每个喜欢拿白种人发泄的黑脸狱卒恐吓和凌辱。这就是我为得到阿格拉珠宝付出的代价，然而你们却要和我讲什么公道。难道就因为我不肯把我所历尽艰难而得到的东西拿给别人去享受，就认为我犯罪？我宁可被绞死，或是被汤格的毒刺射中，也不甘心活在监牢里而让另一个人拿着应当属于我的钱去逍遥享乐！"

此时的斯莫尔已经取下沉默寡言的面具了，他无法控制地说出了这番话。他的两只眼睛里像是燃烧着熊熊烈火，手铐因为他的激动而咔咔作响。看到他这样愤怒和冲动时，我终于理解了舒尔托少校为什么一听到这个囚犯越狱的消息就那么惊慌失措，这是非常自然而且有理由的。

"你似乎忘了，我们对这些事情一点也不了解。"福尔摩斯平静地说道，"我们从来没有听过你的故事，所以也就没法说你是多么有理。"

"是的，先生，还是你对我比较公平，尽管你为我戴上了手铐。但是，我并不怨恨，我应当感谢你，这都是公正而光明磊落的。如果你愿意听我的故事，我是不会隐瞒的，我所要说的字字都是真话。谢谢你，请你给我一杯水，放在我的旁边，这样我口渴的时候就可以喝点水。

"我出生在伍斯特郡附近的波舒尔。如果你愿意去看一看，我恐怕你会发现现在仍然有很多斯莫尔家族的人住在那里。我经常想回去看看，但是我在家族中向来声誉很差，所以我怀疑他们未必高兴见到我。他们都是虔诚的教徒，虽然都是农民，但在乡里却很受人们尊重，而我却是个流浪汉。在我十八岁那年，因为恋爱惹出了麻烦，无法留在家里，只好寻找出路。那时正好步兵三团准备前往印度，于是我就入了伍，成为拿皇家薪水的军人。

"可是，上天注定我不能在沙场上冲锋陷阵。就在我刚学会鹅步操和如何使用步枪的时候，一天，我到恒河里去游泳，一条鳄鱼把我的整条小腿都咬了下来，就像做外科手术一样干脆。由于惊吓过度和失血过多，我当时就昏了过去。幸好当时游泳好手约翰·侯德在旁边，他抓着我，把我救上了岸，否则我早被淹死了。在医院里待了五个月后，我装上木腿，一瘸一拐地出院了。接着，我因为残废，被取消了军籍，而且想找一个糊口的工作就更难了。

"你们很难想象，当时，我年纪轻轻就成了残废的那种凄惨境况。幸好不久我又好事临头了。一位名叫阿波·怀特的园主刚到印度，要经营一个靛青园子，还差一个监督园里苦力们的人。他正好是我原来所属部队团长的朋友。平时团长非常照顾我，这时，他又竭力向园主保荐我。这个工作骑在马上就能完成，我虽然残废了，可两腿还能夹住马肚子，还能骑马。很快地我就上任了。我的工作内容是监督工人，随时把工人的表现情况反映给园主，报酬很多，住处也很舒服。逐渐地，我就产生了在这里终了一生的想法。阿波·怀特先生为人很和善，因为在那儿的白人之间来往都很密切，时常到我的小屋来抽支烟，说说话。

"当然，我的幸运之路总是不那么长。突然有一天，在没有一点征兆的情况下，暴乱爆发了。一个月前，全印度的人们还在平静和安详中度日，就像萨里郡或者肯特郡那样。而到了下个月，就有二十多万奴隶挣脱了束缚，把整个印度变成了一个人间地狱。当然，这些事你们几位肯定是在报纸上都看到过了。先生们，也许你们比我这个文盲还知道得多呢。可是我所知道的事情都是我亲眼所见的。我们的种植园在靠近西北数省边境的一个叫作穆特拉的地方。每晚天空都被房屋燃烧的火焰照得犹如白昼；每天都有小部队的欧洲士兵保护着他们的妻儿，路过我们的种植园开往最近驻有军队的阿格拉去避难。园主阿波·怀特先生是一位很固执的人，他总认为这些兵变的消息有很大夸张的成分，他认为它不久就会平息下去。他仍然坐在凉台上喝着威士忌，抽着雪茄，然而四周早就危机重重了。我和一个管账的道森先生及他的太太都忠于职守，一直陪伴着他。好啦，有一天变故来了。那天我到远处一个园子去办事，黄昏时缓缓地骑着马回来。在途中我的目光被陡峭的峡谷谷底的一堆蜷伏着的东西吸引住了。我骑马走下去一看，不禁毛骨悚然，那是道森的妻子被人割成一条条的又被豺狼和野狗吃去了一半的残尸。道森的尸体就趴在不远的地方，手握着放空了的手枪，在他前面还躺着彼此压在一起的四个印度兵的尸首。我控着马缰，正不知往什么地方去才好，忽然看见园主的房子烧了起来，火苗已经冲出屋顶。我知道赶过去对主人绝无益处，也只能把自己的性命搭进去。从我站的地方可以看见成百个穿红衣的黑鬼子正在对着燃烧的房子手舞足蹈，其中有几个人向我指了一指，跟着就有两颗流弹从我头上掠过去。我掉转马头就向稻地里狂奔而去，深夜才逃到了阿格拉城内。

"然而阿格拉并不是个避风港，实际上，当时整个印度都像是一个马蜂窝。聚拢到一起的英国人，竭尽全力也只能保护枪炮射程内的小块土地，其他地方的英国人则都变成了逃难者。这是几百万人对几百人的战争。然而最让我们不甘心的是：曾经是我们精心训练出的好士兵如今也倒戈叛乱了，不论是骑兵、步兵，还是炮兵，他们的武器装备是我们提供的，甚至军号的调子也和我们的一样。孟加拉第三火枪团驻在阿格拉。那是由印度兵的两支马队和一连炮兵组成的。除此之外，还由商人和公务员新组成了一支义勇军，我也拖着我的木腿参加了。七月初我们开到沙根其，将那里的叛军打退了一个时期，后来由于缺乏弹药而不得不退回城里。传来的消息糟得不能再糟了，看看地图，你就会明白这种情形的原因。我们这地方正处在大暴乱的核心地带，在东边一百多英里就是拉克瑙，在南边同样距离的是坎普城。这里没有别的，只有折磨、残杀和暴力。

"阿格拉是座很大的城，聚居着各种各样稀奇古怪而又可怕的魔鬼信徒。在狭窄弯曲的街道上，我们少数的英国人是无法布防的。因此，我们的长官就调动了军队，在河对岸的一个阿格拉古堡里建立了阵地。不知你们几位当中有没有人听说过这个古堡或是读过有关这个古堡的记载？这古堡是个很奇怪的地方——我虽然到过不少稀奇古怪的地方，可是这是我平生所见的一个最奇怪的地方。首先，它十分庞大，我估量着占有不少英亩的地方，较新的一部分面积很大，容纳了我们的全部军队、妇孺和辎重还富富有余。可是这较新部分的大小还远比不上古老的那一部分，没有人到那里去，蝎子和蜈蚣盘踞在那里。旧堡里边全是空无人迹的大厅、曲曲折折的甬道和蜿蜒迂回的长廊，走进去的人很容易迷路。因此很少有人到旧堡里去，可是偶尔也有拿着火把的人们结伙进去探险。

"旧城堡的前面有一条河从这里流过，它就形成了天然的护城河。但是城堡的两侧和后面有许多门，这里则有人把守着。当然，在旧城堡那里也有我们的驻军把守。我们的人数太少了，绝对不可能照顾到城堡的每一个角落和用上所有的炮位。因此，我们在这无数的门中选择了几个，让我们强壮的战士去把守。我们想办法在城堡的中央建立了一个守卫中心，并且每一个堡门都有一个白人带领两三个当地人把守。我被选中在每天夜里的一段固定时间内负责把守城堡西南侧的一个孤立的小门。在我指挥之下的是两个锡克教士兵。我接受的命令是：如有危急情况，就立即开枪，马上就会从守卫中心来人支援。但是我的岗位离城堡的守卫中心足有二百多码远，之间还隔着一条条如同迷宫般蜿蜒曲折的长廊和甬道。我很怀疑，在受到袭击的情况下，援军是否能很快赶到这里。

"我感到非常荣耀，他们竟然让我当一个小头目，而我只是一个新入伍的士兵，又是个残废的人。我和我的两个来自旁遮普省的印度兵把守了两个夜晚的城堡门。他们全是高个子，长相都很凶恶，穆罕默德·辛格和阿卜杜拉·克汗是他们的名字。他们都是久经沙场的老将，并且都曾在齐连瓦拉战斗中跟我们交过手。他们的英语都说得很好，但是我和他们很少说话。他们两个人老是喜欢在一起，整夜用那奇怪的锡克语说个不停。而我，则常常是一个人站在城堡门外，望着下面那条宽阔而弯曲的河流和远方大城市里不时闪烁的灯火。鼓的敲击声、印度铜锣的声音和抽足了鸦片的叛军们的咆哮，整夜都在提醒着我们，不要忘记那些住在河对面相当危险的邻居。每隔两个小时就会有值夜的军官到整个城堡的各个哨位巡查一次，以确保一切正常。

"到了第三天晚上，阴沉沉的天空飘起了小雨。在这种天气里，一站几个小时，真是心烦得很。于是我又试着和那两个印度兵沟通，可他们对我还是爱理不理的。深夜两点的时候，例行巡查稍稍打破了这里的沉寂，之后又一切照旧。既然他们不愿意和我谈话，没办法，我只好自己放下枪，划着火柴点燃烟斗。正在这时，两个印度兵猛然向我扑来，一个抢下枪，打开保险，并把枪口对准我的脑袋；另一个用一把大刀架在我的脖子上，咬着牙对我说，只要我动一下，就割破我的喉咙。

"我的第一个念头是：这是叛军偷袭的第一步，他们两个和叛军是一路货色。他们要是占据了这个堡门，整个堡垒就会由此陷落，而堡里的老人孩子就会再次流离失所。也许你们不信，觉得我这是往脸上贴金，我跟你赌咒，当时，刀就架在我脖子上，我感觉得出来，可是我一产生这个念头，马上想张口大叫，说不准这样就能给中心守卫室报警，哪怕是最后的一声呢。那个拿刀的人像是猜到了我的心思，就在我要大喊的时候，他低声说：'别出声，我们不是叛兵，堡垒不会发生危险。'我从那人的棕色眼睛里看出，只要我一喊，马上就会没命，而他的话又有点可信度。所以我没言语，只是等着，看他们要什么花招。

"'请听我说，阁下，'他们中间那个子比较高，又比较凶的，他们都叫他阿卜杜拉·克汗的人对我说道，'你现在有一条路是和我们合作；另一条路就是让你永远沉默。事情重大，我们谁也不能犹豫很多。你用你的心和灵魂向上帝起誓要和我们在一起；否则你的尸体将在今晚就被扔到河沟里，然后我们到叛军弟兄那边去报到。没有其他的路可以选择。你要选择哪一条路，死还是生？因为时间仓促，我们只能给你三分钟，在下次巡逻到来之前我们必须搞定。'

"'我怎么做出决定呢？'我问，'你们还没有告诉我这到底是怎么回事呢。但是我告诉你们，如果威胁到城堡安全我就绝不会与你们合作，那就给我一刀，我乐意接受！'

"'这件事绝对和城堡无关，'他说道，'我们要做的事情和你们英国人到印度来追求的目的是一样的。我们想让你富有。如果你在今晚加入我们，我们就会以三倍的誓约在这把刀面前对你发誓，从来没有一个锡克教徒违反过誓言，而且你将平等地得到你那份珍宝。有四分之一的珍宝将归你所有。我们可以说不会再有比这更公道的做法了。'

"'但那是什么珍宝啊？'我问道，'如果你们告诉我我应该怎样做，我想我是愿意和你们一起发财的。'

"'那么你就发誓吧，'他说道，'以你死去父亲的尸骨，以你死去母亲的名义和你的宗教信仰发誓，绝不会做不利于我们的事，不说不利于我们的话，从现在开始直到永远。'

"'我以这些发誓，'我答道，'只要你们不会威胁城堡。'

"'那么我的同伴和我发誓，我们将会公平地把这份珍宝分成四份，你将会得到这珍宝的四分之一。'

　　"'但是我们只有三个人呀。'我说道。

　　"'不是的。德斯坦·阿克波尔必须分得他的那一份。在我们等他的时候，我可以把这个故事告诉你。请你站在门那边，穆罕默德·辛格，当他们来的时候通知我们。事情是这么回事，先生，我之所以告诉你是因为我知道欧洲人是遵守誓言的人，我们可以相信你。如果你是一个习惯说谎的印度人，无论你怎样向任何的一个神用你的假誓言发誓，你的血也会沾染到我的刀上，你的尸体会被扔进河里。但是我们锡克教的人信任英国人，英国人也信任我们，那就言归正传，听我来说吧。

　　"'印度北部有一个土王，他虽然领地小，财产却不少。其中一半是他父亲遗留给他的，另一半是他搜刮来的。他又贪财又小气。叛乱爆发后，他发现自己处于两难境地：一方面，土王听说杀了很多白人，于是就帮着叛军反抗白人；另一方面，他又担心万一白人反败为胜，他就会处于劣势。如此这般反复思考，最后他想出了一个折中的办法，他把所有的财产一分为二，将金银钱币都放在宫中的保险柜里，珠宝钻石类则放进一个铁箱里，命令一个亲信假扮成商人把它藏到阿格拉堡来。这样，叛军胜利了，他就保住了金银，而白人胜了，他就保住了珠宝。在他那边的叛军势力很大，因此他这么处理之后就加入了叛军。先生，你想，他的财产是不是应该为始终忠心于一方的人所有呢？'

　　"'那个假扮的商人化名阿其麦特，就在阿格拉堡里。今天晚上，他就要到堡里来。他的同伴德斯坦·阿克波尔也知道这个秘密。他知道我们看守这个堡门，就和我们商量好把他从这个堡门带进来。很快他们就要到了。这个地方很偏僻，没人会想到他们到这儿来。阿其麦特就要从这个世界上消失了，土王的财产也快要到咱们几个人的手上了。先生你看，好吗？'

　　"在伍斯特尔郡，一个人的生命被看得极为伟大和神圣，但是，当战火和鲜血围绕在你身边，一切都会大不相同的。你有可能很多次与死神擦肩而过。这个商人阿其麦特是生还是死对我来说是无所谓的，但是当提到那批财宝时我动心了。我想如果我能将这笔财富带回老家，当乡亲们看到我这个从来没有好名声的人带着满口袋的金币回来，会怎样地瞪大眼睛看我。因此，我下定了决心。但是阿卜杜拉·克汗还以为我在犹豫，又对我紧逼了一句：

"'请你再考虑一下，先生，'他说，'如果这个人被指挥官捉到的话，一定会被绞死或是开枪打死，然后那些珍宝将归政府所有，谁都得不到哪怕一个卢比。这些珍宝足够使我们每一个人变成很富有的人。没有人会知道我们的事情的，我们在这里断绝了和所有人的联系。你看还有比这个打算更好的吗？请你再说一下，先生，你是否愿意和我们合作，还是我们必须把你当作我们的敌人？'

"我回答说：'我的人和我的灵魂都和你们站在一起。'

"他还给我枪，对我说：'太棒了，我相信你和我们会永远遵守许下的诺言的。剩下我们要做的事情只有耐心等待那两个人的到来了。'

"'德斯坦·阿克波尔知道这次的计划吗？'

"'这些都是他一个人想出来的。咱们和穆罕默德·辛格一块在外边站岗吧。'

"那时雨季刚刚来临，天上的雨还没停，片片乌云正不停地飘来飘去。夜色浓重，肉眼很难看清一箭之外的事物。门前战壕里存着一些积水，有些地方差不多都干了，很容易走过来。我们一言不发地在那儿等着那个要来送死的人。

"突然，我发现在战壕的对岸有一个若隐若现的灯光，而且在慢慢地向这边移动。

"我叫道：'他们来了！'

"阿卜杜拉轻声地说：'你像往常一样盘问他，可别把他吓住，然后你把他交给我们，我们自会处理他，你只要在外边守着就行了。点着灯，免得认错人。'

"闪烁的灯光忽而前进，忽而停住，慢慢地向前移动，渐渐地看清

有两个黑影到了战壕的对岸。等他们从那边蹚着水过来，爬上岸后，我压低声音问他们：'是谁？'

"'是朋友。'一个人应声答道。我用我的灯照了照他们。前面的人是个锡克教徒，黑黑的胡须几乎长过了腰带。我从来没有看见过这么高的人。另外的一个人是个胖得溜圆的家伙，缠着一个黄色的包头，手里还拿着一个用披肩包裹着的东西。他害怕得全身在颤抖，抽动的手像是得了疟疾一样。他那两只闪闪发亮的小眼睛忍不住地东张西望，就像是一只冒着生命危险出入洞口的老鼠。想到要杀死这样一个人，我不禁有些不忍，但是一想到珠宝，我的心就如同铁石一样地坚硬。他看见我是个白人，不禁欣喜地朝我跑了过来。

"'请保护我，先生，'他气喘吁吁地说道，'请你保护我这个不幸的商人阿其麦特吧。我从拉吉普塔纳来阿格拉堡避难。我曾经被抢劫、鞭打和虐待，因为过去我是你们的朋友。在这个幸运的夜里，我和我那可怜的财产又得到了安全，真是感谢主的保佑啊。'

'你的包里是什么？'我问道。

"'一个铁箱子，'他答道，'里边有一两件对于其他人来说是不值钱的东西，但是是我们家的祖传，我舍不得扔掉它。我不是个乞丐，如果你的长官能允许我住在这里的话，我一定会对你，年轻的先生，多少给一些酬劳的。'

"我不敢再和他说下去了。我越是看他那张惊魂未定的小胖脸，就越是不忍心就这么冷血地把他杀死，倒不如干脆早点把他结果了算了。

"'把他押到总部去。'我命令道。那两个印度兵就一左一右紧紧地夹住他进了黑黑的门道，高个子跟在后面。我从来没有见过像这样的一个被死亡重重包围着的人。我拿着灯留在了大门外。

"我能够听见他们穿过寂静的走廊时的脚步声。突然，脚步声停止了，随即传来的是打斗的声音，还混杂着重重的喘气声。一会儿，让我大吃一惊的是，一个人快步如飞向我这边跑来。我把灯伸向走廊里仔细一看，原来是那个小胖子，他的脸上满是鲜血，跑得上气不接下气，紧紧追在他后面的那个大个子锡克教徒就像是一只猛虎，手里拿着刀在胸前晃动着。我从来没见过像这个商人跑得那么快的人。大个子眼看就追不上了，我知道，如果他一旦从我这里跑到门外，他就能活命了。我有些怜悯这个人了，但是转念一想到他的珠宝，我又坚定了信念，硬起心肠来。当他跑到我跟前时，我就用我的步枪向他的两腿之间横扫过去，他如同一只被射中的兔子，一连滚了两个跟头。还没等他站起来，那个锡克教徒就冲了上去，在他的肋上插了两刀。他没有一声呻吟，也没有抽搐，就躺在地上不动了。我自己想，可能是他在摔倒的时候扭断了脖子时就已经死了。你们看，先生们，我恪守了我的誓言。我完完全全地把这件事情的经过都告诉你们了，就如同它是刚刚发生的一样，不管它会不会给我带来麻烦。"

说到这儿，他用那双戴着手铐的手接过福尔摩斯递给他的加水威士忌。暂且不管他做的杀人勾当，单就从他叙述这事时那满不在乎的神情里，也不难想象这人凶残的本性。不管将会用什么刑罚对他，我都不会对他有丝毫怜悯的。歇洛克·福尔摩斯和琼斯手扶膝盖坐在那儿。可以看出，他们和我一样地不喜欢他。斯莫尔在继续往下说的时候，他的声音和动作都带着些许反抗的意思。他好像也看出了我们的想法。

他说："的确，这种事不应该做，可是我想问问，在那种情况下，谁乐意自己丢命而不愿意要那些宝物？从他一走进来，就决定了我们两人中间必须有一个要没命，如果他逃出了，后果一定是我们四人全部暴露，接受军事法庭的审判，被处以枪决。在那种情况下，只有下狠手了。"

"接着说你没说完的事吧。"福尔摩斯打断了他。

"阿卜杜拉·克汗、德斯坦·阿克波尔和我三个人把那具尸体抬到了里面。别看他个儿不高，分量可不轻。穆罕默德·辛格在外边把风。走过一条曲折的甬道，前面是空荡荡的大厅，角落里的砖头已经破碎不堪了，地上有一个大坑，算是他的天然坟墓了。这儿离堡门非常远，是我们早已找好了的地方。我们把他的尸体抬进去，再用碎砖块埋好。一切收拾停当后，我们就去验看宝物去了。

"这个铁箱子还放在阿其麦特第一次被袭击的地方。箱子就是现在打开放在桌子上的这个。箱子的钥匙用丝绳系在盖上的雕花提手上。我们打开了箱子，我手中的灯将箱内的珠宝照得闪闪发亮。这些珠宝就如同我童年在波舒尔时在故事书里读过的一模一样。我们盯着这些令人目眩的珠宝，瞠目结舌。当我们大饱眼福了之后，就开始动手给珠宝列了一张清单。这个箱子中有一百四十三颗上等钻石，我相信还包括一颗叫作'大摩格尔'的钻石，据说这是现今已发现的世界上第二大钻石。还有九十七块精美的翡翠，一百七十块红宝石，其中有些比较小。另外，还有四十块红水晶，二百一十块蓝宝石，六十一块玛瑙，还有许多的绿宝石、缟玛瑙、猫眼石、土耳其玉，以及那时我连名字都不知道的其他宝石，但是后来我就渐渐知道了。除此以外，还有三百多颗上等的珍珠，其中有十二颗大珍珠是镶在一条金项链上的。顺便说一下，当从樱沼别墅拿回宝箱之后，我做过清点，除了缺少这个项链，其余的都还在。

"我们清点过这些珠宝后，又把它们放回了箱子，拿到门外给穆罕默德·辛格看了一遍。然后我们又郑重地重新发誓：我们要团结一致严守这个秘密。我们决定把珠宝先隐藏到一个安全的地方，直到整个大环境恢复和平后再来平均分配它们。当时要是把赃物分了是没什么用处的，因为珠宝的价值都很昂贵，如果在我们身上被发现了肯定会引起别人的怀疑，而且在城堡当中我们没有私人的住所，也没有可以隐藏它们的地方。因此我们把箱子拿到了埋着尸体的那间屋子里，从最完整的一面墙上拆下了几块较结实的砖来，我们挖了一个洞，把箱子放了进去。第二天我画了四张地图，每个人各一张，分别在地图的下面都加上了我们四个人的名字作为标记。我们发誓，从此以后我们每一个人的举动都代表四个人的利益，所以不能有人私吞珠宝。这就是我们的誓言，我把我的手放在我的心口上，我从来没有违反过这个誓言。

"好啦，我想至于印度兵变的结果如何，也用不着我再来告诉你们几位先生了。在威尔逊占领了德里，考林爵士收复了拉克瑙以后，叛乱就被瓦解了。新的军队纷纷驻扎进来，纳诺·萨希布逃到了国外。一个快速部队在格雷瑟德上校的带领下包围了阿格拉，把叛军赶出了那里。和平的氛围似乎在全国各地慢慢恢复了起来。我们四个人也开始憧憬即将到来的和平时刻，我们就可以分享我们的战利品了。但是一眨眼的工夫我们的希望完全破灭了，因为我们以谋杀阿其麦特的罪名全都被逮捕了。

"事情是这样发生的：那土王因为信任阿其麦特，才把宝物交给他。可是东方人疑心太大，那土王又派了一个更亲信的仆人跟在后面，暗查阿其麦特的行动，并且命令这仆人要把阿其麦特紧紧地盯住。那晚他在后面暗暗跟随，眼看阿其麦特走进了堡门。他以为阿其麦特在堡内已经安顿妥当，所以在第二天就设法进入堡内，可是怎样也找不到阿其麦特。他发觉不对劲，就和守卫的班长说了，班长又向司令官做了报告，因此在全堡做了一次细密的搜查，尸体被发现了。在我们还自以为安全的时候，就被以谋杀的罪名逮捕了——三个人是当时的守卫者，其余一人是和被害者同来的。在审讯中没有人谈到宝物，因为那个土王已被罢黜并被逐出了印度，已经没有人与宝物有直接的关系了。可是谋杀案情确凿，判定我们四人同为凶手。三个印度人被判徒刑终身监禁，我被判死刑，可是后来得到减刑，和他们一样。

"我们的处境很是奇怪。我们四个人被判徒刑，恐怕今生再难恢复自由，可是同时我们四个人又共同保守着一个秘密，只要能够利用宝物，就可以立即成为富翁。最难忍受的就是：明知大宗宝物在外面等着我们取用，可是还要为了吃些糙米，喝口凉水而受禁卒的任意凌辱，我真要急得发疯，所幸我生性倔强。所以还能耐心忍受，等候时机。

"最终，这时机似乎是真的来了。我由阿格拉被转押到马德拉斯，又从那里被转到了安达曼群岛的布雷尔岛。那岛上只有很少的白人囚犯，从一开始我就表现得很不错，不久我就有了一点优待。我在哈里厄特山麓的好望城里有了一间自己居住的小茅屋，十分自在。这是一个幽静安谧，但却蔓延着可怕的热病的地方，并且在空旷的地区有着不少食人的野人部落，他们一有机会就会向我们射出毒刺。在那里我们整天忙于开荒、挖沟和种植薯蓣，只有在晚上有一点自己的时间。此外，我还学会了为外科医生调配药品，也就零零散散地了解了一些医药知识。一直以来我都在寻找逃生的机会，但是这里离任何一个大陆都有几百英里之遥，在附近的海面上几乎没有什么风。所以，想要从这里逃走真是难上加难。

"有个叫萨莫顿的外科医生，他是一个活泼而喜欢运动的小伙子，其他的年轻军官也喜欢每天晚上到他的屋子里去玩纸牌。我用来配药的外科手术室和他的客厅只有一墙之隔，还有一个小小的窗户通着。每当我感到寂寞的时候，我就会把手术室里的灯熄灭了，然后站在窗前，我可以听得到他们的谈话，也能看见他们玩牌。我自己本来也喜好玩牌，在旁边看着他们玩也很过瘾。那里经常有舒尔托少校、蒙斯坦上尉和布罗姆利·布朗中尉，他们是指挥本土军队的，还有就是医生本人。此外还有两三个官方的狱卒，看得出这几个官员都是狡猾的玩牌老手，他们的赌技都很精湛。他们几个人凑在一起就很热闹。

"时间不长我就发现了一个情况，每次玩牌都是军官输钱，狱卒们赢钱。我想大概是狱卒们到安达曼岛后，没有别的事可做，只好用玩牌来打发日子了，天长日久，技术也就越练越精了。军官们的技术不是很高超，每赌必输，并且越输越急，越输下的注也越大，他们的钱差不多都输光了。这些人中又尤以舒尔托少校输得最多，他先是用钱，钱用光了，又接着用期票。有的时候他也能赢点，之后又下更大的注，结果也输得更多，以致他整天闷闷不乐，借酒浇愁。

"那天晚上是他输得最多的一次。他和蒙斯坦上尉慢慢地往营地走。少校边走边向上尉抱怨他的倒霉事。他们两人是最要好的,整天待在一起。而当时,我正在屋子外头乘凉,听见了他们的这番话。

"走到我的房子那儿的时候,少校说:'蒙斯坦,我该怎么办?我看我得辞职了。'

"上尉拍着他的肩安慰他说:'别着急,老兄。我还遭到过比这还坏的事呢。不过……'我只听到这儿,不过,就这些就够我思考的了。

"两天后,舒尔托少校在海边慢慢地散步,趁这个时候,我走上去对他说:

'少校,我想问你点事。'

"他拿下嘴里的雪茄烟,问:'什么事,斯莫尔?'

"'我想问你,先生,'我说,'如果我有一些埋藏的珠宝,我应该交给谁比较合适呢?我知道一批价值五十万英镑的珍宝的埋藏地点;我自己不能使用它们,我想最好还是把它们上交给有关当局,也许他们会缩短我的刑期呢。'

"'五十万英镑,斯莫尔?'他屏住呼吸,两眼死死地盯着我,看我是否是在说真话。

"'的确是的,先生,全是珠宝。它们就放在某个地方。可是这个宝藏的真实主人是一个在逃犯,他不能得到这些珍宝,所以它属于任何捷足先登的人。'

"'应当上交给政府,斯莫尔,'他结结巴巴地说道,'交给政府。'他有些不肯定的口气并不坚定,而我心里已经清楚,他已跳进了我的陷阱里。

"你想想,先生,我应该把这个情况报告给总督吗?'我平静地问道。

"'这个,这个,你先不要忙,否则你会后悔的。那就让我来听听整个事情的经过吧。斯莫尔,请你告诉我实情吧。'

"我把全部故事都告诉了他，只是做了点小小的改变，使他无法确认珍宝埋藏的地点。当我说完了以后，他呆呆地站在那里沉思了很久。我可以看到他的嘴唇在抽动，这说明他的心里正在进行着一场激烈的思想斗争。

"'这可是一件非常重大的事情，斯莫尔，'他最后说道，'你不要再对任何人透露这事了，很快我就会告诉你应该怎么办的。'

"两个晚上过去了，他和他的朋友蒙斯坦上尉在深夜里拿着灯来到了我的小屋里。

"'我想让蒙斯坦上尉亲自来听你讲那个故事，斯莫尔。'他说道。

"我就按照我以前所说的话重复了一遍。

"'这是真的吗，啊？'舒尔托说，'值得为此行动吗？'

"蒙斯坦上尉点头表示同意。

"'你看，斯莫尔，'舒尔托说，'我和我的朋友已经研究过了，我们认为这个秘密是属于你个人的，政府是管不着的。毕竟只有你有权处理自己的私事。现在的问题是，你想要多少作为代价呢？假如我们能够达成共识，我们也许会同意帮你办理此事。'他在说话时尽力表现出冷静和满不在乎的样子，可是他的眼睛中却闪出了兴奋和贪婪的光。

"我故作镇静，而心里是同样激动，我说：'先生们，说到代价嘛，以我的处境只有一个条件，就是我希望你们帮助我和我的三个朋友得到自由。然后才能加入你们的行列。我会以五分之一的珠宝作为对你们两人的报答。'

"'哼！'他哼道，'五分之一，没什么吸引力了！'

"'每个人能得到有五万英镑呢。'我说。

"'可是我们怎么让你们恢复自由呢？你们知道，你们的要求是不可能实现的。'

"'这个并不难，'我回答，'我已再三考虑了每个细节。唯一的困难就是我们逃离时没有一只合用的船和足以维持航程的干粮。在加尔各答或马德拉斯，有的是合用的小快艇和双桅快艇。只要你们搞到一只船，我们在夜里上到船上，就能把我们送到印度海岸的任何一个地方，你们就算完成任务了。'

"'如果只有你一个人就好办啦。'他说。

"'少一个也不行，'我答道，'我们已经发过誓，四个人生死不渝。'

"'蒙斯坦，你看，'他说，'斯莫尔是个讲信用的人，他不会辜负朋友的，我们可以相互信任。'

"'真是一笔肮脏的交易，'蒙斯坦回答，'不过像你说的那样，这笔钱可真能解我们的燃眉之急呢。'

"'好吧，斯莫尔，'少校说，'我想我们只好表示同意了，但我们要先试一试你的话真实与否。你告诉我藏宝箱的地方，当定期轮船来的时候，我会请假到印度去调查一番的。'

"'先别忙，'他越是着急，我就越发冷静。我说，'我必须先征得我那三个伙伴的同意。我告诉过你，必须是四个人都同意，而不是一个人。'

"'岂有此理！'他插言道，'我们的协议和那三个黑鬼有什么关系？'

"'黑的蓝的无关紧要，'我说，'我和他们有过约定，必须全体同意才能进行。'

"在第二次见面时，穆罕默德·辛格、阿卜杜拉·克汗和德斯坦·阿克波尔全都来了。经过再三协商，最后我们做出了安排。我们把阿格拉堡的藏宝图分别交给了两个军官，那图上标有藏宝的那面墙。舒尔托少校将去印度调查这件事，他如果找到了那个宝箱，他不能把它拿走，而必须派一只快艇到罗特兰德岛来接我们逃走。同时，舒尔托少校要返回军营，然后蒙斯坦上尉请假到阿格拉与我们会合。我们将在那里平分珠宝，舒尔托少校的那一份由蒙斯坦上尉代领。所有这些都是我们以能想到和说得出的誓言，用最庄重的方式约定的。我们保证共同遵守，永不反悔。我在灯下用了一个通宵的工夫画了两张藏宝地图，每张图下面签上了四个名字：穆罕默德·辛格，阿卜杜拉·克汗，德斯坦·阿克波尔和我自己。

"先生们，我讲了这么多，你们想是都听烦了。琼斯先生一定急着要把我送到拘留所去，这样他才能安心。简短地说，舒尔托到印度后，就再没回来。没过几天，蒙斯坦上尉给我们带来了一张旅客名单，是从印度到英国去的轮船，上面有舒尔托的名字。原因是，他伯父给他留下了大量遗产，所以他退伍去继承遗产了。他是如此可耻下流，不但骗了我们四个，还骗了他的好朋友。不久，正如我们所料，蒙斯坦到阿格拉去验证，珠宝果然没有了。这个强盗把宝物全都偷走了，没有遵守我们的条件。从那天起，我头脑里只有一个念头，就是报仇，不管报仇的方式是否合法。我在那儿唯一想的就是想办法逃出去，找到舒尔托，再掐死他。和这相比，阿格拉的宝物在我心中的地位也不那么重要了。

"我这一生曾有过不少的志愿，没有哪个不能实现。但是，这等待时机的几年却让我难以忍受。我对你们讲过，我掌握了一点医药知识。一天，囚犯们从树林中带回来一个当地的土著，他因为病重而在一个偏僻的地方等死。此刻萨莫顿医生因发高烧而躺在床上。我把他抱在手上，虽然知道这些生番像蛇一样狠毒，我还是照顾了他两个月，直到他能走路。我们之间有了感情，他很少再回树林，终日与我为伴。我从他那里学会了一些土话，他也更加喜欢我了。

"这个生番就是汤格，他有一只很大的独木船，驾船技术也非常高。他对我忠心耿耿并且甘心为我赴汤蹈火。发现这点后，我确定了逃跑计划。我准备让他把船划到一个没人看守的小码头上去等着，等我上船后，连夜逃走。我把这个计划告诉了他，嘱他准备船和水和一些薯蓣、椰子、白薯之类的食物。

"小汤格忠诚可靠，你找不到像他这样忠实的同伴。那天晚上，他果真把他的船划到了码头。然而，实在不巧，一个阿富汗族卫兵正在码头上站岗。这个卑鄙的家伙一向喜欢欺负我，我发誓要报复他。现在机会来了，上帝故意把他送到我的手边，在我临走时给我一个报仇的机会。他站在海岸上，肩荷着枪，背向着我。我想找一块石头砸碎他的脑袋，可是一块也找不到。最后我心生一计，想出了一件武器。我在黑暗里坐下，解下木腿拿在手里，猛跳了三跳，跳到他的眼前。他的枪背在肩上，我用木腿全力向他打了下去，他的前脑骨被打得粉碎。请看我木腿上的那条裂纹，就是打他时留下的痕迹。因为一只脚失去了重心，我们两人同时摔倒了，我爬了起来，可是他已一动不动地躺在那里了。我上了船，一个钟头以后就远离了海岸。汤格把他全部财产连同他的兵器和他的神像全都带到船上来了。他还有一支竹质的长矛和几领用安达曼椰子树叶编的席子。我把这支矛做成船桅，席子做成船帆。我们在海上听天由命地漂浮了十天，到第十一天，有一只从新加坡开往吉达、满载着去马来亚朝圣者的客轮把我们救了上去。船上的人都很古怪，可是我们不久就跟大家混熟了。他们有一种非常好的特点：能让我们安静地待着，不追问我们的来历。

"好吧，如果我把和我的小伙伴的全部冒险经历都告诉你们，你会烦透的，那要到明天早上了。我们在世界各地到处漂泊，就是一直没有回伦敦。可是，我每时每刻都想着报仇。夜里做梦我会梦见舒尔托，在梦中我杀了他不止一百次。我们终于在三四年前才回到了英国，我没费什么劲就找到了舒尔托的住处。于是，我设法调查他是否真的得到了那些珠宝，或是否那些珠宝还在他的手里。我和那个愿意帮助我的人成了朋友，我不会说出任何人的名字，因为我不想给别人带来麻烦。我不久就得知了珠宝还在舒尔托手里。之后，我尝试了许多报仇的方法，可是他非常狡猾，除了他的两个儿子和印度仆人外，总是有两个拳击手在他左右。

"可是有一天，我得到他病重将死的消息。我立刻跑到他家的花园，我不甘心他就这样死了。我隔着玻璃往屋里看，他就躺在床上，一边站着一个儿子。当时我本想冲进去对付他们三个，但就在那时，我看见他的下巴已经垂下去了，我知道他已咽气了。就在那天夜里，我偷偷进了他的屋子，我搜查了他的文件，想从中找到他藏宝地点的记录。然而，什么线索也没有找到，所以我只能痛苦和愤怒地离开。这时我想到，我应该留下一些标记，以便倘若日后看见我的三个印度同伙可以告诉他们我曾为他们报了仇。所以，我就胡乱写下了和图上相同的四个签名，别在了他的胸前。在他进入坟墓之前，受过他掠夺和欺骗的人不给他点颜色，也未免太便宜了他。

"从那时开始，我在集市或其他类似的地方，依靠将可怜的汤格当作吃人的生番展览来维持生活。他能吃生肉，会跳野人的战斗舞蹈，所以我们收工后总能收入满满一帽子的便士。我仍然留意着樱沼别墅的消息。几年来，他们还在那里找寻珠宝，但并没有什么新的消息。最后，我们期盼了很久的消息终于听到了，珠宝已被发现，就在巴塞罗缪·舒尔托的化学实验室的屋顶内。我立刻前去察看地形，可我这木腿是个累赘，使我无法从外面爬上去。我后来听说屋顶有个活板门，又掌握了舒尔托先生每天吃晚饭的时间。我预感我能利用汤格搞定这件事。我带着他去了那里，用一条长绳系在汤格的腰上。他的攀登技术像猫一样好，很快就从屋顶进去了。可是，倒霉的巴塞罗缪·舒尔托还在屋里，结果被杀了。汤格自以为杀了他是聪明之举。当我顺着绳子爬进屋时，我看见他正像一只骄傲的孔雀在屋里手舞足蹈，直到我愤怒地用绳子抽他，诅咒他是个小吸血鬼的时候，他才异常惊慌地逃跑了。我拿到了宝箱，用绳子把宝箱放了下去，然后我也顺着绳子溜下去了。我在桌子上留下一张写着四签名的字条，表示珠宝终于回到它原来的主人手中。然后，汤格把绳子收上去，关好窗户，从原路爬了出来。

"我该说的也就这些了，事先我就想好了用'曙光'号外逃，因为我听一个船夫说，它是一只少有的快艇。这样，我对史密斯说，只要他能安全地把我们送到大船上，我们会给他一大笔钱作为酬劳。也许他也看出来这情况不太正常，不过他对这些事是丝毫不知情的。我讲的所有内容，句句都是实话。我这么做，并不是为了博得你们的谅解，而是我觉得说真话可以为我做最好的辩护。再有，我也要让世人了解舒尔托的嘴脸，让人们知道他是如何骗取了我们的信任，实际上，你们也没有对我有什么优待。关于他儿子被杀这一点，我丝毫没有错处。"

福尔摩斯说："真有意思。就这个案子来说，这确是最合适的结局。你后半段的叙述和我的推测基本吻合，只是我没想到那绳子是你带来的。还有一点，我想汤格应该是弄丢了他所有的毒刺，可是他最后怎么又吹出了一支呢？"

"先生，的确是的，不过吹管里还剩下了一支。"

"啊，真是，我忽视了这一点呢。"

这犯人又讨好地追问了一句："你还想问什么吗？"

福尔摩斯说："不，没有了，谢谢你。"

"好啦，福尔摩斯，"埃瑟尔尼·琼斯说："你是一个幽默风趣的人，我们都知道你是侦破犯罪的内行，可是我有我的职责，今天为了你和你的朋友，我已经做得相当大度了。只有把给我们讲故事的人锁进监狱里，我才会感到放心。马车还在外面候着呢，楼下也还有两个警察。我衷心感谢你们二位的协助。当然，开庭的时候还要请你们来做证。祝你们晚安。"

"二位先生，晚安。"乔纳森·斯莫尔也说道。

"斯莫尔，你先走吧。"出了屋门后，机警的琼斯说道，"不管你在安达曼群岛是怎样处治那位先生的，我还是得特别小心，防止你用木腿打我。"

"这就是我们这台小戏的终场了，"我和福尔摩斯沉默地抽着烟坐了一会儿，我说，"恐怕这是我最后一次学习你的工作方法的机会了。蒙斯坦小姐已欣然接受了我的求婚。"

他闷闷地哼了一声，说："我早就料到了，但抱歉我没法向你贺喜。"

听了这话，我有些不高兴，问他："难道你不满意这个人选吗？"

"不，相反，我倒认为在我所见到的女孩子中，她是最可敬、最可爱的了，而且能帮助我们这类人的工作。她保存的那张阿格拉的藏宝图，还有她父亲的一些文件，就说明了她在这方面的天赋。我认为冷静的大脑是做这件工作最为重要的条件，可是爱情是另一回事儿，它是和冷静的大脑相冲突的。所以我永远不会涉及这方面的事情，以免它会使我的判断发生失误。"

"我相信，"我笑道，"我这次的判断还是经得住考验的。你看上去很疲倦。"

"是的，我也感觉到了。一个星期我也恢复不了体力。"

"奇怪的是，"我问，"为什么我认为很懒散的人也会表现出非常充沛的精力呢？"

他答道："是的，我天生是一个很懒散的人，但同时又是一个好活动的人。我常常想到歌德的那句话——'上帝只造成你成为一个人形，原来是体面其表，流氓其质'。

"还有一件，在上诺伍德案子里，我疑心到，在樱沼别墅里有一个内应，不会是别人，就是在琼斯的大网里捞到的那个印度仆人拉尔·拉奥。这也确实得算是琼斯个人的荣誉了。"

我道："分配得似乎不大公平。全案的工作都是你 个人干的，我从中得到了妻子，琼斯得到了功绩，请问，给你剩下的有什么呢？"

歇洛克·福尔摩斯道："我吗？我还有那可卡因瓶子吧。"说着他已伸手去抓那瓶子了。